내 인생의 최고 우선 순위인
나에게 이 책을 선물합니다

글에는 작가 고유의 지문이 있습니다.
작가의 심리와 무의식이 반영된 자유로운 문체를 추구합니다
비문과 오문을 허용하며 글맛을 살렸습니다.

파도가 나를 덮칠 때 파도를 타고 나를 일으키다

파도가 나를 덮칠 때 파도를 타고 나를 일으키다

차상수 지음

마음세상

Chapter 2. 미국 여행

내 안에 어린아이가 있습니다.
나는 내 안의 어린아이를 일으킵니다.

내 안에 어린아이가 있습니다. 웅크리고 앉아 있는 아이입니다. 아무도 없는 구석진 곳, 누가 찾아와 줄까, 아무도 찾아 주지 않아 더 웅크립니다. 찾아달라고 소리 내 울지 않는 아이. 나는 그 아이를 이제 찾아 나섭니다. 그 아이를 아는 나, 나조차 외면했던 아이, 그 아이 어깨를 톡톡 두드립니다. 손을 잡아 줍니다. 잡은 손을 놓치지 않을 힘이 생겼습니다.

나는 내 나이 환갑이 될 때까지 그 아이에게 다가가려고 발버둥 쳐왔습니다. 꼭 안아주고 싶었습니다. 소리 없이 우는 아이, 외롭다고 도와달라고 부르짖지 않는 아이였습니다. 아무렇지 않은 척 괜찮은 척 혼자 다 이겨낼 수 있는 척, 나는 나에게 이 척을 하며 살았습니다. 괜찮은 줄 알았습니다. 그 아이가 웅크린 대로 있어도 되는 줄 알았습니다. 아니었습니다. 손잡아 일으켜 주어야 했습니다. 바로 내가 해야 했습니다.

그 여자아이가 말을 배우고 걸어 다닐 때 겪은, 꼬마의 의지와는 상관없는 그 일이 무엇인지 어렴풋이 그려집니다. 그 그림을 보며 평생을 파도에 휩쓸리듯 살아왔습니다. 이제 그 꼬마에게 손을 건넵니다. 꼬마의 시무룩한 표정이 활짝 웃는 미소로 바뀝니다. 나는 그 꼬마에게 '이제 일어서자고, 할 수 있다고, 괜찮다고, 네 잘못이 아니라고, 얼마나 외로웠냐고' 말해줍니다.

내 어린 시절 웅크린 자아는 사춘기를 지나 성인이 되어도 바로 일어서지를 못하였습니다. 일어섰는가 싶으면 어느새 구석에 쪼그려 앉아 있었습니다. 사람들에 대한 두려움과 경계하는 마음이 삶을 지배했습니다. 부모, 형제, 친구, 직장 사람들, 남편까지도 두려운 대상이었습니다. 혼자 안고 있는 아픔을 함께 나눌 대상은 없었습니다. 나는 아프지 않은 것처럼 나를 포장하며 살았습니다. 사람들은 내가 모든 걸 다 완벽하게 잘 해낸다고 여겼습니다. 세상 살아가는데 부족한 게 없다고 말했습니다. 완벽한 가정, 경제적 능력, 외모, 직장, 능력을 갖췄다고 말했습니다. 나도 내 자신이 그런 사람인 줄 알았습니다. 그런 사람처럼 보이려고 '괜찮은 척'하며 살았습니다. '다 괜찮아' 하는 말을 자주 했습니다. 내 자아가 짓밟히는 일을 당해도, 억울하다고 아프다고 반항하지 않았습니다. 아니라고 말할 힘이 내 안에 없었습니다. '아니야' 하는 말에 대해 반응해 올 감정이 두려웠습니다. 내 생각은 그게 아니라고, 내 마음은 그게 아니라고, 내 말을 들어달라고 쏟아내지 못했습니다. 나는 내 안에 웅크린 어린 자아를 일으키려 하지 않고 모르는 척하며 살아왔습니다.

그런 나를 나로 인정해 주고 내 말을 들어 준 사람은 두 자녀였습니다. 내가 실수해도 괜찮다고 말해 주었습니다. 내 일상의 감정과 기분을 함께 나누어 주었습니다. 두 자녀는 웅크리고 있는 나를 발견하게 해주었습니다. 다시 일으킬 용기를 주었습니다.

그러던 중에 2018년에 선고받은 폐암은 웅크리며 쫓기다시피 살던 나를 멈춰 세웠습니다. 정신없이 살아오느라 잊었던 나, 어린 나이에 웅크려 버린 내 자아를 돌아볼 여유를 갖게 해주었습니다. 홀로 웅크려 앉아 있는 내 자아를 정면으로 마주 보는 시간이었습니다. 그 이후, 어린 나의 아픔을 외면하지 않고 그 아픔과 마주합니다. 두려움에 웅크려 버린 어린 자아를 일으키기 시작했습니다. 얼마나 외로웠냐고, 잘 견뎌냈다고, 이제 괜찮다고 토닥여 줍니다. 웅크린 어린 자아를 일으킬 자는 바로 나였습니다.

폐암이 기회가 되어 웅크린 자아를 일으킬 힘을 키우고 있습니다. 파도타기는 그 힘을 키우려고 도전한 것 중 하나였습니다. 파도타기를 애호가들처럼 잘하는 것이 나의 목표가 아니었습니다. 두려움을 주는 것에 대항할 힘을 기르는 것이었습니다. 물러서지 않고 나아가는 마음을 키우기 위함이었습니다. 미국에 있는 딸을 만나기 위해 도전한 파도타기였습니다. 긴장과 외로움으로 지쳐있을 딸을 포근하게 안아주기 위함이었습니다.

웅크리고 앉아 일으켜 주기만을 기대하던 나와 사느라 힘들었을 남편에게 미안한 마음도 있습니다. 내가 병이 들어 아파하고 절망했을 때 위로해 주고 도움의 손길을 준 형제, 지인분들께 감사드립니다. 나의 어린아이 같은 철없는 말과 행동, 실수가 두 자녀를 힘들게 했을 텐데도, '괜찮다'라며 응원해 주고 늘 도전할 힘을 갖게 해주는 아들과 딸에게 항상 고마운 마음입니다. '너는 내가 사랑하는 자녀란다, 두려워하지 말아라.' '아무것도 염려하지 말고, 다만 모든 일에 기도와 간구로, 너희 구할 것을 감사함으로 하나님께 아뢰라.'라고 늘 말씀해 주시는 하나님께 감사합니다.

웅크린 어린 자아로 인해 두려움을 안고 사는 사람은 나만이 아닐

것입니다. 부족한 글이지만 누군가 이 글을 읽고 조금이나마 위로가 된다면 좋겠습니다.

글을 읽어 주신 모든 분께 감사드립니다.

Chapter 1.
파도 타고

고꾸라지고 허우적대고

나는 고꾸라져 본 적이 많다. 어린 시절 내가 살던 마을은 시골 산골이었다. 집이 대여섯 옹기종기 모여 있고 집과 집 사이 거리는 50미터 정도 떨어져 있었다. 우리 집은 모여 있는 동네에서 300미터 정도 더 떨어져 외로이 있었다. 초등학교까지는 500미터 거리였다. 학교에 오고 갈 때도 이웃집에 심부름 갈 때도, 달려 다녔다. 그럴 때마다 넘어지기 일쑤였다. 안짱걸음, 두 발이 나란히 앞으로 향하여야 하는데 안으로 향하였다. 자주 넘어지는 이유가 그래서였을까? 두 무릎이 성할 날이 없었다. 넘어져 피부가 까이고 피가 흘렀다. 약도 없이 지내다 보면 딱지가 생겼다. 초등학교 6학년 때 있었던 일이다. 자전거를 타고 70도 정도 되는 급경사를 내려가고 있었다. 브레이크가 작동이 안 되었다. 언덕 끝 길가에 있는 논에 자전거와 함께 고꾸라졌다.

바닷속에서 고꾸라지는 경험을 하게 된 건 파도타기를 배우면서다. 이호테우 해수욕장을 지날 때마다 파도타기 하는 모습을 보곤 했다. 그때마다 나도 파도를 타고 싶다는 마음이 잔잔한 파도처럼 밀려들었다. 파도타기를 배우고는 싶은데 두려움이 내 안에서 웅크리고 있었다. 웅크린 아이였다. 이 아이를 일으켜야 한다는 마음이, 나를 움직이게 했다. 이호테우 해수욕장 근처에는 파도타기를 가르치는 곳이 몇 군데 있다. 그 중 이호테우 해수욕장 왼쪽 끝 도로변 건물 간판에 있는 전화번호를 보고 전화를 걸었다.

"안녕하세요. 서핑을 배우고 싶은데요. 어떻게 하면 되나요? 제가 나이가 좀 많은데 저도 배울 수 있나요?"

나는 나이가 많다는 것을 사장님께 강조했다. 두려운 마음을 나이로 덮으려는 의도였나보다. 나이가 무슨 상관이냐며 누구나 탈 수 있다고 말씀하신 강사님 덕분에 나는 바로 등록했다.

처음 슈트를 입었다. 슈트를 입는 시간만 30분 이상이 걸렸다. 보드의 명칭은 생소했다. 보드 위에 일어설 때 두 발의 간격, 팔의 위치, 시선, 30분 정도 설명이 끝나고 바로 모래 위에 보드를 놓았다. 20분 정도 준비운동과 자세 연습을 했다. 바닷속으로 걸어 들어갔다. 서프보드를 바다 위에 올려놓았다. 바닷물과 내 허리춤이 서로 만나는 곳까지 걸어갔다.

서프보드는 무서운 바다에서 나를 보호해 줄까? 내 발목과 보드를 연결하는 안전끈, 세찬 파도가 나를 밀어 물속에 고꾸라뜨려도 끊어지지 않고 나를 잡아 줄 끈, 지금까지 내가 안전끈으로 삼아 온 것은 무엇일까? 바다로 들어가면서도 생각이 꼬리를 물었다.

내 손 뼘으로 3뼘 정도 되는 너비의 보드 위에 엎드리는 것, 앉는 것도 무서웠다. 보드가 흔들거릴 때마다 물속으로 떨어질 것만 같았다. 강사님은 내가 초보자이기에 깊지 않은 곳, 바다 바닥을 딛고 섰을 때 바닷물이 가슴을 넘지 않는 깊이에서 강습을 해주셨다. 두려움은 바닷물의 깊이와 상관없었다. 보드 위에 엎드려만 있는데도 바다가 나를 삼킬 것만 같았다. 보드 위에서 일어서야 했다. 보드 위에 서 있는 자세 연습, 모래 위에서 연습할 때와 흔들리는 물 위에서의 느낌은 하늘과 땅 차이 같았다.

그 꼬마 여자아이가 안고 있던 상처는 고꾸라졌을 때 그것과는 달랐다. 가만히 내버려두면 낫는 아픔이 아니었다. 세월이 흐르면 흐를수록 아픔은 더해졌다. 아무도 밀어내는 이 없는데도 언덕 아래로 떨어질 것만 같아 두려웠다. 나이가 들수록 수치심이 커졌다. 내가 잘

못한 일도 아닌데, 들킬까 봐 무서웠다. 숨이 막히는 듯한 나와의 싸움이었다. 아슬아슬했다. 고등학생 때는 자살을 생각하기도 했다. 파도타기를 배우는 초보자가 바다 위 보드에 처음 서기 위한 몸부림 상태랄까.

강사님이 외치는 하나, 둘, 셋 구령에 맞춰 좁은 보드 안에서 온몸이 반응해야 했다. 하나에 두 팔로 보드를 누르며 윗몸을 반쯤 일으켜 세운다. 둘에 오른쪽 다리를 접어 앞으로 당겨 보드 위에 놓는다. 셋에 왼쪽 다리를 밀어 보드 중간쯤을 지나는 곳까지 놓으며 일어선다. 일어설 때 시선은 앞쪽 먼 곳을 바라보아야만 한다. 몸의 무게중심은 왼쪽 다리에 둔다. 시선이 앞을 향하지 않으면 앞으로 고꾸라진다. 나는 고꾸라지고 또 고꾸라졌다. 보드 위에서 균형 잡기, 시선을 먼 곳 앞에 두기, 이 두 가지를 하지 못하게 한 건 두려움이었다. 두려움은 내 시선을 바닷속으로 몰았다. 머리부터 곤두박질쳤다. 거꾸로 수중발레라도 하듯이. 바닷물이 무릎 높이건만 물속은 깊은 수렁과도 같았다. 그곳에 잠겨 죽을지도 모른다는 두려움과 지옥에 빠진 듯한 느낌이 웅크리게 했다. 낮고 잔잔한 파도인데도 물속에서 내 몸은 웅크렸다. 어린 여자 꼬마가 무엇엔가 놀라 움츠러든 것처럼. 거꾸로 곤두박질친 그 몸이 바닷물 속에서 돌았다. 서핑하는 사람들이 그 상황을 통돌이라고 말했다. 바다 바닥에 발이 내디뎌지지 않았다. 순간 깊은 물 속인 줄 착각하고 허우적댔다.

　내 삶도 그랬다. 신혼 때부터 시작된 남편과의 갈등, 그 갈등은 해결될 기미를 보이지 않았고 쌓이기만 하였다. 나를 향한 남편의 말과 행동은 내가 감당하기에 버거웠다. 젊은 남편의 몸은 날쌔고 강했다. 물리적인 힘이 내 몸에 가해져도 저항하지 못했다. 수치심이 나를 눌렀다. 지쳐갔다. 나의 어떤 모습이 남편을 힘들게 하는 것인지 알고 싶었다. 결혼 전에는 전혀 볼 수 없었던, 예상하지 못했던 날카로운 남편의 말과 행동이었다. 나는 물속 통돌이 상태처럼 나 자신을 지탱하지 못하였다. 내가 누구인지, 남편으로부터 밀쳐지는 이유가 무엇인지 알려고 허우적댔다. 어린아이가 웅크리고 있었다. 두려움에 떨고 있는 그 웅크린 아이가 결혼 후에도 일어서지 못한 채 내 안에 있었다. 그 아이는 어떻게 일어나야 할지 몰라 허우적댔다. 고꾸라질 때마다 파도타기 배우는 것을 포기하고 싶었다. 남편과의 관계에서도 그랬다. 도저히 통돌이 같은 삶에서 벗어날 것 같지 않았다. 남편이 무서워져 갔다. 남편이라는 통에 갇혀 돌고 도는 느낌이었다. 보이지 않는 수치심에서 꺼내 줄 거라고 믿었던 남편이었다. 온 마음과 몸을 남편에게 주면 되는 줄 알았다. 나는 나여야 했다.

　1개월 동안 보드 위에서 시선 처리, 일어서기, 엎드려 앞으로 나아가는 패들링, 앉아 방향 전환하기, 좋은 파도 찾기를 배웠다. 파도가 없는 날에도 바다에 갔다. 자세를 익히고 바닷물과 친해지기 위해서였다. 뜨거운 태양 아래, 아무도 없는 바다 위에서 나 혼자 연습하는 날이 잦았다. 강사님이 가르쳐 준 방식대로 연습을 반복하였다. 그러고 났더니 고꾸라져 통돌이 상황이 되어도 예전처럼 큰 두려움이 나를 막지 못하였다. 넘어지고 고꾸라진 횟수만큼 나는 더 좋은 자세를 잡아갔다.

　나는 살기 위해 나를 찾아 헤맸다.

무서운 파도에 맞선다

찰박찰박, 촤아아 촤아아 파도 소리가 무섭게 들렸다. 나는 바다에 걸어 들어가면서 내 발이 닿는 바다 깊이를 파악했다. 내 가슴 높이보다 낮은 곳, 그곳까지만 갔다. 그럼에도 나는 바다가 무서웠다. 내가 바다에 빠져도 아무도 나를 찾지 못할 것만 같았다. 빠진 나를 보는 사람이 없을 것만 같았다.

나는 6남매 중 넷째로 태어났다. 큰오빠가 20대 초에 사고로 세상을 떠난 뒤로는 완전 가운데가 되었다. 위로 오빠, 언니, 아래로 여동생, 남동생이다. 오빠는 큰아들이어서, 언니는 큰 딸, 여동생은 막내딸, 남동생은 늦둥이 아들, 나에게 붙여지는 형용사는 '일 잘하는' 이였다. 형제자매도, 부모님도, 내 어린아이가 무엇을 겪었는지, 아무도 몰랐다. 어느 땐 아는데도 모르는 척하는 것 같아 형제들 앞에서 수치심이 더 몰려오기도 했다.

파도타기에 도전한다는 건 나에게 무섭고도 두려운 일이었다. 나는 두려움에 들어가는 것을 선택했다. 내 안 깊은 곳에 웅크린 수치심으로 인한 두려움을 무너뜨리기 위함이었다. 나는 내가 경험한 적 없는 어떤 일을 시작할 때마다 두려운 감정에 다른 모든 감정을 빼앗기곤 했다.

나는 서울교육대학에서 초등학교 교사가 되기 위한 공부를 하였다. 시험 보는 날이 되어 시험지를 받는 순간, 시험지가 새하얗게 보이고 머릿속은 텅 빈 것처럼 멍했다. 볼펜을 잡은 손가락은 굳어버렸고 글씨를 쓸 수가 없었다. 중간고사, 기말고사, 모두 평균 이하 점수였다. 교생실습 점수는 더 엉망이었다. 나는 중요한 순간에 맞닥뜨리면, 내 모든 것이 굳어버렸다. 성적순으로 발령을 받았는데, 나는 9월에 발령을 받았다. 내가 임용고시로 발령을 받아야 하는 때에 있었다면 교사가 되지 못했을 거다. 대학 친구들은 졸업하던 해 3월에 교사로 발령받았다. 처음 교사로 발령받아 학생들 앞에 섰을 때도, 학부모 공개수업을 할 때도 혼자 감당할 시간이 두려웠다. 낯선 사람들 앞에만 서면 웅크렸다. 그 두려움의 실체가 수치심이었다. 내 두려움을 따스하게 녹여줄 거라 믿고 결혼한 남편은, 나에게 더 차가운 사람이 되어 갔다.

나는 시간이 지나면 두려움이 기쁨으로 바뀌기도 한다는 것을 경험했다. 가장 큰 경험은 폐암 수술 후의 일이었다. 암이라는 무섭고 두려운 감정은 하루에도 여러 번 나를 꼼짝 못 하게 옭아맸다. 두려운 감정을 이겨내야만 했다. 안절부절못하는 나를 보았다. 그건 감정이었다. 감정은 실체가 아니고 내 생각일 뿐임을 스스로 깨닫기 시작했다. 나는 찾아오지 않은 일을 미리 걱정하고 있었다. 죽으면 어떻게 하지, 암이 재발하면 어쩌지, 하는 당장 하루의 생활에 상관없는 염려였다. 그 걱정을 내가 스스로 찾고 있었다. 유튜브에 나오는 폐암 관련 영상을 보기도 하고, 네이버에 검색하여 폐암 판정 후 어떻게 진행되어 가는지 찾아보기도 하였다. 나는 두려움에 저항하여 내 생각과 행동을 바꿔야만 했다. '어떤 감정을 선택하지, 나를 살리는 감정은 무엇이지', 나에게 이로운 감정이 감사하며 기뻐하는 감정이라는 것을 알았다. 나는 우선 산책할 준비를 하고 집 밖으로 나갔다. 내가 지내고 있는 주변 자연을 찾아다녔다. 산, 바다를 찾아갔다. 동네 공원에서 걷기도 하고 뛰기도 하였다. 하늘에 떠 있는 구름, 산속 새들, 나무, 꽃들로부터 기쁜 감정을 채워갔다.

갑자기 선고받은 폐암 수술 후 명퇴를 결정하는 것도 두려웠다. 명퇴를 한 후 아무 일도 할 수 없을 거라는 미래에 대한 막막함이었다. 수술 후 2년이 되어갈 때, 그 긴 공백 기간을 채워갈 준비를 했다. 3일, 일주일, 1개월, 강사로 출근했다. 생소한 지역에서 만나는 선생님들의 말과 표정을 살폈다. 서먹함, 외로움, 긴장감, 두려움이 몰려왔다. 자연은 이 모든 서먹함에 뛰어들 용기를 주었다.

포항과 강릉에서 기간제 교사를 했다. 포항, 강릉과는 달리 작년부터 근무하고 있는 제주도의 초등학교는 나를 더 움츠리게 했다. 제주도만의 특성이 묻어 있는 학교 분위기였다. 그 분위기에서도 자연스럽게 근무하는 나로 세워가야 했다. 그것이 내가 할 도전이었다. 나는 자연스러워지려고 일부러 틈새 시간을 만들었다. 하루에 한 번 이상 옆 반 교실이나 행정실 교직원 한 분 한 분을 찾아다녔다. 마주 보고 대화하며 어색함을 친근감으로 바꾸려고 모르는 것을 묻기도 하고 간식을 건네기도 했다. 학생들이 하교하고 나면 자연을 찾아 잠깐 운동장으로 나갔다. 학교 운동장 가에 있는 꽃과 나무를 보았다. 고개를 들어 하늘에 있는 구름을 보았다. 두려움으로 경직되어 쓰러질 것 같던 현기증이 사라져 갔다.

폐암으로 시작된 기간제 교사로서의 경험은 내 인생을 새로 시작하게 하는 도전이었다. 이 도전은, 건강을 지켜나가면 뭐든지 할 수 있겠구나!' 하는 자신감을 느끼게 해주었다. 나는 하면 된다는 걸 알았기에 1개월 동안 거의 매일 서핑 연습을 하였다. 일주일에 두 번 강습, 1개월에 8회, 나머지 시간은 혼자 파도를 탔다. 바닷물에 온몸을 흠뻑 적시면 시원했다. 물속 모래를 밟으며 걸었다. 보드에 오른 팔을 걸치고 보드를 밀며 걸어 들어갔다. 보이는 바다 위에 나 혼자였다. 보드를 밀고 가는 나, 나를 바다로 이끌고 가야 하는 사람은 나 자신이었다. 내 안에 숨겨진 내 비밀을 아는 사람은 나 혼자뿐이었다.

바다 저 멀리서부터 밀려오는 커다란 파도, 그 파도를 타기 위해 걸어 들어갔다. 내 안의 꼬맹이가 힘을 얻어 일어설 때를 기다리며 강한 파도와 맞섰다. 큰 파도가 나를 밀어주었다. 파도에 내 아픈 비밀을 털어놓듯이 의지했다. 두려움이 서서히 사라지고 기쁨과 뿌듯함이 나를 감쌌다. 수치심으로 두려움이 가득한 꼬맹이 여자아이를 일으켜 줄 힘이 조금 생겼다.

파도타기를 배우기 며칠 전에 아들과 극장에서 영화를 보았다. 한 사람 안에 여러 가지 감정이 치열하게 경쟁하는 것을 표현한 영화였다. 모든 감정이 다 중요하지만 기쁨과 감사의 감정을 잘 챙겨야겠다는 마음을 갖게 한 영화였다. 내 안에 있는 꼬맹이 여자아이는 어린 아이 때 기쁨을 빼앗기는 상황에 있었다는걸, 나는 사춘기가 되어 알아챘다. 그 기쁨을 되찾아 줄 사람은 바로 나라는 걸 깨달았다. 나는 그 기쁨을 찾아 줄 일에 도전한다. 그 기쁨을 찾아주기 위해 오늘도 파도타기 연습을 하였다. 나에게 무서웠던 바다가, 내가 서핑하는 동안 사랑스러운 바다로 다가왔다. 나는 꼬맹이 안에 있는 수치심을 조금씩 끌어내 주고 있었다.

바다에서 논다

내가 초등학교 5학년 때쯤이었을 거다. 집에서 3킬로미터쯤 가면 바다가 있었다. 지금은 간척사업으로 사라졌다. 같은 마을에 살던 나와 동갑내기 남자아이가 있었다. 그 아이 동생 두 명과 내 동생 두 명 모두 여섯 명이 바다에 자주 갔던 기억이 난다. 갯벌이 있는 바다였다. 우리는 바닷물에 들어가지는 않았다. 썰물 때가 되면 바닷물 밖에서 갯고둥을 줍거나 게를 잡았다. 그때까지도 나는 내 안에 웅크리고 있는 꼬마 아이가 생각나지 않았다. 뒷산에도 달려 다녔다. 말라떨어진 소나무 삭정이도 줍고 솔방울도 주웠다. 그때는 시골에 가스가 없었다. 산에서 주워 온 삭정이는 잘 부러졌다. 나는 가느다란 삭정이를 두 손으로 잡고 부러뜨렸다. 엄마가 가마솥에 쌀을 넣고 솥뚜

껑을 덮으면, 나는 아궁이에 넣어 불을 지폈다. 아궁이에서 활활 타오르는 주황빛 도는 불은 뜨거웠다.

솔방울도 땔감 중 한 가지였다. 엄마는 손 풍로를 돌려 나와 동생이 주워 온 솔방울에 불을 붙였다. 엄마는 달궈진 불로 고구마도 굽고 감자도 구워 간식으로 주었다. 달래 캐기, 냉이 캐기, 토끼풀 뜯으러 다니기, 소 풀 먹이러 소 끌고 들판에 가기, 학교 운동장에서 공기놀이, 철봉 놀이 하며 놀기, 땅에 십자가 모양 그려 놓고 십자가 놀이하기. 한겨울에 눈이 쌓이면 산언덕에 올라갔다. 비닐포대에 볏짚을 넣어 만든 눈썰매를 탔다. 벼를 베고 난 빈 논에, 아버지가 물을 가득 채워 만든 얼음판에서 스케이트도 탔다. 아버지가 만들어 준 종이연, 윷가락도 생각난다. 다른 아이들처럼 신나게 뛰어놀았다.

어린 시절 철없이 놀던 기쁨을 잃어가기 시작한 건, 중학생 때부터인 듯하다. 큰오빠가 사고로 세상을 떠나면서 가정 분위기는 어두웠다. 서프보드 위에서 떨어져 바다에 고꾸라졌을 때, 그 바닷속 느낌이었다. 친구들을 만나는 일도 그때부터 사라졌나 보다. 나는 고등학생 때부터 더 말이 없어졌다. 내 안에서 수치심으로 웅크리고 있는 아이를 보기 시작했던 거다. 아무에게도 말할 수 없는 무언가가 나에게 있었다. 혼자 마음 깊숙한 곳에 꼭 끌어안고 있어야만 했다. 형제들 대화에 끼지 못했다. 나는 내 생각을 내 안에 가두기 시작했다. 가족이나 친척들은 나를 '말 없는 아이'라고 말했다. 나는 내 마음이 보일까 봐 진짜 마음을 내 안에 가두었다.

나는 결혼 후, 바다에 놀러 간 경험이 그리 많지 않다. 자녀들이 어렸을 때 자녀와 함께 다녔던 바다 여행이 전부다. 여름휴가로 온 가족이 갔던 곳은 서해안 갯벌 체험, 동해안 해수욕장, 제주도 여행이었다. 결혼 전까지는 여행을 거의 다닌 적이 없다. 학생 때 수학여행을 가거나 소풍을 한 것이 전부다. 나는 폐암 수술 후에야 바다를 가까이하게 됐다. 내가 파도타기에 도전할 기회를 얻은 것도 폐암 덕분이다. 50대 중반에 받은 폐암 선고는 내가 도시에서 벗어나게 한 기회다.

그 이후 나는 바다를 거의 매일 보았다. 강릉, 포항, 제주도. 2018년부터 서울집을 나와 옮겨 다니는 곳이다. 강릉은, 수술 후 회복되지 않은 불편한 몸을, 추스르며 지낸 곳이다. 나는 강릉에서 직장에 다니고 있던 아들 곁에서, 아들 도움을 받으며 건강을 회복하는 데 열중했다. 강릉에 있는 동안 강릉 해변을 걸었다. 일과 중 가장 중요한 일이었다.

나는 그다음 해 여름에 포항에 갔다. 바다 근처에서 살았다. 딸 덕분이었다. 딸이 포항에 있는 대학교에 재학 중이어서 함께 지냈다. 딸이 대학을 졸업할 때까지 2년 6개월 동안 포항 바다를 누렸다. 제주도는 2023년 1월 9일부터 살기 시작한 곳이다. 함덕해수욕장 근처에서 6개월, 외도에서 6개월, 이호테우 해수욕장 근처에서 2년째다. 바다를 보면 웅크린 마음이 쫙 펴진다. 돈, 일, 자녀, 앞으로의 삶. 넓은 바다는 그 고민을 잊게 해주었다. 말 없던 나는 바다와 이야기했다.

강릉 바다는 깊고 웅장하다. 송정해변, 안목해변은 내가 자주 간 곳이다. 파도가 거센 날에는 높이 솟구치는 파도가 나를 깊은 바다로 끌어들일 것 같았다. 무서웠다. 송정해변에는 넓은 소나무 숲이 있다. 소나무 향이 풀풀 났다. 파도 소리를 들으며 소나무 숲속에서 달리기와 산책하는 일이 일상이었다. 자연과 함께 생활하는 내 삶이 믿기지 않을 정도로 신기했다. 어린아이처럼 신났다. 강릉 집에서 송정해변까지는 걸어서 50분 정도가 걸렸다. 나의 하루 목표 중 한 가지는 걸어서 바다를 보고 오는 것이었다. 새벽 바다는 더 맑고 상큼했다. 수평선에 동그랗고 붉은 해가 떠오르는 광경을 보고 있노라면 잡념은 다 사라지고 없었다. 나는 내 안에 붉은 해를 담았다. 태양에게 말을 걸었다. 안녕이라고.

나는 불안한 마음을 다독이려고 새벽예배를 다녔다. 예배를 마치고 교회와 가까운 강문해변에 가곤 하였다. 새벽 조깅으로 안목 해변까지 달려온 아들을 만나, 해변 벤치에서 아침 묵상을 하기도 하였다. 강릉 바다는 가까이 다가가기 무서운 위엄을 품고 있는 동시에, 내 안에 웅크리고 있는 불안한 마음을 싹 씻어주기도 했다.

나는 강릉 경포해변에서 쓰레기 줍기 봉사도 여러 번 하였다. 주말 생태학교 학생과 함께 한 봉사였다. 쓰레기 하나하나 주워 담을 때마다 나도 살아났다. 강릉 바다 가까이에서 2년 정도 사는 동안, 강릉 해변은 많은 추억을 만들어 주었다. 아들과 딸, 강아지와 바닷가를 걸었다. 서울에서 언니와 여동생, 남동생 부부, 내 남편이 찾아왔다. 지인들이 놀러 왔다. 친구가 왔다. 나는 그들과 함께 바다로 갔다.

바다는 내 하루를 활기차게 해주었다. 길고 긴 하루를 빨리 지나게 해주었다. 내가 하루에 하는 일은 산책과 음식 챙겨 먹기가 전부였다. 강릉에 있는 해변을 두루 돌아다녔다. 경포해변, 사근진 해변, 안목해변, 강문해변, 정동진, 사천진, 주문진, 안인, 순긋해변, 송정해변. 걸어서 가기도 하고 버스를 이용하기도 하고 내 승용차로 가기도 하였다. 혼자라서 외롭다고 느껴질 때, 바다에 갔다.

나는 2년 반 동안 포항에서 살았다. 영일대 해수욕장 근처다. 영일대 해수욕장, 칠포해수욕장, 오도리해수욕장, 송도해수욕장, 월포해수욕장, 구룡포해수욕장, 화진해수욕장, 이 중에서 집과 가장 가까운 영일대 해수욕장에 수시로 놀러 갔다. 집에서 걷기 시작하면 영일대 해수욕장까지 20분 정도 걸렸다. 다른 곳은 승용차로 다녔다. 칠포해수욕장은 딸과 함께 록 페스티벌에 참여하여 밤늦게까지 신나게 놀았던 곳이기도 하다. 거의 매일 영일대 해수욕장에 갔는데, 가는 도중에 산을 거쳐서 걸어가곤 했다. 산 위에 올라서 바다를 내려다볼 때, 넓게 펼쳐진 파란 바다는 마음을 후련하게 해 주었다. 바다가 아픈 내 마음을 달래주었다. 나에게 '다 괜찮아'라고, 말해주는 듯했다.

나는 사춘기 시작이었던 중학교 1학년 때부터 3년 동안 부모님과만 지냈다. 함께 살던 형제와 할머니는 도시로 떠났다. 동생들은 서울로 전학 갔다. 시골에서 함께 살던 할머니도 서울로 올라가셨다. 서울에서 두 동생을 돌보셨다. 오빠도 서울로 떠났고, 언니는 천안에 있는 고등학교에 입학했다. 나는 아무런 명목이 없었기에 혼자 부모님 곁에 남았다.

나는 집안에서 말할 사람이 없었다. 부모님의 절망으로 가득한 삶의 모습은 고스란히 내 안에 들어왔다. 큰오빠를 잃은 슬픔으로 하루하루 삶을 간신히 지탱하시는 모습, 초등학교 3학년 5학년 어린 두 남매를 멀리 서울로 보내고 걱정으로 가득한 부모님이셨다. 나는 효녀가 되어야 했다. 청소, 빨래, 식사 준비, 밭에 나가 일하기, 부모님 말씀에 순종하기였다. 부모님 앞에서 말이 없던 나는 더 말을 잃어갔다. 내 마음이나 기분을 이야기할 대상은 흰둥이 강아지, 주변 나무, 하늘, 별, 구름, 새, 자연이었다. 사람이 아닌 다른 대상과 이야기하는 것이 나에겐 자연스러웠다. 대학생 때, 내가 나무와 이야기한다고 말했더니 친구가 말하였다. 그런 이상한 말 다른 사람 아무에게도 말하지 말라고. 나는 그 말뜻을 이해하지 못했다. 결혼하고 직장에서 동료 교사에게, 나는 바람과 이야기한다고 말했더니 그 동료 교사도 어디 가서 그런 말 하지 말라고 했다. 사람들이 나를 이상하게 본다고. 그때부터 나는, 내가 자연과 말한다는 것을 아무에게도 말하지 않았다. 내가 사람이 아닌 다른 대상과도 말하는 것을 못 했다면, 나는 내 마음을 터놓을 대상이 없어서 옴짝달싹 못 했을 거다. 서프보드 위에서 떨어져 바닷속 통돌이 안에 갇힌 것처럼, 우울함에 잠겨 허우적댔을 거다.

제주도에 와서 가장 먼저 친해진 바다는 함덕해수욕장이다. 함덕해수욕장은 바다색이 에메랄드빛이다. 맑고 맑은 푸른빛이기도 하고 초록빛인 듯도 하다. 서우봉 언덕에서 함덕해수욕장을 내려다보면 해외여행에 온 듯한 착각에 빠진다. 제주도에 와서 기간제 교사로 근무한 첫 학교는, 함덕해수욕장 근처에 있었다. 출퇴근할 때마다 바다를 보며 걸어 다녔다. 학교까지는 걸어서 1시간 거리였다.

나는 바다를 보며 산책하는 시간이 많았다. 내가 바다를 보며 환한 미소를 지으면, 바다도 나에게 '상수야, 넌 멋진 아이야. 잘 해내고 있단다.'라고, 말해주는 듯했다.

이호테우해수욕장은 내가 맨발 걷기를 시작한 곳이다. 모래를 맨발로 밟을 때 발가락 사이로 비집고 들어가는 작은 알갱이들, 밟히는 대로 저항 없이 모양을 만들었다. 살랑살랑 다가와 발을 적시고 다시 돌아가는 바닷물, 나는 발아래 모래와 속삭이듯 밀려왔다 나가는 바닷물과 이야기했다. "안녕"이라고 말하면, 모래도 바닷물도 "안녕"이라고 말해주는 듯했다.

내가 바다에서 놀 수 있는 건, 나를 포기하지 않는 용기로 도전한 결과였다.

꼬맹이에게 용기를

괜찮아. 잘했어. 다시 해보자. 다시 하면 되지. 파도에 부딪쳐봐. 시원하잖아. 즐겨봐. 한 번만 더 해보자. 할 수 있어. 하고 또 하면 돼. 포기하지 마. 나는 내 안의 꼬맹이에게 말했다. 혼자 중얼거리는 말이었다. 파도를 가르며 앞으로 나아갈 때마다 어린 내 모습이 파도와 함께 밀려왔다. 어린아이는 영문도 모른 채 말없이 성장했다.

'어린 나에게 그 일이 없었더라면 나도 형제들과 웃으며 지냈겠지. 남편이 나에게 퉁명스럽게 말했을 때, 그렇게 말하면 듣기 싫다고 당당하게 내 마음을 표현했겠지!'

사람마다 어린 시절에 겪은 크고 작은 상처가 있을지도 모르겠다. 나를 말 없는 아이로 성장하게 한 그 상처는, 결혼 후 남편이 나에게 퍼붓는 폭력적인 언행이 심해지면서 더 강하게 떠올려졌다. 웅크리고 앉아 있는 어린아이가 보였다. 자기 잘못도 아닌데 꾸중 들을까 봐 웅크린 아이 모습이었다. 무력한 모습으로 쪼그려 앉아 떨고 있는 아이, 성인이 되어서도 그 모습이었다. 아무도 그 아이를 찾아 보호해 주지 않았다. 남편으로부터도 아무도 나를 구해주지 않았다. 자녀 둘만이 두려움을 버틸 힘이 되어 주었다. 극심한 수치심과 모멸감으로 인한 불안은, 내가 누구를 만나든 의기소침하게 했다. 그 아이를 일으켜 줄 사람은 나 자신이라는 것을 깨닫게 해준 건, 폐암 수술이었다. 나도 당당한 내 모습이 있다는 것을 꺼내 보여주고 싶었다. 내가 파도타기에 도전한 이유였다.

나는 주저앉고 싶지 않아 파도타기를 배웠다. 밟힌 대로 그저 그런 모습으로 남기 싫었다. 아니라고, 내 모습은 그게 아니라고 몸부림치고 싶었다. 나에게 함부로 하면 안 되는 거였다고. 모르는 체했어도 안 되는 거였다고.

나는 파도를 밀고 앞으로 나아갔다. 보드 위에 엎드렸다. 순식간에 나를 삼킬 듯 달려오는 파도를 바라보았다. 타이밍을 맞추지 못해 파도를 타지는 못해도 파도에 시선을 집중하는 순간이 뿌듯했다. 두려움에 떨지도 않고 당당한 자세로 보드 위에 앉아 있는 모습이 자랑스러웠다. 내가 해내고 있었다.

나는 나를 믿었다. 좋은 파도를 찾을 수 있다고, 파도가 밀어주는 타이밍을 맞출 수 있다고, 두 발을 보드 위에 올려놓을 수 있다고, 시선을 멀리 두고 멋진 자세를 할 수 있다고, 나를 응원했다.

파도가 밀려오고 보드는 일렁이는 물 위에서 흔들거렸다. 나는 나에게 '물속으로 넘어져도 괜찮아, 발이 닿으니까 죽지 않아, 그러니까 계속 타보는 거야'라고 또 말해 주었다.

나는 학급 학생 중에서 혼자 덩그러니 앉아 있는 아이에게 마음이 더 쓰인다. 혼자 놀거나, 혼자 공부하거나, 혼자 있는 아이는 외로워 보인다. 그렇다고 다 외로운 아이는 아니다. 혼자여도 정말 행복해 보이는 아이도 있다. 외로워 보이는 아이, 누군가에게 다가갈 용기가 없어 보이는 아이에게 살짝 말을 건넨다. 내가 내 안의 웅크린 아이에게 누군가 다가와 도와주기를 바란 것처럼.

근육 만들기

　파도타기 강습 두 번째 시간이었다. 이때부터 보드 위에서 균형 잡는 일은 그리 어렵지 않았다. 잔잔하고 낮은 파도가 있는 날은 보드 위에서 떨어지는 일이 거의 없었다. 집에서 혼자 규칙적으로 요가 스트레칭을 해 온 덕분일까? 집에서 거의 매일 스트레칭을 했다. 작년 11월부터 유튜브에 나오는 요가 영상을 보고 따라 했다. 요가 유튜브 영상 중에서 운동 강도가 조금 강한 프로그램을 보고 따라 했다. 처음에는 시작부터 숨이 찼다. 하지만 복근을 만들고 팔다리 근육을 늘리기 위해 꾸준히 했다. 나는 어렸을 때, 줄넘기, 철봉 매달리기, 벽에 기대어 물구나무서기를 놀이처럼 했다. 몸 움직이는 걸 좋아했다. 유튜브 요가 영상을 보며 요가 동작 따라 하기를 매일 하고 나니, 3

개월 정도 지나고부터는 쉬워졌다. 팔, 다리, 복근을 강하게 해주는 동작이었다. 이 운동을 하기 전에는 허벅지 살, 뱃살, 팔뚝 살이 다 늘어져 있었다. 3개월 정도가 지나자 늘어졌던 근육이 조금씩 줄어들었다. 나이 들면 당연히 생기는 줄 알았던 피부 늘어짐이 조금씩 탱탱해지는 것이 보였다.

나는 강습 첫날부터 서프보드 위에서 균형을 잡았다. 파도의 흔들림에 앞으로 고꾸라지기는 했지만, 한번 일어서면 균형은 만점이었다. "몸이 유연하신데 혹시 무슨 운동을 하세요?"라고 강사가 물었다.

나는 매일 글을 쓰려고 짧은 시간이라도 노트북 앞에 앉는다. 한 문장이라도 쓰려고 책을 읽고, 또 읽는다. 꾸준히 글을 쓰고 책을 읽다 보면, 나도 좋은 글을 쓸 거라 믿는다. 내 이야기를 읽고 누군가 힘을 얻기를 기대한다. 나에겐 감추고 싶은 이야기들이 산처럼 많다. 겉으로 보이는 내 모습은 세상이 원하는 대로 포장되었는지도 모른다. 갈기갈기 찢기어진 내 모습은 아무도 보지 못한다. 타인에게 짓밟힌 자국을 감추기 위해 구겨 놓은 내 모습을, 어떻게 드러낼까. 나는 언젠가는 그 모습을 드러낼 힘을 갖게 될 거라 믿는다. 그 힘이 될 근육을 만들고 있다. 마음의 근육은 신체의 근육과 함께 만들어져 가야 한다는 확신이 생겼다. 내가 도전한 파도타기도 그 힘이 되는 근육을 만들기 위한 거였다.

학창 시절을 거쳐 성인이 되어 갈수록 내 안에 웅크린 아이는, 나를 잡고 놓아주지 않았다. 사춘기 때 가족 누구와도 대화할 기회를 얻지 못한 나였다. 나는 타인과 대화하는 경험을 사춘기 때부터 갖지 못했다. 대화 속에서 어떤 말을 해야 할지, 대화의 맥락에 끼일 힘을 잃어갔다. 형제들 사이에서도, 부모와도, 고아처럼 주변에서 뱅뱅 돌았다. 생각도 마음도 없는 허수아비처럼. 웅크린 아이는 수치심으로 인해 자신감을 더 잃어갔다.

오빠가 결혼한 뒤로는 몇 년 동안, 오빠와 떨어져 남은 네 형제가 같이 살았다. 언니와 두 동생은 집에서 대화도 자주 했지만, 나는 대화에 끼지 못했다. 나도 같이 치킨을 먹으며 이야기하고 싶었다. 형제들이 몰아낸 건 아니다. 나 스스로 혼자가 되어 갔다. 사춘기 때 일이다. 밤이 되면 어머니가 두 동생 걱정을 하며 한숨 쉬는 것을 자주 보곤 했다. 나도 엄마 곁에 앉아 그 걱정을 들었다. 나는 나보다 멀리 떨어져 있는 동생들을 걱정해야 했다. 내 마음과 기분을 부모님께 말할 기회가 나에겐 전혀 없었다. 당연한 것처럼. 나는 부모님께 슬퍼 보이거나 아파 보이거나 힘들어 보이지 않으려고 했다. 사춘기 때 내 마음을 표현하는 말을 하지 못했다.

그렇게 길든 나는 남편과 결혼 전, 데이트할 때도 내 마음이나 감정을 표현한 적이 없었다. 서로의 마음이나 생각을 주고받는 대화를 거의 해본 적이 없었다. 상대의 기분에 내 마음을 맞추려고 했다. 요즘 젊은 연인들이나 부부가 친구처럼 대화하는 모습을 많이 본다. 유독 나에겐 그런 장면이 잘 보인다. 서로 같은 보폭으로 나란히 걸어가며 말을 주거니 받거니 하는 모습이다. 나와 남편은 마치 싸우기라도 한 듯한 모양새로 걸었다. 남편은 두 걸음 정도 앞에서 걷고, 나는 그 걸음을 쫓아가느라 바삐 달리듯이 뒤따라 걷곤 했다. 어린 시절 어머니 아버지도 그와 같은 모습이었다. 남편이 앞에 먼저 가고 내가 뒤따라가는 것이 이상하게 여겨졌지만, 괜찮게 받아들인 이유였다. 나도 다정한 모습으로 손잡고 대화하며 걷고 싶었다. 언젠가는 그러겠지, 라며 기대했다. 사랑은 그런 줄 알았다. 말이 왜 필요하지? 그냥 상대방이 원하는 대로 해주면 되지! '힘들다, 슬프다, 기쁘다, 아프다'는 말을 왜 하는지 몰랐다. 말하지 않아도 다 알아줄 거로 생각했다. 어느 순간부터 나는 내 솔직한 감정이 어떤지도 알아채려 하지 않았다. '감정이 뭐야? 그걸 왜 느껴야 해? 불편하잖아.'라며 무시했다. 주변의 상황에 내 감정을 꿰맞추었다. 내 감정이 다른 사람의 마음을 불편하게 할까 봐, 내 마음을 포장했다.

나도 말하려 한다. 내 마음이 아프니까 나에게 그렇게 행동하지 말라고. 나는 내 안의 쪼그만 아이, 말없이 웅크리고 앉아 있는 아이를 일으켜 줄 힘을 키우기 위해 파도타기에 도전했다.

나이가 어때서

파도타기 하는 내 머리카락 색은 흰색이다. 자연 그대로의 색이다. 나는 40대 초반부터 생기기 시작한 새치가 다른 사람들 눈에 보이지 않게 하려고 새치 염색을 10년 넘게 했다.

40대 초반부터 직장에서 맡은 일이 많았다. 학생들을 가르치는 일 이외에 맡은 업무를 하느라 저녁 7시 이후가 되어야 퇴근하곤 했다. 토요일과 일요일에도 출근하는 날이 잦았다. 남편과의 대화 부재와 생활 습관 차이에서 오는 갈등은 극심한 스트레스로 쌓여만 갔다. 그 긴장감을 풀기 위한 하나의 방편이 일이었다. 집에서 남편과 불편하게 있는 것보다 밖에서 일하는 게 마음 편했다. 남편이 나를 향해 쏟아내는 거친 말이나 행동으로부터 나를 보호할 최고의 방법이었다. 남편은 집에서 무표정이거나 굳어 있기 일쑤였다. 나는 남편이 늘 화가 나 있다고 느꼈다. 어린 시절 무표정한 아버지에게 말을 걸지 못했던 것처럼, 남편에게도 말을 건네는 것이 불편하고 긴장됐다. 남편은 텔레비전 뉴스를 보거나 드라마를 볼 때면 크고 욕이 섞인 말로 감정을 토해 냈다. 여성을 향한 욕이었다. 나는 그 말들이 나를 향한 욕처럼 들렸다. 나는 방으로 들어가 문을 닫았다. 18평 아파트, 집안 어느 곳에 있어도 들렸다. 그 말을 듣는 사람은 집 안에 있는 가족이니까, 욕하지 말라고 부탁도 해보았다. 나는 집에서 남편과 친구처럼 대화하고 싶었다. 반찬 이야기든, 아이들 이야기든, 서로 말이 오가기를 원했다. 대화를 해보려고 텔레비전을 보고 있는 남편 옆에 살짝 앉아 있기도 했다. 나는 남편과 친밀해질 좋은 방법을 찾지 못했다. 남편과 같은 공간에 있는 것이 갈수록 불편했다. 40대, 내 존재를 확인하기 위해 밤낮으로 몸을 혹사했다. 제대로 챙겨 먹지도 않았다. 교회에 가든지, 학교에서 일을 하든지, 밖에서 보내는 시간이 많아졌다.

40대 초반에 생기기 시작한 새치는 줄어들 기미는 보이지 않고 해마다 늘어났다. 새치가 생긴 초반 몇 년 동안은 2개월에 한 번 정도 새치 염색을 해도 괜찮았다. 해가 지날수록 새치를 가리기 위한 염색의 횟수는 잦아졌다. 갈색으로, 검은색으로, 멋 부리기 염색으로 새치를 꼼꼼하게 덮었다. 40대 초반 한창 젊은 나이인데 흰머리라니. 새치 염색만 하면 나는 생기발랄한 멋진 여자 모습이었다.

2018년 폐암 수술을 하고부터 염색하는 것이 귀찮아졌다. 염색약이 암에 좋지 않다고 하여 2018년 9월부터 1년 정도는 자연 염색약으로 머리를 감았다. 한창 인기였던 자연 염색약은 내가 흰머리를 감출 수 있게 하는 최고의 선물이었다. 하지만 수술 후 1년이 지나고부터는 그마저도 하지 않았다. 내 본 모습을 그대로 보일 용기를 냈다.

염색하지 않고 2주 정도 지나자, 머리 중앙부터 나오는 흰머리는 지저분해 보였다. 추하다는 표현도 어울릴 듯했다. 게으른 여자가 머리 손질조차 하지 않는 듯 느껴졌다. 다시 염색하고픈 마음이 불쑥불쑥 튀어나왔다. 어깨 아래로 길게 생머리였던 머리 모양을 짧은 커트로 했다. 짧은 머리가 덜 지저분해 보였다. 그 뒤로 내 머리 모양은 짧은 커트가 됐다. 수술 후 2년 동안은 교회와 동네 지나가는 사람들 이외에는 만날 사람이 별로 없었기에 마음이 덜 불편했다. 거의 모자를 쓰고 다녔다. 2년 정도의 시간이 지나자, 머리색이 흰색으로 균형을 이뤘다. 흰머리 사이사이 갈색, 검은색 머리칼이 멋 내기 염색이라도 한 듯했다. 해가 지나면서 갈색, 검은색은 사라지고 다 흰색이 되어갔다.

나를 위로해 주는 말인지는 모르겠지만, 내 흰머리를 보는 사람들은 머리색이 멋지다고 칭찬을 해주었다. 나는 점점 내 머리색이 어색하지 않았다. 당당해지고 있었다. 학급 학생 한 명이 내 머리색이 염색한 건지 아니면 나이가 들어서 생긴 흰머리인지 물었다. 나는 당황하지 않았다. 나이 들어 생긴 흰머리라고 미소 지으며 말해주었다. 그 아이가 우리 할머니도 흰머리라고 말할 때, 나는 살짝 의기소침해지려 했다.

오후 5시, 혼자 준비운동을 마치고 서프보드를 들고 바다를 향해 걷고 있었다. 서프보드를 오른손 한 손에 받쳐 들고 겨드랑이에 끼워 넣었다. 내가 보아도 씩씩하고 멋진 모습이었다. 바다로 들어가려고 하는데, 모래사장에서 맨발 걷기를 하던 여자분이 다가왔다. 내 나이쯤 되어 보였다. 그분은 나에게 반갑게 인사를 하며 자신도 서핑을 배우고 싶다고 말했다. 내 모습이 당당하고 멋져 보여서 도전해 보고 싶은 호기심이 생겼다고. 나는 내 모습이 그 분에게 용기를 갖게 해준 듯해 뿌듯했다.

나는 젊은이들과 함께 서핑을 배웠다. 흰머리 그대로 휘날리며.

나는 어린 시절에는 시골에서 맨발로 뛰어다니며 놀았다. 그래서 그런지 발이 투박하고 크다. 내 발은 내 또래 다른 아이들 발보다 컸다. 나는 누군가로부터 '작은 신발을 신으면 발 크기가 작아진다'라고 들었다. 나는 발가락을 구겨 넣으며 작은 신발을 신었다. 그래서 그런지 내 발가락은 마디마디마다 구부러져 있다. 지금 내 신발 크기는 260센티미터다. 작은 신발이 내 발 크기를 줄여 주지 못했다.

누구의 영향을 받았는지, 나는 중학생 때부터 결혼 후 첫째를 임신할 때까지 거들이라는 속옷을 입었다. 그 속옷은 아랫배가 불룩 나오지 않게 복부를 조여 주었다. 허리도 날씬해 보이게 해주는 코르셋이었다. 그 속옷은 숨쉬기도, 운동을 하기도, 입고 벗기도 힘들었다. 갑옷처럼 딱딱하고 타이트했다. 직장에 다니기 시작하면서 백화점에서 비싼 옷을 사 입기도 했다. 예쁜 옷을 입으면 내 안에 자리 잡은 수치심으로 인한 열등감이 가려지는 듯했다. 나는 주변 사람들에게 잘 보이고 싶었다. 관심도 받고 칭찬받고 싶었다.

결혼 전 남편과 데이트 할 때도 나는 내 모습이 예쁘게 보이도록 애썼다. 그저 예쁜 미소로 잘 웃고 남편이 하자는 대로 잘 따라 주려고만 했다. 내 상황을 생각하거나 내 마음을 살피려는 노력보다는 그냥 따라주는 거, 그게 나라는 생각이었다. 나는 원래 부족한 사람이니까, 흠이 있는 사람이니까, 나를 주장하지 못했다. 어린 시절부터 해 온 습관대로였다.

나는 결혼 후 남편으로부터 버림받고 있다는 마음이 강해지면서 다시 외모에 신경 쓰기 시작했다. 얼굴 피부 마사지, 전신 마사지, 피부를 까무잡잡하게 태닝도 했다. 남편이 평생 나를 사랑해 줄 거라 믿었다. 내 생각을 존중해 줄 거라 의지했다. 결혼식이 끝나자마자 달라진 남편의 말과 행동은 나를 두렵게 했다. 남편의 관심을 받고 싶었다. 나를 사랑해 주는 사람이 없구나, 하는 괴로움에 빠지기도 했다. 어린아이 때 겪은 일로 자리 잡은 수치심은, 어디에서나 나를 주장하지 못하게 눌렀다.

수치심에 갇혀 짓눌려 살던 나에게 폐암 선고는 벼랑에서 떨어지는 느낌이었다. 나 자신에게 솔직해져야 했다. 흰머리를 감추려고도, 젊어 보이려 애쓰지도 않기로 했다. 책 읽기, 운동, 글쓰기, 독서 모임 참여하기, 수치심을 끌어낼 힘을 길렀다. 내면을 단단하고 건강하게 일으켜 가기로 했다. 이호해수욕장 바다에서 파도타기에 도전한 이유다. 흰머리를 하고 당당하게 바다에 들어가며 나는 내 안의 웅크린 아이에게 말했다. '네 모습 그대로 좋아, 너는 그대로 보배란다'라고.

큰 파도가 내 등 뒤에

파도를 타고 싶었다. 내 안에 웅크리고 있는 수치심과 두려움을 끌어내기 위해 파도타기를 배웠다. 6월부터 시작하여 7월 중순이 지나기까지 거의 매일 연습했다. 퇴근하고 바로 강습센터로 갔다. 빡빡한 서핑복을 갈아입는 것도 몇 번 해보니 요령이 생겼다. 몸에 잘 들어가지 않아 안간힘 써야만 했었다. 파도를 일렁이며 나를 맞아주는 바다, 어느 날은 잔잔하게 또 어느 날은 거친 모습으로 다가왔다.

'내가 해낼게, 무서워하지 않을게, 나 잘하고 있지.'

하고 바다에 말하면, '그럼, 잘하고 있지, 그렇게 조금씩 해보는 거야, 넌 잘하고 있어.'라고 대답해 주는 듯했다. 남편에게서 듣고 싶었던 말이었다.

무섭던 큰 파도가 점점 나를 알아가 주는 친구처럼 느껴졌다. 파도가 전혀 없는 날에는 혼자 바다에 들어가는 것이 머쓱하기도 했다. 파도도 없는데 파도타기를 한다고? 그 어색한 기분을 아무것도 아닌 것으로 만들어 갔다. 모래사장을 걷고 있는 사람들 시선이 나를 향할 거라는 착각을 떨쳐 버리려 했다. 주변 사람들이 관심을 둔다 해도, 그저 스쳐 지나갈 뿐인 관심이라는 것을 알아챘다. 내가 의지했던 부모님, 형제, 남편, 자녀, 친구가 아무리 나를 응원해 준다 해도 결국 해내야 하는 사람은 나였다. 나는 나에게 집중했다. 보드 위에 일어설 때 고꾸라지지 않으려면 오로지 나에게만 집중해야 했다. 내 팔과 다리는 어느 위치에 두어야 할지 내 시선을 어디에 두어야 할지, 내가 나아갈 목표 지점은 어딘지 바라보아야 했다. 나는 그동안 주변 사람들이 나를 어떻게 바라보는지에 집중했다는 것을 알아챘다. 나는 내 감정과 내 상황은 뒷전에 놓고 살았다. 그래야만 되는 줄 알았다. 파도타기는 나에게 집중하는 힘을 길러줬다.

나는 남편과 결혼생활에 대한 아무런 계획도 세워보지 않았고, 대화도 한 적 없이 결혼했다. 엄마와 며느리, 아내의 삶을 살아야만 했다. 내 마음과 감정은 어린 자아로 웅크리고 있었다. 나는 자녀를 낳고 돌보는 일도 시댁 식구들과 어울리는 것도 다 힘겨웠다. 누군가 함께 마음을 나눌 사람이 필요했다. 남편이 그 대상이라 믿었는데, 거칠고 사나웠다. 그 모든 것은 나에게 작은 파도와 큰 파도였다. 어른으로서 살아가는 삶은 나를 바닷속에 가라앉히기도 하고 고꾸라뜨리기도 했다. 깊은 수렁에서 허우적댈 때마다 일어설 힘을 준 건 두 자녀였다. 바다가 나에게 용기를 주듯이 두 자녀도 나를 응원해 주고 잘 해낼 거라고 믿어 주었다.

파도가 무섭다고 피하듯 남편을 피하고 싶은 상황이 많아졌다. 신혼 초에는 부부 상담을 받아보자고 남편에게 건네 보기도 했다. 답은 냉랭했다. 나는 남편과 다정하게 살고 싶었다. 얼마나 힘드냐고, 괜찮냐고, 괜찮다고, 그러냐고, 이런 말들이 오고 가는 부부가 되고 싶었다. 남편도 나도 대화를 차분하게 이끌어 갈 힘이 없었다. 몇 마디의 말이 오가다가 날카롭고 큰 고함으로 끝냈다. 내게 익숙하지 않은 큰 파도였다. 남편과 함께 헤쳐 나갈 기대를 안고, 남편이 곁에 있으면 아무것도 두렵지 않을 것 같아 시작한 결혼생활이었다. 결혼 생활 시작부터 컴컴한 바다에 홀로 남겨진 듯했다. 두려웠다.

나는 강습받기 시작부터 일주일 정도 매일 바다에 나가 파도타기 연습을 했다. 그때마다 잔잔한 파도와 작은 파도는 수중 놀이터인 듯했다. 고꾸라지면서도 재미있었다. 하지만 큰 파도는 여전히 무서웠다. 바닷물 높이가 허리쯤까지 오는 곳에서조차도, 큰 파도는 한순간 나를 삼켜 버릴 듯했다. 파도가 덮쳐도 빠져 죽지 않을 안전한 깊이인데도, 나는 무서워서 보드만 잡고 서 있었다. 파도를 몰라서였다. 파도를 이해하지 못해서였다. 내가 성장하는 동안 나를 이해해 주지 못한다며 원망하기도 했던 사람들이 떠올랐다. 나는 그들을 이해하려고 하기보다는 나를 챙겨주기만을 바라는 마음이 더 컸다. 이런 생각을 하는 순간 커다란 파도가 나를 덮치고 지나갔다. 연습 1개월 후, 나는 나를 덮치려는 큰 파도를 아슬아슬하게 탔다. 보드 위에서 활짝 웃으며 멋진 포즈를 잡는 여유를 부렸다. 나는 큰 파도를 피하는 방법도, 가뿐하게 타는 방법도, 내 것으로 만들어 갔다. 내가 일으켜야 하는 어린 자아와 함께 해나갔다.

등 뒤에서 밀어주는 손길

서핑을 처음 배울 때 가장 도움이 되어 준 것이 있다. 등 뒤에서 밀어주는 강사님의 손길이었다. 나 혼자는 넘어지고 미끄러지고 일어서지 못해도 강사님이 밀어주면 되었다. 그 힘으로 물 위에서 미끄러져 파도와 함께 앞으로 나아갔다. 강사님은 내 등 뒤에서 내 보드를 잡고 있다가, 파도가 들어오는 모습을 보고는 나를 태운 보드를 힘차게 밀어주었다. 이 모든 것은 찰나에 이루어졌다. 파도가 없던 날에도 그랬다. 그 밀어주는 힘만으로 보드가 바다 위를 미끄러져 나갔다. 보드는 내 몸을 싣고 앞으로 쑥 나아갔다.

내 삶이 멈춘 듯한 순간이 있었다. 뇌종양 수술, 자궁 적출 수술과 폐암 선고다. 파도가 없는 잔잔한 바다 위에서 초보자가 파도를 타겠다고, 보드 위에 엎드리는 모습과도 같았다. 아무것도 할 수 없는 상태였다. 내 등 뒤에서 누군가 내 보드를 밀어주는 사람이 있어야 했다. 내가 폐암으로 절망에 갇혀 꼼짝 못 하고 있던 몇 개월 동안 아들딸은 바빴다. 나를 밀어주고 끌어주었다. 아들딸은 나를 예쁜 음식점, 카페, 바다, 산으로 데리고 다녔다. 형제와 지인들이 찾아 와 주었다. 자존감이 없던 웅크린 아이는 일어날 힘을 갖기 시작했다.

나는 1개월 동안 파도타기 강습을 받은 후에는 '이제 혼자 타 봐야지' 하는 용기를 냈다. 두 손을 움직여 패들링을 했다. 보드 위에서 양손으로 노 젓는 것을 패들링이라고 했다. 패들링을 빠르면서도 세게 몇 번 하다가 얼른 보드 위에 두 발을 올려놓았다. 일어섰다. 보드가 바다 위를 미끄러져 앞으로 나가기를 바랐다. 야속하게도 보드는 바다 위에 멈춰버렸다.

나는, 누군가 밀어주는 힘에만 의지한다면 파도타기는 혼자 할 수 없다고 강사님이 했던 말을, 떠올렸다. 파도를 보고 있다가 혼자 패들링을 한 후, 파도가 뒤에서 밀어줄 때 바로 일어서야 한다고 했다.

나는 파도타기를 배우면서 나를 돌아보았다. 줄곧 누군가에게 의지하며 살아왔다는 것을 알게 됐다. 결혼 후에는 나 스스로 인생을 개척해 나가려는 의지보다는 '남편만 바라보고 살아가면 다 되겠지'라는 생각이 강했다. 웅크려진 자아를 일으켜 줄 따스한 손길이 남편에게도 필요하다는 생각을 거의 하지 않고 살았다. 남편이 겪은 어린 시절 아픔을 공감해 주기보다는 남편은 가정에서 단단한 사람으로만 있어야 한다고 생각했다. 내가 받고 싶은 사랑은 형제, 남편, 친척들도 받고 싶은 건데, 나는 내가 받고 싶은 만큼의 것을 내 주변에 해주지 못했다. 공감해 주고 다가가 줄 힘이 내 안에 없었다. 수치심으로 인해 나에 대한 자존감이 없었다. 겉으로는 당당해 보였지만 두려움이 가득한 나였다.

나는 파도타기를 배우며 스스로 홀로 서는 힘을 키웠다. 어느 파도를 타야 좋은지 파도를 분별하는 것, 패들링 하기, 보드 위에 일어서기, 시선을 앞쪽 먼 곳에 두기, 보드 위에서 바다에 내릴 때 뛰지 말고, 살짝 내리기를 연습했다. 누구의 도움도 받지 않고 오로지 내가 혼자 해내야 했다.

파도타기를 할 때 강사님이 밀어주면 앞으로 쑥쑥 잘 나갔다. 앞으로 나아가지 못하고 멈춘 듯한 삶의 순간마다 조용히 다가와 등 뒤에서 밀어주는 손길이 있었다. 변함없이 늘 나와 함께 있어 주는 손길, 나는 그 따스한 손길이 있어 파도타기에 도전할 용기도 냈다. 어린 자아가 두려움에 웅크릴 때마다 곁에 다가와 톡톡 등을 두드려 주며 '넌 혼자가 아니란다', 라고, 말해주는 손길이었다.

사람을 만나다

파도타기를 배우러 갔더니 그곳에는 젊은 사람이 많았다. 강사님도 배우는 사람도 거의 청년뿐이었다. 나는 청년들의 활기찬 분위기가 좋았다. 강사님 두 분은 내 아들보다 나이가 더 어린 대학생이었다. 여름방학이라 강습센터에서 아르바이트한다고 했다. 서핑 기본자세, 서핑할 때 바다에서 지켜야 할 규칙, 조심해야 할 행동 하나하나 자세히 가르쳐 주었다. 절도 있는 말투와 몸짓, 탱탱볼이 튀어 오르듯 탄력 있는 행동과 민첩한 움직임, 빛나는 눈빛이 내 마음도 젊어지게 해주는 듯했다. 건강에 좋은 향기를 뿜어내는 푸릇푸릇한 나무 같았다. 이 청년들이 있어 이곳에 생기가 더 넘쳤다. 활기가 있었다. 파도타기를 배우러 오는 사람들도 모두 파도에 맞설 준비된 자세로 보였다. 의욕에 찬 모습이었다.

나는 초등학교 교사로 32년 동안 서울에서 근무했다. 지금은 명퇴하고 제주도에서 기간제로 근무한다. 나는 교사로 일하면서 내 안의 웅크린 나를 일으키려 애썼다. 사람을 만나고 싶었다. 대화할 사람들을 찾았다. 교사에게 지원되는 연수 중, 사람들과 대화할 수 있는 연수를 받으러 다녔다. 음악, 과학, 컴퓨터, 놀이 체육, 상담 연수였다. 연수를 받는 동안 처음 만나는 사람과 내 마음과 감정을 나눌 기회가 되었다. 나는 이외에도 다른 연수들을 받으며 자신감을 키우려 했다. 난타, 수영, 스쿼시, 재즈댄스, 벨리댄스를 배우면서 내가 할 수 있는 것이 많다는 것을 알아 갔다. 뭐든지 잘 해낼 수 있다는 것을 스스로 경험하고 싶었다. 끊임없이 배우며 사람을 만났다.

폐암 수술 후 더 활발하게 낯선 사람들을 찾아다녔다. 강릉에서 건강을 회복하며 지내는 동안, 독서 모임에 다녔다. 딸이 소개해 준 모임이었는데 청년들이 주된 회원이었다. 청년들의 대화 모임에 나도 함께했다. 청년들은 나를 반겨 주었다. 각자 자기가 읽은 책을 소개하고 생각을 나누는 시간에 긴장도 했지만, 젊은이들의 생각을 가까이에서 직접 들을 수 있어서 행복했다. 포항에서는 백화점에 있는 문화센터에 다녔다. 클라리넷 악기 연주를 배웠다. 그곳에서 만난 분은 지금도 나를 '언니'라고 불러 준다. 제주도에 온 첫해에 찾아갔던 곳들도 청년들이 많았다. 책이야기마당, 삽화를 배우러 갔던 작은 책방, 필름 카메라 촬영 방법을 배우러 갔던 곳이다. 삽화를 배우러 간 곳에서는 청년들과 함께 나란히 앉아 서로를 소개하기도 했다. 책 이야기 마당에서는 젊은 작가와 몇몇 청년들이 모여 책 이야기를 했는데, 나도 내 이야기를 할 수 있었다. 필름 카메라를 들고 제주도 풍경을 찍으러 세 명의 젊은이와 함께 다녔다. 내가 청년 때에 하지 못했던 경험을 하게 된 시간이었다. 나에게 청년의 때를 찾아 주는 기분이었다. 내 안에 자리 잡은 수치심이 보이지 않고, 내면에서 활기찬 힘이 솟았다.

내가 갖는 관심은 나를 그 장소로 찾아가게 했다. 나는 오늘의 힘든 상황을 희망으로 바꾸려는 사람들이 있는 곳을 찾았다. 활기차게 살아가려는 사람들 속에 찾아갔다.

파도타기를 배우는 곳에 모인 사람들은 파도를 두려워하지 않거나, 두려움을 극복하면서 자신에게 좋은 경험을 해주려는 사람들이었다. 서프보드 위에서 바다에 빠진다는 것을 알고 시작하는 사람들이었다. 실패를 기쁨으로 바꾸려는 의지가 있거나 키워가는 사람들이었다. 나는 파도타기를 배우면서 그런 사람들과 함께했다. 더불어 좋은 기운을 얻는 기회였다. 나는 웅크린 아이를 일으킬 힘을 한 뼘 더 키웠다.

알게 된다

보드 위에 앉아 고개를 뒤로 돌려 파도를 보고 있었다. 거센 파도가 순식간에 나를 확 덮쳤다. 보드 위에 앉은 채로 앞으로 밀려갔다. 거센 파도가 아니더라도 물결치는 바닷물을 누르며 보드 위에서 일어선다는 것은 나에게 쉬운 일이 아니었다. 보드에 반듯이 엎드리면 내 몸이 꼭 찼다. 몸이 한쪽으로 살짝만 옮겨가도 바닷속으로 풍덩 빠질 것만 같았다. 죽기 아니면 까무러치기라는 마음으로 달려오는 파도와 맞서 싸워야 했다. 이 순간들은 나를 강한 나로 만드는 절호의 기회였다. 파도를 거슬러 올라가며 모든 신경을 파도에 집중했다. 두려워하려는 마음을 '괜찮아, 파도가 그냥 지나갈 거잖아.' 하고 다독였다. 나는 거센 파도에 내 안에 가득한 아집과 자격지심을 부숴버리고 있었다. 자격지심과 아집은 나를 스스로 보호하느라 자연스럽게 만들어졌을 거다. 나는 다른 사람들의 이야기에 귀를 기울이고 싶었다. 내 아집과 자격지심을 비우는 과정 중 하나가 파도타기였다.

한여름, 뜨거운 태양이 이글이글 타올랐다. 오후 다섯 시인데도 제주도 이호테우 해수욕장에 내리쬐는 태양의 뜨거움은 가라앉을 줄 몰랐다. 햇빛을 가리려고 모자를 썼다가 벗었다. 보드 위에 일어섰을 때, 시선을 멀리하여 앞을 바라보아야 했다. 나는 두려워서 시선을 보드 앞 끝부분에 닿는 바다에 떨구었다. 그 순간 내 머리부터 바로 바다에 첨벙 빠졌다. 모자가 벗겨졌다. 파도에 밀려가는 모자를 줍느라 이리저리 바닷물을 가르며 정신없었다. 모자가 시야를 방해하기도 하고, 벗겨질까 봐 신경 쓰느라 집중력을 빼앗기기도 했다. 마음을 분산시키는 모자는 미련 없이 벗어 놓아야 했다.

나는 태양 빛이 좋다. 쨍쨍 내리쬐는 태양 빛을 맘껏 받으며 보드를 밀고 들어갔다. 바닷물이 무릎 정도 깊이가 되면 보드 위에 올라가 얼른 납작 엎드렸다. 처음에는 엎드려 있는 것도 무서웠다. 파도에 살짝 흔들리기만 해도 미끄러져 바다에 빨려 들어갈 것만 같았다. 일주일 정도 지나자, 침대에 엎드린 듯 편했다. 파도를 거스르며 패들링을 했다. 두 팔을 보드 양쪽 바닷물 속에 넣고 번갈아 가며 노를 저었다. 패들링도 잘못된 방법으로 하면 어깨에 무리가 된다고 배웠다. 팔을 바다 깊숙이 넣어야 했다. 그런 다음 팔을 앞으로 쭉 뻗어 바다 깊숙이 팔을 넣으며 물을 끌어당기면 됐다. 넣었던 팔의 힘을 쭉 빼고 들어 올려 옆으로 돌렸다. 이 동작을 반복했더니 나를 태운 보드가 바닷물을 밀어내며 앞으로 나아갔다. 어린아이가 물장난치듯 계속 앞으로 저어 갔다. 순간 깜짝 놀랐다. 신이 나서 노를 젓느라 너무 깊은 곳까지 가버린 것이다. 내 마음은 멀리 바다 한가운데도 가보고 싶었다. 강사님은 파도가 전혀 없는 날에는 바다 멀리 깊은 곳까지 다녀와도 된다고 말했다. 발목에 보드와 묶은 생명줄이 있으니, 바닷물에 빠져도 보드만 잡으면 산다고 했다. 하지만 나는 한 번도 멀리까지 가지 않았다. 내가 가는 깊이는 가슴까지였다. 파도가 없는 날에는 보드 위에서 패들링을 하며 많은 시간을 보내기도 했다. 바다 앞으로 나아가지 않고 옆 방향으로 저어 가면 보드 위에서 떨어져도 물속에 잠길 염려가 없었다. 안전했다. 모래사장에서 맨발 걷기 하는 사람, 모래놀이하는 사람들이 있어 외롭지 않았다.

연습하는 날이 많아질수록 보드 위에 앉아 방향을 바꾸는 동작도 쉬워졌다. 보드 끝부분에 엉덩이를 놓고 양다리는 벌려 보드를 끼고 앉아 바다에 내려놓았다. 양쪽 다리를 번갈아 가며 물속에서 회전했다. 회전하려고 두 발을 움직이기 시작하자 엉덩이 뒤쪽으로 몸무게

가 쏠렸다. 엉덩이가 보드 끝부분에 놓여 있으니, 바다에 빠질 것만
같았다. 얕은 곳에서 연습했기에 큰 두려움은 없었다. 엉덩이가 물속
으로 빠지지 않도록 무게중심을 잡는 순간에도 다른 생각을 하면 안
되었다. 방향 바꾸기 연습하며 무게중심 잡는 힘을 키웠다.

서프보드 위에 앉고, 회전하고, 엎드리고, 나아가고, 일어서고, 연
습하면 할수록 쉬워졌다. 어찌할 바를 몰라 당황스럽기만 했던 순간
들이 지나갔다. 완전 초보 수준이었지만 더 멋진 폼을 만들려고 여
러 동작을 반복했다. 내가 보드 위에서 자연스러워지는 방법은 하나
였다. 매일 바다에 들어가 파도와 맞서 타고 넘어지고를 반복하면 됐
다. 몸에 쫙 달라붙는 방수복은 입고 벗기가 여간 불편하고 힘든 게
아니었다.

어린 시절에 나에게 내 뜻과 의지와는 상관없이 생겼던 일이, 청년
때부터는 더 선명하게 떠올려졌다. 그 이후 마음에서 사라지질 않았
다. 나는 흔들리는 내 중심을 바로 잡아야 했다. 나를 보호하기 위한
아집과 자격지심이 키워져 갔다. 나는 내 안에 웅크리고 앉아 꼼짝달
싹 못 하는 어린 자아를 일으킬 힘을 기르고 싶었다. 수치심에 의한
아집과 자격지심으로 묻혀버린 나를 끌어내고 싶었다. 파도타기는
그 힘을 길러 주었다. 보드 위에서 넘어지고 바닷물에 처박혀도 다시

일어나 생긋 미소 짓는 여유를 키웠다. 나는 웅크린 나에게 '네가 이렇게 잘 해내고 있다고, 내가 나를 스스로 지킬 거라고,' 말했다.

이호테우 바닷속

    나는 이호테우 해수욕장 근처에서 2년째 산다. 1년 내내 관광버스가 왔다가 갔다 한다. 해수욕장에서 여름뿐만 아니라 겨울에도 모래 위를 맨발로 걷는 사람들이 많다. 마치 걷기 경기에 참여한 자들 같다. 비가 오나, 눈이 오나, 바람이 부나, 모래 위에 발자국을 만드는 사람들이다. 이호테우 해수욕장은 썰물일 때와 밀물일 때 전혀 다른 바다처럼 보인다. 밀물일 때는 바닷속이 바닷물에 다 가려져 바다 밑에 날카로운 바위가 있다는 것을 모르게 된다. 처음 파도타기를 하려고 바닷속으로 걸어 들어갔던 때도 밀물 때였다. 몇 발짝 걸어 들어가니 맨발인 발바닥에 뾰족한 돌이 밟혔다. 발을 세게 눌러 내디뎠더라면 발바닥이 작은 바위에 찍혔을 거다. 발바닥이 작은 바위에 긁히지 않았지만, 눌린 압력으로도 몹시 아팠다. 그 후로도 몇 번 바닷속에 바위가 있다는 것을 알아차리지 못하고 들어가다가 크게 다칠뻔했다. 바닷물에 가려 보이지 않는 크고 작은 돌들이 많다.

강사님이 주의 사항으로 강조한 것 중 하나도 뾰족한 돌이다. 서프보드 위에서 내릴 때 세게 점프하면 다치니까 가볍게 내리라고 했다. 발을 살살 내려놓아야 한다는 걸 알면서도 파도타기를 처음 배우는 거라 맘대로 되지 않았다. 떨어질 때도 사뿐히 내리지 못하고 엉겁결에 첨벙 소리가 날 정도로 세게 떨어졌다. 다행히 다치지는 않았다. 이 위험한 상황을 알고 나서 보드를 밀고 들어갈 때마다 바닥을 살살 밟았다. 발을 내려놓다가 밟히는 돌이 있으면 뾰족한 돌이 없는 쪽으로 방향을 바꾸어 살금살금 걸었다.

바닷속에는 모래와 돌뿐만 아니라 해초도 많다. 걸어 들어갈 때 미끌미끌한 해초가 발에 밟히기도 했다. 혹시 미역인가 하고 발로 끌어올려 보면 미역이 아니었다. 태풍이 억세게 불고 난 다음 날, 이호테우 바다에 맨발 걷기를 하러 갔다. 바닷가 모래 위에 바닷속에서 밀려온 해초가 널려 있었다. 모래 위를 걷던 사람들이 해초들 사이에서 무언가를 골라 담고 있었다. 커다란 포대 자루를 들고 다니며 담는 할머니도 있었다. 물미역이라고 했다. 나는 바다에서 갓 올라온 물미역을 그날 처음 보았다. 두꺼운 줄기 양옆으로 넓은 잎이 나란히 붙어 있었다. 미끌미끌했다. 사람들이 줍는 것을 보고 나도 주웠다. 신나고 행복했다. 양손에 가득 주워서 집으로 가지고 갔다. 물에 씻어 끓는 물에 살짝 데쳤다. 초고추장을 찍어 먹으니, 바다 향기와 맛이 났다. 지인에게도 조금 나누어 주었다. 이호해수욕장에서 얻은 건강식품이었다. 미역 줄기를 먹으며 혼자 싱글벙글 웃었다. 나는 나를 잘 챙기고 있는 내가 스스로 기특했다.

발에 걸리는 돌은 피하면 됐다. 해초도 바다에서 자란 식물이니까 지저분하다는 생각이 들지 않았다. 어느 날 보드 위에서 균형을 잡지 못하고 떨어져 바닷물에 빠졌다. 그때 머리가 먼저 바닷물에 처박혔고, 내 얼굴 위에 바다 쓰레기가 얹혔다. 손으로 얼른 걷어냈다. 내 주변에 플라스틱과 비닐이 군데군데 떠다니고 있었다. 파도와 함께 떠밀려 온 쓰레기였다. 쓰레기가 더러워서 몸이 움츠러들기도 했다. 이렇게 더러운데 파도타기를 배우지 말까, 하는 생각도 했다. 보드 위에 쓰레기를 주워서 모으고 싶기도 했다.

간혹 바닷속에서 보물도 발견했다. 조개다. 서프보드를 밀면서 걸어 들어가는데, 발바닥에 동글동글한 무언가가 밟혔다. 플라스틱 쓰레기인가? 찝찝한 마음을 누르고 발가락으로 살살 모래를 긁어냈다. 쓰레기가 아니었다. 굵직하고 동그란 조개였다. 모래 속에 조개가 있다고 강사님이 말했던 기억이 났다. 강사님도 바닷속에서 강습할 때 자주 겪는 일이라고 했다. 바닷속 모랫바닥을 밟고 있는 발바닥에 조개가 가끔 밟힌다고 했다. 지름이 4센티미터 정도 되는 조개였다. 강습이 끝난 후 센터로 들어가 주운 조개를 들어 보이며 자랑했다. 엄청난 보물이라도 캔 것처럼 신났다. 센터 안에 강습생 중 젊은 여자 청년이 있었다. 그 청년은 내가 가지고 간 조개를 만지작거리며 신기해했다. 나는 조개를 보며 행복해하는 청년에게서 뺏고 싶지 않았다. 선물이라며 그 청년에게 주었다. 바닷속 작은 물건이 청년에게도 나에게도 큰 미소를 짓게 했다.

이호테우 바닷속은 사람과도 비슷하다는 생각이 들었다. 해수욕장 오른쪽은 파도타기에 좋은 파도가 밀려오지만, 보드에서 갑자기 떨어졌을 때 바닷속이 거칠어서 발바닥이 찢어질 위험이 컸다. 바다 왼쪽에는 방파제가 있다. 바다 왼쪽으로 갈수록 파도는 부서져서 왔다. 부서진 파도는 힘이 없지만, 바닷속은 고운 모래로만 되어 있어서 다칠 염려가 전혀 없었다.

사람도 표정이 친절해 보인다고, 성품도 꼭 따뜻한 것만은 아닌 듯싶다. 나는 누군가가 나에게 친절하게 다가오면, 좋은 사람으로 믿곤 했다. 내가 파도타기를 배우지 않았더라면 이호테우 바닷속 상황을 전혀 몰랐을 거다. 나는 성장하면서 대화가 중요하다는 것을 깨닫지 못했다. '행동으로 하면 되지. 말이 왜 필요한가?'라는 생각이었다.

아무에게도 말하지 못할 상처, 그 상처에 대해 들어 줄 사람을 찾지 못했다. 나는 파도타기를 하며 웅크리고 있는 꼬맹이와 대화한다.

타이밍

　타이밍의 뜻은 '동작의 효과가 가장 크게 나타나는 순간 또는 그 순간을 위하여 동작의 속도를 맞춤'이었다. 파도타기를 할 때 파도를 뒤에 두고 파도를 보고 있다가 파도가 바로 뒤에서 밀어줄 때를 기다려야 한다. 파도가 달려와 보드 뒤를 미는 듯할 때 얼른 두세 번 패들링을 빠르게 하며 앞으로 나아가다가 바로 일어서야 한다.

　연이어 파도가 밀려오고 있었다. 나는 보드 위에 누워 고개를 뒤로 돌렸다 앞으로 하기를 반복했다. 초 단위로 빠르게 파도가 왔다. 보드 위에 엎드려 빠른 속도로 패들링을 했다. 파도가 보드 끝부분에 손을 대듯이 맞닿으려 했다. 나는 보드 앞부분을 두 손으로 누르고,

윗몸을 일으켜 세우며 잠깐 기다렸다가 일어서려 했다. 마음은 다 되었다. 몸이 맘대로 움직여 주지 않았다. 파도를 또 놓쳤다. 윗몸을 일으키기도 전에 파도가 보드를 밀고 지나갔다. 보드 위에 엎드린 채 파도에 밀려 앞으로 나아갔다. 몇 번은 보드 위에 일어서기도 했다. 타이밍을 맞추지 못해 파도가 밀어주는 큰 힘을 받지 못했다. 급한 마음에 서둘러 일어서려다가 앞으로 고꾸라져 물속으로 푹 빠지기도 했다. 나는 타이밍을 맞추지 못했다.

'발바닥이 모랫바닥에 닿으니 얼마나 다행인가?' 하는 생각을 하며 가슴 높이까지만 걸어갔다. 실패를 거듭해도 기분은 신났다. 강아지와 산책하며 뛰어놀 때처럼 깊지 않은 곳에서 거센 파도는 내 놀이 기구가 되었다. 파도를 타려는 다른 사람들 사이로 들어갔다. 다시 보드 위에 앉아 파도를 관찰했다. 혼자 파도를 관찰하고, 선택하고, 패들링 하여 일어섰다. 고꾸라지는 기술도, 배짱도, 자신감도 늘었다. 나는 계속 내 안의 꼬맹이에게 '너를 완전히 일으켜 줄 날을 기대해' 말하며 용기를 주었다.

나는 지금까지 살아오면서 도전하겠다고 시작한 것은 끝까지 해내려고 반복하고 또 반복 연습했다. 몇 번 해보고 안 되었을 때 포기하고도 싶은 생각도 들었다. '나는 능력이 없는 걸까, 그냥 편하게 살지 왜 복잡하게 이런 걸 배우려 하지' 하는 생각이 들기도 했다. 인디 자인으로 책 만들기 공부도, 수영도, 플루트연주도, 다른 곳으로 옮겨 다니는 일도, 타지방에서 기간제 교사로 지원하는 일도 그랬다. 극복할 수 없다고 느껴지는 순간마다 나는 나를 응원했다. 나에게 '괜찮아, 또 하면 되지, 서두르지 않아도 돼, 계속 반복하면 언젠가는 다 이루어질 거야, 지금 정말 잘하고 있단다.' 하는 말들을 수시로 했다. 실패를 거듭해도 포기하지 않으면 반드시 이루어진다는 믿음을 쌓고 있다. 이제 타이밍을 맞추지 못해 저지르게 되는 실패가 두렵지 않다. 언젠가는 그 타이밍을 잡을 수 있다는 것을 믿기 때문이다.

다시 일어나 생긋 미소 짓는 여유

강사님의 강습은 끝났다. 혼자 연습하는 날 중에 이틀 동안 좋은 파도와 놀았다. 파도타기를 잘하는 사람들이 '좋은 파도'라고, 말하는 파도였다. 높고 큰 파도인데 무섭다는 느낌보다는 부드러웠다. 바다에 파도를 타려는 파도타기 애호가들이 모여들었다. 나도 그들 사이에서 큰 파도를 타보려고 비집고 들어갔다. 간격을 두고 자리를 잡았다. 이틀 중에 하루는 물에 들어가자마자 다리에 쥐가 나서 보드를 밀고 다니기만 했다. 그러다가 밀려오는 큰 파도에 휩쓸려 물속에 잠기기도 했다. 다음날은 물속에 들어가기 전에 준비운동을 많이 했다. 모래 위에서 제자리 달리기, 팔굽혀 펴기. 팔다리 벌려 뛰기 10번, 다리 스트레칭, 다리에 쥐가 나면 전날처럼 한 번도 시도조차 못 하기 때문이었다. 다행히 몸과 다리가 가뿐했다. 보드 위에 앉아서 방향 전환도 해보았다. 다 잘되었다. 파도가 밀어주는 힘으로 쑥쑥 앞으로 나아갈 수 있을 것 같았다.

파도타기 애호가들은 신난 모습이었다. 파도와 하나가 된 듯 자유 자재로 움직이는 사람도 있었다. 파도가 밀어주는 대로 씽씽 나아갔다. 보드 위에 올려진 두 발을 보드 앞으로, 뒤로 옮기며 타기도 했다. 리듬을 타는 듯했다. 나는 그들 사이에서 바다 위에 떠 있는 것만으로도 자랑스러웠다. 언젠가는 나도 그들처럼 멋지게 탈 수 있는 날이 올 거라고 믿었다. 커다란 파도가 잎을 크게 벌리고 달려와 마치 나를 삼켜버릴 듯했지만 행복했다.

큰 파도에 떠밀려 미끄러져 가는 것도 신났다. 보드 위에 올라서지도 못한 채 미끄러져 바다에 풍덩 빠져도 기뻤다. 파도타기 애호가들과 놀이동산에 놀러 온 착각에 빠졌다. 이제 바다는 내가 고꾸라지면 나를 안아주는 듯했다. 다시 일어나 생긋 미소 짓는 여유가 생겼다.

내 안에 웅크린 아이는 웃음을 찾아가고 있었다. 두려움을 떨쳐 버리고 있었다. 고개를 들고 일어설 준비를 하고 있었다.

파도타기에 도전했더니 거친 파도도 부드럽게 느껴졌다. '아, 그런 거구나! 두려운 건 내 생각일 뿐이었어. 사람도, 일도, 그 어떤 것도 나에게 다가올 때 내가 두려워 한 건 그냥 내 생각일 뿐이었어. 그 두려운 생각을 뛰어넘어야 해. 난 지금 그걸 해내고 있어.'

나는 실패를 했을 때 두려워하지 않기로 했다. 누군가가 나에게 호의적이지 않아도 개의치 않기로 했다. 내가 불편하다고 느끼는 말이나 행동을 해도 주눅 들거나 긴장하지 않기로 했다. 생긋 미소 짓는 여유, 나는 파도타기를 하며 그 여유를 키우고 있었다. 내 안에 가득했던 수치심은 이제 거의 보이지 않았다.

두려움이 기쁨이 되기까지

두려움은 나를 사로잡는다. 뇌와 몸이 마비되듯 제 기능이 멈춰버린다. 내 몸속 혈액이 갑자기 순환을 못 하고 한 곳에 쏠려 있기라고 한 것 같다. 표정이 딱딱해지고 눈빛이 초점을 잃는다. 눈의 초점이 흐려진다. 눈앞에 희뿌연 안개가 있는 듯하다. 마음은 초조해지고 불안해진다. 몽땅 어둠으로 묶어 버린다. 나는 남편의 격분한 말과 행동 앞에 무너지곤 했다. 어두운 터널 안에 갇히는 듯한 순간을 여러 번 겪게 되니 누구를 만나 대화하던지 두려움부터 앞섰다.

서핑을 배우러 바다에 처음 발을 들여놓았을 때도 그랬다. 처음이라 깊은 곳에 가지 않았는데도 바다가 나를 삼켜 버릴 것만 같았다. 바다에 고꾸라져 바닷속에 갇혀 버릴 것 같은 공포, 이 상황을 뛰어

넘어 나를 지탱하기 위한 몸부림을 쳤다. 나는 두려움을 이기기 위해 바다에 들어갔다. 다음 날도 그다음 날도 두려움을 정복하기 위해 파도와 싸움을 했다. 전쟁터에 나가는 군인의 마음에 비유해도 과장이 아닐 듯했다. 두려움으로 인해 마음이 흩어지지 않도록 마음을 가슴 한가운데로 단단히 모았다. 그런 다음 바다 멀리에 시선을 두고 한발 한발 나아갔다. 거센 파도가 나를 후다닥 덮쳐 후려치고는 순식간에 지나가기도 했다. 그럴 때마다 몸이 휘청거렸다. 보드를 놓치지 않으려고 보드 위에 올려놓은 손에 힘을 더 가했다. 내 힘을 뿌리치고 보드는 내 손을 떠나 파도에 밀려 앞으로 갔다. 보드와 내 발목에 연결된 생명줄이 팽팽해지고 나도 밀려가는 보드에 끌려가다 바닷물에 쓰러졌다. 연이어 몰려오는 큰 파도에 잠기고 잠겼다. 보드를 잡으려는 순간 다시 나와 보드를 밀어버리는 파도가 야속했다.

나는 달아나지 않았다. 마치 나를 부수려고 달려오는 듯 쉴 틈 없이 밀고 오는 파도에 맞서 나아갔다. 바닷물에 빠지는 연습이라도 하듯이 연거푸 물속에 잠기기를 반복했다. 보드 위에 올라탈 틈도 주지 않는 칼날 같은 파도 앞에서도, 나는 물러서지 않았다. 해냈다. 이젠 두렵지 않다. 비록 파도타기에 능숙하지는 않지만, 바다 한가운데에서 보드 위에 설 수 있다. 나를 밀어젖히는 파도와 하나가 되는 순간을 누리기도 한다. 보드를 밀면서 바다 한가운데로 들어갈 때 하늘을 올려보다가 멀리 수평선을 바라보았다. 넓고 푸른 바다가 나를 품어 주는 듯했다. 전쟁터에 나가는 전사처럼 마음의 무장을 단단히 했다. 그러고는 파도에 굴복하지 않는 힘과 친해지는 감각을 익혔다.

결혼 후부터 내 인생의 기본 생활 무대는 가정이었다. 남편과의 관계가 내 모든 삶을 좌지우지했다. 더군다나 남편만을 믿고 살아야겠다는 마음으로 시작한 결혼이었다. 남편이 어떤 일이든 다 해결해 줄거라는 허황한 믿음이었다. 남편을 마치 우상처럼 대했다는 의미이기도 했다. 남편은 뭐든지 내 편이어야 했고 내 마음을 다 들어주어야 하는 사람이라는 착각에 빠져 있었다. 남편은 효자였다. 시아버지와 아침저녁으로 전화 통화를 했다. 일요일이나 쉬는 날에는 우리 가족은 시아버지와 함께 식사했다. 남편은 나와는 대화하지 않았지만, 시아버지와는 틈만 나면 대화했다. 남편에게는 시아버지를 보살펴드리는 것이 삶의 전부인 듯했다. 나와 남편의 결혼 토대가 달랐다. 그런 남편의 욕구를 편안하게 다 채워 줄 사랑이 나에게 없었다. 남편과 오붓하게 있고 싶은 시간을 시아버지에게 다 빼앗기는 삶이라는 억울한 기분이었다. 남편은 친척들에게 효자라고 불리었다.

결혼 시작부터 폐암 수술 때까지 긴 날들을 남편과의 대결 상태로 살았다. 남편과의 갈등을 삶의 바탕에 늘 깔고 살았던 세월이었다. 그 갈등에 묶여 바둥대는 몸과 마음을 일으키기 위해 무엇이라도 붙

잡아야 했다. 그중 하나는 술이었다. 30대 후반부터 40대 초까지. 회식 자리에 가면 한 잔씩 건네주는 술을 마셨다. 남편은 회사 일로 바빠하며 거의 집에 있는 시간이 별로 없었다. 아들딸 둘만 집에 있는 시간이 잦았다. 파도에 휩쓸리듯 마음과 몸이 중심을 잃어가고 있었다. 일요일 아침엔 전날 밤에 마신 술로 인해 술 냄새를 풍기며 교회에 간 적도 있었다. 말끔하게 차려입은 옷차림과 아무 일도 없는 듯한 표정은 누구도 이런 나를 알아채지 못하게 했다.

나는 나 자신과 싸웠다. 휘청거리는 몸을 바로 세우기 위해 의지할 것을 찾아 허우적대기도 했다. 그런 내 모습을 보고 혼란스러워 방황했을 자녀들에게 죄인이라는 생각을 안고 살았다. 자녀들은 그런 나를 위로해 주었고 함께 그 시간을 이겨내 주었다.

잡지 말아야 할 것을 잡고 바둥거릴 때, 그런 삶에서 벗어나게 한 큰 사건은 2008년도 뇌종양 판정과 자궁 적출 수술이었다. 바다 깊숙이 나락으로 떨어지는 듯한 절망감과 두려움이 나를 덮쳤다. 이제는 더 이상 잡고 버틸 지푸라기조차도 보이지 않았다. 우울한 마음이 나를 장악했다. 어두운 죽음의 그림자가 내 앞에서 나를 유혹했다. 눈을 똑바로 뜨고 앞을 바라보아야 했다. 가로막힌 앞을 나 스스로 뚫고 나아가야 했다. 아들딸이 그 힘이 되어 주었다. 살아야 했다. 웅크린 아이와 함께 쪼그려 앉아 울기만 하면 안 되었다. 나를 꺼내 줄 누군가를 찾느라 헤매어도 안 되었다. 나는 나 스스로 구해야 한다는 것을 알아챘다. 좌절감에 둘러싸여 웅크린 나를 일으킬 방법으로 대학원 진학을 선택했다. 대학원 공부는 결혼 전부터 하고 싶었던 일이었다. 결혼 후 대학원에 진학하여 공부할 수 있게 해주겠다던, 그러니 대학원은 결혼 후에 가라던 남편의 말은 그냥 허공에 던진 물거품이었다. 자녀를 출산하고 바쁘게 살다 보니 대학원은 생각도 못 할 일이었다. 뇌종양 수술 후 1년 휴직을 하고 다시 복직하여 시작한 대학원 공부였다. 공부하는 동안 뇌압으로 머리가 터져 폭발할 것만 같은 고통을 이겨냈다. 2년 반이랑 시간이 흐른 후, 논문을 발표하고 대학원 졸업장을 받았다. 절망과 두려움을 기쁨으로 바꾸기 위한 도전이었다. 논문을 쓰느라 일요일 밤늦게까지도 학교 컴퓨터 앞에 있었다. 딸이랑 아들이 응원을 해주지 않았다면 못 했을 일이었다. 힘들었지만 행복했다. 나를 찾아가는 탐험이었다. 가야 할 길을 가고 있었다.

뇌종양 수술은 남편과의 갈등에 대한 생각을 바꾸어 놓았다. 남편의 어떤 반응에도 내 힘을 빼앗기지 않으려 했다. 오로지 공부에만 열중했다. 그 갈등에 연연해하지 않는 마음으로 바꾸었다. 마음을 추스르고 갈등으로 쌓인 마음을 다른 방향으로 풀었다. 학교 일에 더 매달렸고, 교회 봉사와 선교단체 봉사에 쏟았다. 절망과 두려움을 기쁨으로 바꾸는 힘이 나에게 있음을 경험했다.

나를 바다에 가둬버릴 듯한 파도가 다시 덮쳤다. 두 번째 휘몰아친 파도는 폐암 선고였다. 뇌종양 수술과 자궁 적출 수술 후 10년 만에 찾아온 인생 파도였다. 내 삶의 방향을 180도 뒤집어 놓은 인생 사건이었다. 나는 그 아픔의 사건을 기쁨으로 만들 기회로 포착했다. 부서지고 깨어져도 언젠가는 보드 위에 올라서서 파도를 탈 수 있다는 믿음이 있었다. 나를 절망하게 했던 일들에서 빠져나오며 얻은 힘이었다. 파도타기를 하는 새로운 도전은 두려움과 절망을 기쁨으로 바꾸는 설렘을 안겨 주었다. 심장을 콩닥콩닥 뛰게 했다.

내가 청년 시절로 다시 돌아간다면

내가 청년 시절로 다시 돌아간다면
책을 많이 읽겠다.

내가 청년 시절로 다시 돌아간다면
매일매일 운동을 하겠다.

내가 청년 시절로 다시 돌아간다면
시기와 질투는 하지 않겠다.

내가 청년 시절로 다시 돌아간다면
계절마다 여행하겠다.

내가 청년 시절로 다시 돌아간다면
내 이야기를 들어주는 남자 친구를 사귀겠다.

내가 청년 시절로 다시 돌아간다면
남자 친구와 만날 때마다 책 이야기를 하겠다.

내가 청년 시절로 다시 돌아간다면
독서 모임에 다니겠다.

내가 청년 시절로 돌아간다면
긍정의 힘을 주는 일에 도전하겠다.

내가 청년 시절로 돌아간다면
나를 격려해 주고 용기를 주겠다.

내가 청년 시절로 돌아간다면
아닌 것은 아니라고 단호히 말하겠다.

내가 청년 시절로 돌아간다면
내 몸과 마음을 단단히 지키겠다.

내가 청년 시절로 다시 돌아간다면
매일매일 글을 쓰겠다.

내가 청년 시절로 돌아간다면
감정에 휘둘려 선택하지 않겠다.

내가 청년 시절로 돌아간다면
누구에게도 정서적 학대 당하지 않겠다.

내가 청년 시절로 돌아간다면
당당하게 살겠다.

내가 청년 시절로 돌아간다면
악한 사람과 악한 일에서 멀어지겠다.

내가 청년 시절로 다시 돌아간다면
항상 기뻐하고 범사에 감사하며 쉬지 않고 기도하겠다.

나는 청년 시절에 내 몸과 마음을 스스로 지키지 못했다. 이리저리 치이고 주변 사람들의 말과 행동에 따라 나를 움직였다. 내 줏대는 없었다. '착한 아이 증후군', 나는 착한 아이 증후군에 갇혀 있었다. 나로 인해 다른 사람이 불편하거나 피해를 보았다는 말이 들려올까 봐 조심했다. 아닌 걸 아니라고 말하는 대신 괜찮다고 했다. 나는 청년들을 보면 내가 청년의 때로 돌아간 듯한 착각에 빠진다. 서핑을 배울 때도 그랬다. 서핑을 배우러 온 청년들 한 명, 한 명이 내가 됐다. 내가 청년이었을 때 나를 응원하지 못했던 것, 도전하지 못했던 것, 마음과 몸이 자유롭지 못하고 주변에 얽매여 있었던 것, 타인의 눈치를 보며 나를 당당하게 세우지 못했던 것들이 떠올려졌다. 내가 하지 못했던 것들을 이 청년들은 다 이루어 가기를 바라는 마음이었다. 그 청년들에게 어떤 삶이 다가오던지, 당당하게 맞서 싸워나가기를 바라는 간절한 마음이었다.

내가 청년 시절로 다시 돌아간다면, 나로 당당하게 살고 싶은 마음을 담았다. 내가 감당하지 못할 만큼 휘둘렸던 일들을, 청년들은 겪지 않기를 바라는 마음이다. 뜻하지 않은 갑작스러운 상황에 놓이더라도 그 상황을 뛰어넘어 끝까지 당당하게 살아내기를 응원하는 마음이다.

패들링

보드에 엎드렸다. 고개를 뒤로 돌려 파도를 보고 또 보았다. 양손
으로 천천히 패들링을 하다가 파도가 내가 탄 보드 가까이 다가올 때
노 젓는 속도를 빨리했다. 파도가 뒤에서 내가 탄 보드를 민다는 느
낌이 오는 순간 두세 번 재빠르게 패들링 한 후, 바로 보드 위에 일어
서야 했다. 파도를 타지 않아도 그저 패들링만 하면서 바다 위를 유
유히 떠다녀도 기분이 상쾌했다. 빙판 위에서 썰매를 타는 듯한 미끄
러짐이었다. 파도가 잔잔할 때는 아무런 저항도 받지 않고 평온하다.
바다 위 펼쳐져 있는 하늘이 내 방 천장이고, 푸른 바다는 내 방이 됐
다. 짧은 시간에 좋은 결과를 보려고 급하게 서두르지도, 욕심부리지
도 않았다. '꾸준히 하면 언젠가는 되겠지' 하는 생각으로 나를 토닥

였다. 나는 서핑을 배우겠다고 마음먹게 된 순간부터 행동으로 옮겼다.

패들링이 쉬워 보였다. 처음에는 패들링 하는 방법이 서툴러서 어깨가 몹시 아팠다. 앞으로 빠르게 나아갈 욕심 때문이었다. 바닷물을 밀더라도 팔을 부드럽게 움직여야 하는데, 급한 마음으로 팔에 강한 힘을 주었다. 나는 남편과의 관계에서도 너무 내 힘을 주고 살았다. 내 마음을 비우기도 하고 내려놓기도 해야 했다. 나만 그랬으면 갈등이 적었을 텐데 남편도 나와 동일한 모습이었다. 우리 부부는 서로 자신이 추구하는 삶을 지키려고 상대방을 배려하지 않았다. 힘과 힘의 대결 상태가 지속되는 상황이었다. 자녀들은 팽팽한 긴장감 속에서 살았다.

굵직한 파도가 규칙적으로 일렁거리던 날, 파도타기를 하려는 사람들이 바다 위 보드 위에 앉아 있었다. 일정 간격을 두고 옆으로 나란히 줄지어 있었다. 마치 전깃줄에 앉아 있는 참새떼 같았다. 보드를 힘이 있게 밀어줄 좋은 파도를 기다리는 모습이었다. 나도 그들이 하는 모습을 따라 할 마음으로 그들 틈에 용기 내어 들어갔다. 파도를 잘 타는 사람을 자세히 관찰했다. 그들은 패들링을 많이 하지 않고 가만히 파도만 보고 있었다. 파도가 보드 바로 뒤에 왔을 때 바로 그 순간 재빨리 보드 방향을 바꾸었다. 세 번 정도 파닥파닥하며 강하게 밀어냈다. 그러고는 파도가 보드를 밀어주는 힘을 받으며 다시 패들링을 빠르게 한두 번 한 후, 바로 보드 위에 일어서 균형을 잡았다. 그런 모습을 보고 또 보았다. '나도 할 수 있겠는데,' 하는 생각으로 도전했지만 실패했다. 파도가 밀어주는 찰나에 빠르고 세게 패들링을 하지 못했다. 그 사이 파도가 내 보드를 밀고 지나갔다. 나는 찰나를 잡지 못했다. 나는 보드 위에 엎드린 채로 떠밀려 앞으로 쓸려갔다. 패들링의 효과를 발휘하는 시간은 1초 정도의 짧은 찰나였다. 나는 그 순간을 자꾸만 놓쳤다. 그래도 포기하지 않았다. '실패를 거듭하다 보면 성공하는 순간이 올 테니까.' 하는 믿음으로 다시 패들링을 했다.

감당하지 못할 것 같은 막막한 순간들이 나에게 닥쳐왔을 때, 혼자 웅크리고 앉아 운 적이 많다. 신을 원망하기도 하고, 나 자신을 탓하기도 하면서 헤어날 길을 찾고 또 찾았다. 남편으로부터 사랑받지 못한다는 생각, 내가 선택한 남자로부터 기대했던 것과 정반대의 대화 상황이 펼쳐질 때, 나는 내 자아가 뭉개져 버려 허수아비가 되는 것 같아 두려웠다. 내 안에 당당한 내가 있다는 것을 나 스스로 확인하고 싶었다.

폐암 수술 전까지의 세월 동안 나는 남편에 대한 마음을 원망과 미움으로 가득 채우고 있었다. 쏟아내야 했다. 내 마음이 가벼워야 했다. 내 힘을 빼야 했다. 나는 폐암 수술 후 내가 살기 위해 원망과 미움을 버렸다. 나는 내 마음을 더 비우기 위해 어렵게 여겨지는 일에 도전했다. 파도에 부딪히며 그 마음을 부숴버린다.

내 힘을 빼고 가볍게 삶의 패들링을 한다. 내 패들링이 서툴러서 좋은 순간을 놓쳐도 괜찮다. 힘을 빼고 저으니까 계속 패들링을 할 수 있다. 언젠가는 나도 크고 좋은 인생 파도를 탈 수 있을 테니까. 내가 꿈꾸는 남편과의 편안한 대화와 나들이, 시니어 모델, 소설 작가 되기, 선교지에서의 한국어 교사, 강연하기를 이룰 수 있을 거라 믿는다.

방향 바꾸기

파도타기에 필요한 동작 중 하나는 서프보드에 앉아서 방향 바꾸기였다. 방향 바꾸기를 하려면 보드 끝부분 바로 가까이에 엉덩이를 두어야 했다. 처음 보드 위에 앉았을 때는 엉덩이 쪽이 바닷물 속으로 미끄러져 내려갈 것만 같았다. 방향 전환을 할 때도 내가 앉은 보드가 뒤집어질까 봐 두 다리를 조심조심 살살 움직였다. 보드 끝 쪽에 가까이 앉을수록 방향 전환하기가 빠르고 쉽다며 강사님이 보여주었지만 내가 하기에는 벅찼다. 엉덩이가 보드에서 미끄러져 바닷속으로 빠질 것만 같았다.

보드 위에 앉아 두 다리를 바닷물 속에 떨구었다. 그런 다음 무릎 아래 두 종아리와 발을 번갈아 가며 회전시켰다. 두 다리를 동시에 돌리면 보드가 돌아가지 않고 멈추어 있는 듯했다. 빠른 속도로 방향을 바꾸려면 왼쪽, 오른쪽 한 쪽씩 회전시키면 좋았다. 강사님은 방향 전환하는 모습을 직접 보여 주었다. 한 손으로 보드 옆 날개를 잡았다. 보드 끝이 물에 잠겨 버렸다. 물속에 거꾸러질 것 같았다. 물에 닿는 보드 면적이 작아야 방향 전환이 잘 되는 듯했다. 물속에 꼬리 부분을 박고 두 발을 번갈아 가며 돌렸다. 방향을 바꾸었다. 보드 끝부분 중심점이 바닷속을 찌르고, 앞쪽 끝은 하늘을 곧바로 가리킨 모습이었다. 바다와 보드가 거의 수직에 가까웠다. 그 자세에서도 바닷속으로 미끄러지지 않았다. 단단하게 앉아서 방향을 전환했다. 무게 중심 잡기가 완벽한 모습이었다.

다리 근육, 팔근육, 복근이 잘 길러진 경우, 보드 위에 탄탄하게 중심을 잡고 앉는 행운을 거머쥔다고 했다. 방향 바꾸기를 하려면 두 다리의 힘뿐만 아니라 몸의 모든 근육의 힘이 필요했다. 나는 다행히 평소에 스쾃으로 허벅지 근육 운동을 꾸준히 해 온 것이 도움이 됐다. 하지만 나는 여러 번 실패를 거듭했다. 파도가 가까이 오기 전에 미리 방향을 바꾸어 버리거나, 너무 늦게 움직이는 바람에 방향 전환을 전혀 시도하지 못하기도 했다. 방향을 돌리다 보면 어느새 파도가 나를 치고 지나갔다.

내 나이 61살이 되었다. 나는 그동안 삶의 방향을 바꾸려고 이것저 것 도전했다. 교회와 선교단체에서의 봉사, 학교 업무, 대학원 공부, 글쓰기, 기간제 교사, 한국어 교사 자격증, 영어 공부, 단기선교, 성경 공부, 파도타기, 그림 그리기, 승마 배우기, 지금까지 해 온 도전이다. 삶의 방향을 재빨리 바꾸어야 할 때 멈칫멈칫 망설이지 않기로 했다. 망설이고 나서 후회하기보다 기회가 왔을 때 방향 바꾸기를 바로 하 기로 했다. 폐암 수술 후 자녀들의 권유대로 서울집을 떠나 강릉으로 갔다. 포항에서 딸과 함께 보내야 할 때 그곳으로 갔다. 제주도로 거 주지를 옮겨야겠다고 생각되었을 때, 바로 배에 차를 싣고 제주도로 떠났다. 명예퇴직을 해야겠다고 생각되었을 때 바로 퇴직을 결정했 다. 정년퇴직하고 싶던 마음을 내려놓았다. 서핑을 배워야겠다고 마 음먹었을 때도 그 마음이 흐지부지되기 전에 바로 시작했다. 예전 일 에 얽매이지 않기로 마음먹은 후, 과거의 감정에 휘둘리지 않기로 했 다. 현재를 충실히 살기로 했다. 그렇게 살아낸다. '이렇게 해오길 참 잘했다' 하는 생각을 한다. 새로운 상황에 직면했을 때, 그 상황을 향 해 방향을 바꾸는 속도와 힘이 강해졌다. 앞으로 어떤 일들로 인해 방향을 바꾸어야 할는지 모른다. 지금까지 해온 것처럼 잘 해낼 거라 고 믿는다. 나는 내 안에 웅크린 나를 일으켜 간다.

준비운동

하루는 바닷물에 들어가자마자 두 다리에 쥐가 났다. 나는 몸이 긴장되거나 추울 때면 다리에 쥐가 난다. 다리 근육이 바로 풀리기만 바라며 보드를 밀고 왔다 갔다만 했다. 다리 근육이 빨리 풀리면 좋겠건만, 야속하게도 경직된 근육은 풀릴 기미를 보이지 않았다. 불편한 다리로 바닷속에서 걷다가 거센 파도에 휩쓸렸다. 굳어버린 다린 근육 때문에 아무런 대응도 못 한 채 물속에 잠기기도 했다. 다리 근육이 경직되어 20여 분 동안 보드를 끌고만 다닌 것이 아쉬웠다. 밖에서 나를 본 사람은 내가 마치 두려워서 큰 파도에는 도전조차 하지 않는 것처럼 보였을 거다. 내 어린 자아는 웅크린 모습이 되어 주변에서 일어나는 상황에 활기차게 대응하지 못했다. 형제들, 친구들,

시댁 식구들, 친척들, 교회, 선교 단체, 직장 속 사람들과의 공동체 안에서다. 나는 대화에 활발하게 끼고 싶었는데 대화 주변만 맴도는 모습이었다. 내 의지를 담아 말할 자존감이 부족했다. 내 의견을 말할 때 무시당할까 봐 두려웠다. 초등학교 저학년 때였을 거다. 아버지 호주머니에 있는 돈을 가져다 빵을 사 먹었던 기억이 난다. 아버지에게 방 먼지를 쓸 때 사용하는 수수 빗자루로 맞았다. 언니 동생들이 보는 앞에서였다. 그 뒤로 아버지는 나를 다른 형제들만큼 사랑하지 않는다고 생각했다. 아버지가 무서웠다. 그 일 때문에 형제들 앞에서 자신이 없는 건지는 잘 모르겠다. 두 살 세 살 때였나 보다. 그때도 아버지에게 꾸중을 듣고 바깥마당 가에서 쪼그리고 앉아 울고 있었다. 누군가 와서 손잡아 일으켜 주기를 기다리고 있었다. 온 가족이 대청마루에 앉아 이야기하는 소리가 들렸다. 어렸을 때 겪은 일들이 나를 웅크리게 했다. 자존감이 무너진 상태로 굳어 버렸다. 내가 이런 생각을 하면서 성장한 줄 가족 중에 누가 알랴! 자존감으로 가득 채워진 나라고 생각할 거다.

파도타기를 하러 바다에 들어가기 전에 준비운동을 해야 했다. 나는 물속에서 다리 근육이 경직되어 불안에 떤 적이 자주 있었다. 수영을 배울 때도 강습 30여 분이 지나면 다리에 쥐가 났다. 바닷물 속에서도 여지없이 한쪽 다리에 쥐가 났다. 준비운동을 소홀히 하고 들어간 날은 더 심했다. 바다에 들어가서 서프보드 위에 엎드리자마자 다리 근육이 뻣뻣해졌다. 뭉친 근육을 풀려고 하지 않고 '시간이 지나면서 좀 나아지겠지' 하는 생각으로 그냥 버티기도 했다. 점점 오른쪽 종아리가 더 당겨지며 발가락이 오므라들었다. 종아리 근육이 팽팽해지며 힘줄이 끊어질 듯이 아팠다. 보드에서 내려 물속을 걸었다. 걸으면 좀 나아지려니 기대했지만, 여전히 풀리지 않았다. 바닷물 밖으로 나갈까 생각하다가 다시 그냥 보드를 밀면서 걸었다. 금방 들어왔는데 들어오자마자 물 밖으로 나가기가 싫었다. 근육이 살짝 풀리는 듯하여 보드 위에 엎드리자마자 다시 팽팽한 고무줄처럼 당겼다.

바닷물이 목까지 닿는 곳까지 갔을 때 보드 위에 앉으려고 다리를 들어 올렸다. 그 순간 쥐가 난 적도 있었다. 뻣뻣한 다리를 움직이지도 못하고 보드만 잡고 깊은 물 속에 서 있어야만 했다. 그때 큰 파도가 나와 보드를 덮쳤다. 내 몸을 지탱해 주던 보드가 내 손을 빠져나가 앞으로 세게 밀려갔다. 나는 그 보드에 끌려가다가 큰 파도에 묻혀버렸다. 더럭 겁이 났다. 파도가 나를 깊은 곳으로 떠밀어 버릴 것만 같았다. 불안에 떨고 있을 때 다행히 쥐가 풀렸다.

쥐가 심하게 났던 다음 날, 그날은 바닷물에 들어가기 전에 준비운동을 평소보다 10분 정도 더 많이 했다. 다리에 쥐가 나면 전날처럼 보드에 올라타는 것조차 한 번도 시도하지 못할까 봐, 팔 벌려 뛰기 30번, 스쿼트 20번, 스트레칭, 제자리 달리기. 바다에 들어가기 전에 보드 위에서 방향 전환도 해보았다. 그대로 바다에 들어가도 되겠다며 나 스스로 격려했다.

그 일이 있고 난 이후로는 준비운동을 열심히 했다. 무릎을 구부렸다 펴기, 다리를 길게 늘여 당겨주기, 팔 굽혀 펴기, 제자리 달리기를 10분 정도 하고 나면 몸 전체에 열기가 느껴졌다.

나는 지금까지 삶 하나하나를 준비 없이 살아왔다는 생각도 든다. 쫓기듯이 결혼하고 쫓기듯이 일하고, 쫓기듯이 …. 내가 스스로 차분하게 계획하고 준비를 하지 못했다. 내 진로를 결정하는 일에도 나는 내가 계획한 것을 이루지 못했다. 수학을 좋아했던 나는 수학과에 진학하여서 공부하고 싶었다. 내 준비와는 상관없이 가정 형편을 생각하여 교육대학에 입학했다. 결혼 전 어떤 남자 친구를 만날지, 언제 결혼할지도 계획하지 않았다. 결혼생활은 어떻게 해나갈지에 대한 대화도 한 적이 없다. 어느 날 나에게 밀물처럼 다가왔고 나는 쫓기듯이 흐름 따라 움직였다. 누군가 함께 대화해 줄 사람이 있었다면, 내 삶을 진지하게 이야기할 사람이 있었다면, 하나하나가 다 소중하다는 걸 알았을 거다. 계획도 하고 준비도 하면서 아닌 건 아니라고 버렸을 거다. 나는 나를 위해 선택하는 일에 깊은 관심이 없었다.

결혼 후에도 자녀를 어떻게 양육할지, 가정경제를 어떻게 꾸려나갈지에 대해 남편과 대화하지 못했다. 함께 계획하고 준비하지 못했다. 나는 내 생각을 말하며 대화하고 싶었다. 서로 다투었어도 대화하고, 가정에 힘든 일이 있어도 대화하고, 앞으로 어떤 일을 하고 싶은지도 묻고 말하고 싶었다. 남편과 나는, 서로 대화를 이끌어 가거나 참여할 준비가 되어 있지 않았다.

나는 남은 인생을 계획하면서 살기로 했다. 계획대로 이루어지지 않아도 상관없다. 작가가 되기 위해 글을 쓰고 책을 읽는다. 모델이 되고 싶어 요가와 근육 운동을 한다. 내가 계획한다고 다 이루어지는 것이 아님을 안다. 그럼에도 계획하고 준비하는 이유는 나를 책임져야 할 사람은 나라는 것을 깨달았기 때문이다. '이제야 이 나이에 깨닫다니, 너무 늦게 깨달은 거 아니야,' 라는 생각이 스쳐 갈 때, '괜찮아, 늦지 않았어.' 하는 생각으로 나에게 용기를 준다.

바닷속 맨발 걷기

이호테우해수욕장은 맨발 걷기 하기에 딱 좋았다. 해수욕장 끝과 끝을 왕복 3번 걷는 데 40분 정도가 걸렸다. 서핑을 배우기 전에는 거의 매일 맨발 걷기를 했다. 한 발 앞으로 내디디면 모래가 발가락 사이로 들어갔다. 10개의 발가락 사이 사이로 고운 모래가 삐져나왔다. 모래가 나와 장난치며 노는 듯했다. 앞으로 한발 한발 옮겼다. 천천히 걸으면서 모래를 내려다보았다. 모래가 꿈틀꿈틀 움직였다. 부드럽게 발바닥을 마사지해 주는 듯했다. 나는 서핑을 하기 위해 바다로 들어갈 때 걸어서 들어갔다. 보드를 밀면서 천천히 걸었다. 발바닥에 부드러운 모래 감촉을 느끼며 조심조심 발을 옮겼다. 보드에 엎드려 패들링을 하면서 이동하면 편했지만, 모래가 주는 촉감을 누리는 쪽을 선택했다. 같은 해수욕장 모래인데도 물 밖에서와 물속에서 촉감이 달랐다.

　걸어 들어가는 또 다른 이유가 있었다. 보드에 엎드려 패들링으로 들어가다 보면 내가 들어간 곳의 깊이가 어느 정도인지 몰랐다. 한번은 패들링을 하고 들어가 보드에서 내렸더니, 발끝이 땅에 닿지 않았다. 바둥거리며 보드를 꽉 잡았다. 보드에 매달렸다. 얼른 보드 위에 다시 올라탔다. 패들링을 하여 좀 더 낮은 해안으로 향했다. 바닷속과 물 밖에서 걷는 속도도 달랐다. 파도는 나를 밀어내려고 하고 나는 파도와 맞서 나아가야 했다. 파도가 잔잔한 날에는 바닷물이 얕은 무릎까지의 깊이에서 걷기만 하기도 했다. 슈트를 입고 보드를 밀면서 해안선을 따라서 왔다 갔다 했다. 물속에서 혼자 유유자적한 모습으로 걸을 수 있는 용기를 확인했다. 방수로 된 슈트가 수영복을 대신해 주었다. 어색하지도 않았다. 걷다가 심심하면 보드 위에 앉아서 먼바다를 바라보기도 하고, 하늘을 올려다보기도 했다. 넓은 바다에 둥둥 떠 있는 내 모습이 신기하기만 했다.

　내 마음 깊은 곳에 있던 웅크린 자아가 이만큼 일어났구나! 수치심은 이제 사라졌다.

이호테우 해수욕장 바닷속에 낮은 모래 언덕이 있다. 해안선에서 멀리 떨어진 곳이 가까운 곳보다 깊이가 더 얕다. 파도 없이 바다가 잔잔한 날, 오른손을 서프보드에 올리고 앞으로 걸어갔다. 어느 순간 내 키를 누르고 잠길 듯한 깊이까지 갔다. 깊은 곳에서 살살 다시 한 걸음씩 발을 앞으로 내디뎠다. 신기하게도 점점 내 몸이 물 밖으로 많이 보였다. 해안선에서 더 멀리 들어갔는데 오히려 해안선에서 가까운 곳보다 얕았다. 깊은 곳을 지나 얕아진 그곳에서 신이 나서 좀 더 빠르게 걸었다. 허리를 숙이고 바닷속 모래를 만지며 장난도 쳤다. 조개가 있나 하고 찾아보기도 했다. 모래를 손으로 파헤치며 조개가 손안에 들어오기를 기대했다. 발가락으로도 파헤쳤다. 그 몸짓만으로도 행복했다. 어린아이가 된 듯 혼자 바닷속 모래와 장난쳤다.

큰오빠가 사고로 세상을 떠났다. 그 이후, 내가 중학생이 되었을 때 두 동생은 서울로 전학을 갔다. 언니도 오빠도 할머니도 떠났다. 지체장애인이었던 큰 삼촌도 어디론가 보내졌다. 다 떠나고 나니 커다란 안뜰과 바깥마당은 더 넓어 보였다. 내가 다니는 중학교는 버스로는 20분 거리에 있었다. 집에서 버스정류장까지는 걸어서 20분 거리였다. 학교에서 집으로 돌아오면 아무도 없었다. 부모님은 새벽 해 뜰 때부터 해질 때까지 쉬지도 않으시고 일하셨다. 나는 부모님 마음을 위로해 드리려고 얼른 저녁 준비를 했다. 마당 가 둑에 심어진 호

박 하나를 따서 볶기도 하고, 집 앞 밭에 심어 놓은 오이를 따서 오이
무침도 만들었다. 해가 저물어 어둑어둑해질 때에야 집에 돌아오시
는 부모님이었다. 여름이었다. 나는 대청마루에 밥과 반찬이 올려진
커다란 상을 들어다 놓았다. 나무로 된 상이 기울어지지 않도록 살살
들어다 놓았다. 밥상을 쏟을 수도 있었다. 모두를 떠나보내신 부모님
은 식사 때에도 웃음이 없으셨다.

　부모님은 식사하시고 나면 텔레비전을 보시다가 잠에 곯아떨어지
셨다. 드르렁드르렁 아버지의 코 고는 소리, 쿨쿨 어머니의 코 고는
소리가 두 분의 힘듦을 알려 주었다. 나는 사랑방에 들어가 책상 앞
에 앉았다. 공부밖에 할 일이 없었다. 혼자 있는 시간이 많다 보니, 어
디서 구했는지는 생각이 안 나지만, 책을 읽고 있던 모습이 떠오른
다. 아마 혼자 노는 것에 익숙해진 것이 이때부터였는지도 모르겠다.
내 의지와 상관없이 형제들과 떨어져 혼자 지냈던 시간은 나에게 긴
시간이었다. 말이 없는 아이, 감정 표현을 하지 않는 아이로 성장했
다. 내 마음이나 상황보다 다른 사람들의 마음을 헤아려야만 하는 청
소년의 시기였다.

큰 파도 작은 파도

이호테우해수욕장 양쪽 끝에는 등대가 있다. 바다를 바라보고 섰을 때 왼쪽에는 작은 등대가 하나 오른쪽에는 말 모양 등대 두 개가, 나란히 있다. 파도가 밀려오다가 깨어지게 되는 이유인 듯하다. 그렇다고 큰 파도가 없는 건 아니다. 바다 전체를 다 뒤집는 듯한 거센 파도가 몰아치기도 했다. 그런 파도가 있는 날은 서핑 금지였다. 바다에 아무도 들어가지 못했다.

작은 파도는 잔잔했다. 바닷물 일렁임이 거의 없었다. 그날은 파도타기를 하기보다는 패들링을 하며 놀거나, 패들보드를 탔다. 패들보드는 서프보드보다 폭이 30센티미터 정도 더 넓다. 패들보드를 처음

타던 날, 노를 저어 앞으로 나아갔다. 일어서서 타기도 하고, 앉아서 타기도 했다. 처음에는 앉아서 탔다. 2미터 정도 되는 기다란 노를 두 손으로 잡았다. 노를 이용하여 방향 전환과 전진, 후진을 했다. 한발 한발 번갈아 보드를 밟았다. 무릎을 한 쪽씩 살살 폈다. 패들보드 가운데에 두 다리를 가슴 넓이로 벌리고 올라섰다. 두 다리가 흔들리는 보드 위에서 넘어질 듯 말 듯 휘청거렸다. 바다 위 얇은 보드 위에 선 내 모습이 놀라웠다. 다시 살살 노를 저어 앞으로 나아갔다. 패들보드 위에 서서 망망한 바다를 바라보았다. 쫓길 이유도 서두를 이유도 없었다. 천천히 움직이며 아무 걱정 없이 파란 바다와 하늘만 바라보았다. 두 무릎을 보드 위에 가지런히 꿇고 타는 것도 시도했다. 무릎 꿇고 타다가 일어서야 하는데, 무서워서 일어서지를 못했다. 10여 분을 무릎 꿇은 채로 보드 위에 있기도 했다. 균형을 잡지 못해 보드에서 떨어져도 낮은 곳이라 안전했다. 그렇지만 떨어질까 봐 조심조심 움직였다. 나는 폐암 수술을 받고부터는 조심조심 생활하는 습관이 생겼다. 먹는 것, 운동하는 것, 사람을 대하는 것, 일하는 것을 안전한 상태를 유지하며 하려고 노력한다.

서핑하는 사람들은 작은 파도를 장판이라고 말했다. 파도 물결이 전혀 없는 바다 표면이 마치 판판한 장판처럼 보여서란다. 나는 처음 서핑을 배울 때는 장판처럼 작은 파도가 좋았다. 보드가 뒤집힐 일은 거의 없기 때문이었다. 강습 1개월 정도 지나자, 작은 파도는 재미가 없어졌다. 서핑 기본자세만 조금 익숙해졌을 뿐인데, 파도의 세기에 내 몸이 제대로 반응했다. 나는 큰 파도와 작은 파도에 부딪힐 때 서로 다른 느낌을 받았지만, 두 파도 모두 내가 바다에 첨벙첨벙 들어갈 힘을 키워주었다.

나는 큰 파도 작은 파도와 같은 일들을 많이 겪었다. 학교에 근무하는 동안, 작은 사건은 하루에도 몇 가지씩 일어났다. 학생끼리 다투었을 때 갈등 풀어 주는 일, 업무를 하다가 실수하여 다시 해내야 하는 일은 아주 작은 파도였다. 나는 초등학생 때까지 대가족 안에서 살았다. 조부모님, 부모님, 고모, 삼촌, 아버지 형제 중 다섯째였던 지체 장애 삼촌, 이 삼촌은 걷지를 못해 기어다녔다. 지체 장애 삼촌 이야기는 나에게 큰 파도와 같은 충격 중 하나다. 큰삼촌이라고 불렀다. 결혼하지 않은 삼촌이 두 명이었는데, 그중에서 나이가 더 많은 삼촌이었다. 큰삼촌은 내가 어렸을 때부터 나에게 친절했다. 삼촌은 내가 할머니 말씀을 고분고분 잘 듣고 따르는 것을 좋아했다. 삼촌은 다리로 일어서지 못하고 앉은 채로 움직여야만 했다. 이동하려면 두 팔과 다리로 기었다. 덩치는 어른이었지만 언어 수준은 어린아이였다. 어머니와 할머니의 고부 갈등이 심한 날이 잦았다. 할머니와 어머니가 동시에 자녀를 낳아, 삼촌, 고모, 언니, 오빠가 비슷한 나이였다. 어머니는 바깥일도 하시면서 자녀들 돌보랴, 몸이 불편한 큰삼촌 챙기랴, 부엌일하시느라, 큰며느리인 어머니의 삶은 고달팠다. 어린 나는 이러한 어머니의 사정을 이해하는 것보다 어머니가 돌보기 힘들어하는 큰삼촌을 더 안쓰러워했다. 나는 큰삼촌에게 친절하게 대해주고 삼촌이 하는 말을 잘 들어 주었던 기억이 난다. 어느 날 갑자기 큰삼촌이 사라진 일은 나에게 큰 충격으로 남았다. 큰 파도가 덮친 것처럼.

나를 덮친 큰 파도는 초등학교 고학년 때도 있었다. 큰오빠가 사고로 세상을 떠났을 때였다. 세상을 떠난 큰 오빠는 똑똑했다. 서울에 계신 작은아버지 집에서 학교에 다니고 싶어 했다. 서울에 있는 고등학교에 진학하고 싶어 했다. 할아버지는 장손인 큰오빠를 시골에서 농사지으라고 하셨고, 큰오빠는 친척 집 집 짓는 일을 도우러 갔다가 사고를 당했다. 부모님은, 공부하겠다던 자식 말을 들어주지 못해서 사고가 났다는 죄책감으로 괴로워하셨다. 부모님은 두 동생을 서울로 유학 보냈다. 큰오빠가 세상을 떠나고 시골에 갑자기 나 혼자 남게 된 일, 나에게 큰 파도가 닥친 일이었다. 우울할 수밖에 없었던 부모님 곁에서 사춘기를 보낸 일이었다. 그 이후에도 큰 파도는 나에게 수시로 밀려왔다.

파도는 크고 작은 바위에 부딪치면 물거품이 되어 힘을 잃는다. 나에게 파도가 밀려왔을 때, 그 파도를 부서뜨려 줄 누군가를 나는 찾아 매달리려 했다. 이제 나는 나 스스로 바위가 되어 파도와 부딪힌다.

대담해지다

파도타기를 배우든, 수영을 배우든, 무언가 배우는 목적은 내면을 강하게 하기 위함이었다. 새로운 것에 도전하는 일은 나에게 쉬운 일은 아니었다. 며칠을 망설이다가 결정하곤 했다. 1개월 이상 고민하기도 했다. '그저 일상을 편하게 지내도 되는데 왜 자꾸 복잡하게 만들까?' 하는 생각을 하기도 했다. 아침에 잠에서 일어나 아침을 먹고, 직장에 나가 일을 하고, 저녁에 돌아와 저녁을 먹고, 휴식을 취하고, 주말에 여행도 하고 산책도 하고, 집에 돌아와 영화도 보다가 맛있는 요리도 만들어 먹는 편안한 일상도 생각해 보았다. 그저 그렇게 일상을 보내도 되는데 무얼 배우겠다고 결의를 다지는지, 내 타고난 기질도 있나 싶다.

나는 어려서부터 가만히 눌러앉아 있지를 않았다. 시골 앞마당에 자란 풀을 뜯는다든지, 들에 나가 달래 냉이를 캐 온다든지, 학교 운동장에서 놀든지 몸을 움직였다. 거의 쉬지 않고 움직이며 살았다. 감기에 걸려도 운동하면 더 좋아진다며 걸었다. 폐암 수술을 하고 나서는 일이나 취미 활동이나 무리하지 않으려고 했다. 그런데도 어려운 취미활동을 선택하는 이유는 마음을 강하게 만들고 싶기 때문이다. 누구 앞에서든지 긴장하지 않고 담담하게 말하는 힘, 그 힘을 키우는 중이다. 시작이 반이라는 말이 있지만 시작부터 넘겨야 하는 고비가 많았다. 파도타기를 하면서 넘겨야 하는 고비는 바닷속으로 고꾸라지는 일이었다. 처음 배울 때 모든 사람이 다 고꾸라지는 것은 아닐 거다. 시선을 멀리 두어야 하는데, 바다에 빠질까 봐 무서워서 보드 아랫부분을 바라보니 고꾸라질 수밖에 없었다. 나는 앞으로 살아가야 할 일을 생각하며 다시 보드에 올라 엎드렸다. 나에게 삶은 투쟁과도 같았다. 주변에서 일어나는 일과 관계에 어떻게 반응해야 할지 선택해야 했다. 선하게 반응하고, 더 나은 내 모습으로 가꾸기 위하여서였다. 조금씩 웅크린 자아가 당당히 일어서고 있다. 내면 깊은 곳에서 웃으며 일어난다.

서핑은 그 힘을 키우는 데 큰 도움이 되었다. 파도를 가르며 앞으로 걸어갈 때의 비장한 마음, 등 뒤에서 거세게 밀어닥치는 파도를 냉정하게 바라보는 집중력, 파도타기에 성공하지 못해도 전혀 개의 치 않는 표정, 파도를 기다리는 다른 서핑 애호가들을 살피는 배려. 서핑은 내 내면을 당당하게 일으켜 준 운동이다.

알고 나니

파도타기에 도전하기 전까지는 나와 파도타기는 전혀 어울리지 않을 거로 생각했다. 경험하고 나니 나를 더 나답게 키워주는 운동이 됐다. 보드 위에서 오로지 나에게 집중하는 운동이었다. 보드 위에 오로지 나 혼자였다. 내가 파도를 선택하고 내가 방향을 잡아야 했다.

사람이나 일이나 어느 정도 익숙해지면 어떻게 대처해야 하는지 아는 것처럼, 파도타기도 그랬다. 보드를 들고 이동하는 방법, 보드 위에 앉아 파도를 기다렸다가 타기까지의 방법, 알고 나니 두려움의 크기도 작아졌다. 이호테우해수욕장을 지나다니며 서핑하는 사람들을 볼 때면 나도 해보고 싶다는 마음만 가득했었다. 수십 번은 넘어지고 고꾸라지고 나서야 살짝 엿보는 정도가 됐을지라도, 도전하지 않았으면 절대로 느껴보지 못했을 감동이었다.

폐암에 걸려보고 나서야, 암 환자들의 마음을 조금은 이해하게 되었다. 내 자녀가 좌절하는 모습을 보고 나서야 다른 청년들의 힘겨움을 공감하게 되었다. 내가 사랑했던 사람과 갈등 속에 살아왔기에 이혼 가정을 이해하게 되었다. 어린 시절 결핍된 정서로 지내왔기에 친구들과 어울리지 못하는 아이들에게 다가가 토닥여 준다. 일자리를 구하지 못해 긴장한 일, 가족과 멀리 떨어져 혼자 지내는 일, 내 안 깊숙한 곳에 웅크린 마음, 내가 겪어 온 아픔은 다른 이들의 힘든 삶을 공감하는 힘이 되었다.

나는 파도타기를 배우면서 고통의 순간을 이겨낼 힘을 길렀다. 파도를 거슬러 올라가며 마음을 단단히 다졌다. 포기하지 않는 마음, 문제를 꿰뚫어 보려는 의지, 닥친 문제를 피하지 않고 대응할 여유, 스스로 해낼 수 있다는 믿음을 키웠다. 파도타기를 배우며 한 뼘 더 성숙해졌다.

강아지 미소와 히트

제주도 이호테우 해수욕장 주변에는 파도타기 강습을 하는 센터가 여러 곳 있다. 내가 강습받던 센터에 문을 열고 들어가면, 강아지 한 마리가 꼬리를 흔들며 반겨주었다. 셔틀랜드 양몰이 개, 셀 티 종이다. 강아지 이름은 히트다. 마치 마중을 나와 주는 듯했다. 강릉에서 살고 있는 아들이 돌보는 강아지도, 셀 티다. 중형 개다. 털이 복슬복슬하고 얼굴이 갸름하며 귀엽게 생겼다. 강아지와 산책할 때면 지나가는 사람들이 한 번씩 쳐다보았다. 밝게 웃으며 다가와 예쁘다고, 사랑스럽다고, 한 번 인사 나눠도 되냐고 말했다.

파도타기 센터에서 강아지 히트를 처음 본 순간, 아들이 돌보는 강아지를 만난 것처럼 반가웠다. 히트도 나에게 다가와 꼬리를 흔들어

주었다. 손으로 등을 살살 쓰다듬어 주니까 내 옆에 와서 앉았다. 나는 젊은이들만 있는 특히 남자들이 다수인 좁은 사무실 공간에 들어가기에 어색했다. 불편한 표정을 감추며 사무실 안으로 들어갔지만, 낯선 사람들을 보는 순간 내 동공은 커지고 표정은 굳어졌다.

강아지 히트는 아들이 돌보는 미소와 털 색깔이 달랐다. 강아지로부터 풍겨 나오는 셀티 종만의 분위기가 너무 비슷해서 마치 미소와 있는 듯했다. 나는 강아지를 좋아한다. 처음부터 강아지를 좋아한 건 아니었다. 모든 강아지에게 늘 미안하고 죄지은 마음도 있었다. 폐암 수술 후, 건강 회복을 위해 강릉에서 지낼 때였다. 내 건강을 위해 신경 써 주시던 지인분이 좋은 음식을 사 주신다며 음식점으로 데리고 갔다. 일반 상가가 아닌 전통 가옥으로 된 곳이었다. 빠른 회복을 위해서는 고단백질을 섭취하면 좋다며, 영양탕을 먹으러 가자고 했다. 그 마음이 감사했다. 나는 내 건강이 빨리 회복되기를 원했다. 그 요리를 맛있게 먹었다. 그날 이후로도 나는 혼자 그 음식점을 두 번이나 스스로 찾아갔다.

미소를 처음 만난 날, 나는 모든 강아지에게 큰 죄를 저질렀다는 걸 알았다. 그 요리를 먹은 내가 죄인이라는 생각을 했다. 미소는 나에게 사랑을 듬뿍 안겨 준 강아지다. 폐암 수술 후 2년째 되던 해, 포항에서 딸과 함께 지내고 있었다. 강아지 미소가 아들과 함께 포항에 놀러 왔다. 강아지가 방 안에 들어온 건 그날이 두 번째였다. 강아지가 처음 방안에 들어왔을 때는, 아들이 8살 때 정도 되었던 것 같다. 남편이 데리고 온 강아지였는데 아들이 엄청나게 좋아했다. 그 강아지는 한 달도 안 되어 다른 곳에 보내어졌다. 강아지가 방에서 함께 지낸 뒤로 내가 기침을 심하게 했기 때문이었다. 목이 간질간질했다. 마치 털이 목에 걸린 듯했다. 강아지를 다른 사람에게 보낼 때 아들이 가장 슬퍼했다. 강아지를 무척이나 사랑한 아들이었다. 아들은 엄마 때문에 강아지를 돌보지 못하게 됐다며 속상해했다. 두 번째 강아지가 미소다. 나는 강아지가 사랑스럽고 귀여웠지만 이불 위에 올라가는 것이 마음에 거슬렸다. 셀 티는 털이 많다. 미소가 지나간 자리는 털이 널려 있었다. 나는 이불에 있는 털을 하나씩 떼어내느라 바빴다. 강아지를 데리고 처음 산책하러 나갔을 때, 기운이 없던 나는 강아지에게 끌려가다시피 달려 다녔다. 강아지는 길가에 변을 보더니 내가 치우는 동안 서서 기다려 주었다. 누군가의 손길이 필요한 거다. 음식도, 배변도, 잠자리도, 미소는 돌봄을 받아야만 하는 강아지다. 미소는 유기된 상태로 교통사고를 당한 강아지다. 엉덩이 쪽 엉덩뼈가 부러져 수술을 받았다. 아들은 골반에 철심을 끼우는 수술을 받고 치료 중인 강아지를 입양했다. 포항에 놀러 왔을 때는 다 회복되어서 유기되었었다는 흔적이 전혀 보이지 않았다. 사랑을 듬뿍 받고 자란 복된 강아지 모습이었다.

폐암 수술 후 몸도 마음도 지쳐있던 나에게 미소가 안겨 왔다. 스스럼없이 달려와 내 옆에 앉기도 하고 내 품 안으로 들어오기도 했다. 털이 부드러웠고 두 눈은 또렷또렷한 눈망울로 나를 바라보았다. 표정도 털도 따뜻했다. 사랑스러운 어린아이가 안기는 듯했다. 내가 쓰다듬어 주면 긴장된 몸을 발라당 젖히며 응석을 부렸다. 예쁘다고 쓰다듬어 줄 때 손끝에 느껴지는 부드러움이 내 마음 깊숙이 들어왔다. 긴장되고 굳었던 마음이 느슨하게 풀리는 듯했다. 강아지랑 놀아줄 때 그 밝고 활발한 몸짓이 그대로 나에게 전해졌다. 미소는 나에게 희망을 안겨 주었다. 미소가 큰 상처의 아픔과 고통을 이겨내고 회복되어 건강해진 것처럼 나도 해낼 수 있다는 희망이었다.

히트는 미소와 닮은 곳이 많다. 어떤 날은 파도타기를 하러 갔다가 강아지랑만 놀고 싶기도 했다. 그런 내 마음을 아는지 강아지 히트가 놀아달라고 작은 공을 입에 물고 다가왔다. 공을 손에 잡고 요리조리 들고 장난치다가, 사무실 입구 쪽에서 반대쪽으로 굴렸다. 히트는 굴러가는 공을 쫓아 꼬리를 흔들며 달려갔다. 공을 물고 와서는 또 던져 달라고 내 앞에 쪼그리고 앉았다. 몇 번을 하다 보면 파도타기를 하려던 맘보다 강아지와 놀고 싶은 맘이 더 커지기도 했다. 파도타기를 하러 가기 싫은 날엔 강아지 히트가 보고 싶어서 가기도 했다. 히트는 내가 파도타기 센터에 들어설 때, 내 얼굴에 미소와 웃음을 준 강아지였다. 히트가 없었다면 좁은 공간에서 어색한 표정으로 있었을 거다.

강아지 미소와 히트를 만나면 내 마음이 밝아지는 것처럼, 나를 만나는 사람들도 나에게서 밝은 기운을 얻으면 좋겠다. 나를 강하게 키워가는 이유 중 하나다. 힘 있고 밝은 기운은 내 깊숙한 곳에 웅크리고 있던 나를 일으켜 주고 있다.

고꾸라짐이 일어날 힘을 키우는 기회가 되다

나는 뜨거운 여름이 다가올 때쯤에 파도타기에 관심을 두기 시작했다. 이호테우해수욕장 주변을 서성거렸었다. 이호테우해수욕장 해안도로 가에는 파도타기 강습 센터가 여러 곳 있었다. 그중 한 곳에 들어갔다. 사무실 안에 들어가니 남자 강사님 세 분, 강아지 한 마리, 옷걸이에 줄줄이 걸려 있는 슈트가 눈에 들어왔다. 강사님 두 분은 대학생 같았고 사장님은 40대인 듯했다. 슈트는 작은 치수부터 큰 치수까지 50장 정도 될 듯했다. 그중에는 찢어져서 덧대어 꿰맨 것도 있었다.

나중에, 이 슈트를 입는 방법도 배웠다. 슈트를 쉽게 입으려면 비닐봉지가 필요했다. 나는 첫날 슈트를 입을 때 비닐봉지를 사용하지 않았다. 몰랐기 때문이었다. 아무도 비닐봉지에 대해 말해주지 않았고 나도 쉬운 방법을 물어보려고도 하지 않았다. 비닐봉지를 발에 끼우고 슈트를 입어야 슈트가 발부터 잘 들어갔다. 한쪽 발을 넣고 나서 다른 쪽 발도 같은 방법으로 입었다. 슈트를 팔에 끼울 때도 비닐이 필요했다. 처음 몇 번은 비닐을 사용하지 않고 입었다. 그때는 슈트 입느라 힘을 다 뺐다. 슈트가 몸에 밀착되어 들어가질 않았다. 힘으로 당기며 입느라 파도타기를 하기도 전에 힘이 다 빠진 듯했다. 작은 비닐 하나가 큰 효과를 발휘해 주었다. 이것을 활용한 강사님들이 지혜롭다고 생각했다. 나는 슈트를 입으면서 비닐종이의 위력에 감탄하며 혼자 웃었다. 슈트를 입고 내 몸을 위아래로 훑어보았다. 어색함을 뚫고 서 있는 내가 기특했다. 나는 내가 멋지다고 생각했다.

배울까 말까? 세 번이나 망설이다가 들어간 사무실이었다. 사장님께 내 나이를 말하며 배울 수 있겠냐고 물었을 때 망설임 없이 쾌히 받아주셨다. 누구든지 하려는 의지만 있으면 할 수 있다며 진지한 표정을 지으셨다.

나는 내 마음과 시선이 향한 곳으로 발걸음을 내디뎠다. 나를 일으켜 줄 곳에서 낯섦을 친숙함으로 바꾸었다. 2개월여 동안 파도와 친해지는 시간이었다. 바다 깊이가 낮은 곳에서조차도 바닷물에 매번 고꾸라지고 엎어지며 두려워 떨던 모습이었다. 이제 넘어져도 고꾸라져도 무섭지 않다. 도전했기에 고꾸라지기도 했다. 다시 일어서는 방법도 알게 되었다. 도전하길 참 잘했다. 고꾸라지고 넘어지는 순간은 다시 일어날 힘을 키우는 기회였다. 나는 그 힘을 키우며 웅크린 나를 일으켜 안았다.

Chapter 2.
미국 여행

웅크린 아이, 아이 같은 어른이
미국에 다녀올 준비를 했다

    서핑 배우기를 잠시 멈추었다. 여름 동안 미국에 있는 딸에게 다녀오기로 했다. 내 안에 웅크린 아이가 어른으로 성숙해지려는 나를 방해해 왔다. 아들딸이 사춘기가 되기 전까지는 엄마로서 내 모습도 강했다. 강했다기보다는 아들딸이 성장하는 동안 웅크린 나를 볼 겨를이 없었다. 내가 받는 월급으로 자녀와 내 생활에 사용했다. 방학 때면 내 친구들은 해외와 국내로 여행을 다니곤 했다. 그런 친구들이 부럽기도 했다. 우물 안 개구리처럼 서울 강서구 안에서만 살았다. 고등학생 때 서울로 전학을 왔지만, 새벽부터 밤늦게까지 학교 도서관에서 공부만 했다. 일요일도 마찬가지였다. 친구들과 놀 줄도 몰랐고, 시내에 구경 다니는 것도 못 했다.

초등학교 저학년 때 있었던 일이다. 바깥마당에는 소 외양간과 닭장, 돼지우리가 있었다. 닭장에 들어가면 암탉이 낳은 달걀이 있었다. 나는 그 달걀을 몇 개 가지고 학교 앞 구멍가게에 갔다. 그곳에서 껌으로 바꾸었다. 그래도 되는 줄 알았나 보다. 자세한 것은 기억나지 않지만, 그 껌을 씹으면 달착지근한 커피 향이 났다. 구멍가게에는 라면땅도 있었다. 작은 봉투에 가늘고 꼬불꼬불한 과자 조각들이 담겨 있었다. 오도독오도독 씹어 먹으면 고소했다. 그 맛이 지금도 생생하다. 나는 달걀과 바꾼 군것질거리를 숨겨 두었다. 들키지 않고 오래도록 먹기 위해서였을 거다. 뒤뜰 담 아래에 밭이 있었다. 그 밭 한가운데 쌓아 놓은 볏짚 더미, 그 속에 찔러 숨겨 놓곤 했다. 들킬까 봐 마음을 얼마나 졸였을까! 형제에게 나누어 주었었는지는 기억이 안 난다. 한번은 아버지에게 빗자루로 맞았다. 방 청소하는 빗자루는 단단했다. 엄마와 두 동생, 언니가 그 광경을 바라보고 있었다. 아버지 호주머니에서 종이돈을 가져다가 빵을 사 먹었기 때문이었다. 도둑질을 한 것이다. 아버지가 빗자루로 때리자, 엄마는 더 때리라고 옆에서 큰 소리로 말했다. 동생들도 언니도 오빠도 그런 행동을 하지 않았는데, 나는 왜 그랬을까? 동생들이 서울로 가기 전, 두 동생을 챙겨 동네로 놀러 다닌 것도 나였다. 오빠 두 명, 언니, 여동생, 남동생, 나는 중간이었다. 우리 집안에서는 얼굴이 예쁘지도 똑똑하지도 귀엽지도 않았다. 남편과 결혼하겠다고 부모님께 말했을 때, 아버지는 지게 작대기로 내 허리를 내리치셨다. 어렸을 때부터 성인이 되어서까지 아버지에게 맞은 사람은 나뿐일 거다. 내가 칭찬받은 건, 말없이 일 잘한다는 거와 착하다는 거였다. 자존감이 없던 나는 말없이 지냈다. 아버지에 대한 무서움을 씻어 준 일이 있었다. 어렸을 때 마당 가에 있던 호두나무에 올라갔다가 떨어져서 발목을 삐었다. 아버지는 나를 업고 산을 넘어 한의원에게 다녀오셨다. 아버지 등은 넓고 안전했다. 남편으로부터 욕을 듣고, 맞기도 하면서 자존감은 뭉개지고 혼란스러웠다. 아버지가 업어 준 것처럼 남편도 나를 보듬어 주기도 했다. 불안정한 마음이 가득했다. 나도 소중한 사람이라는 것을 깨닫기 시작한 것은, 딸이 초등학생이 되었을 때부터였다.

폐암 선고는 나를 새롭게 일으키는 기회가 되었다. 미국에 있는 딸에게 가기로 했다. 가야만 했다. 딸이, 도움이 필요한 절박한 상황에 놓여 있었다. 나는 엄마였기에 어떻게든지 감당해야 했다. 웅크린 아이 같은 어른이 미국에 다녀올 준비를 해야만 했다.

2024년 여름 1개월 정도 미국에 머무르기 위해 준비를 했다. 가장 먼저 할 일은 비행기표 예매였다. 2024년이 시작되면서 바로 1월과 3월 사이에 예매하려고 했으나 하지 못했다. 미국 도착지와 다시 서울로 돌아오기 위한 출발지를 어느 곳으로 해야 할지 결정할 수 없는 상황이었기 때문이었다. 넓고 넓은 미국 땅, 그중에서 딸이 일할 자리로 결정되는 곳, 그곳을 내가 다시 서울로 돌아올 출발지로 하려고 했다. 딸은 미국 필라델피아에 있는 대학원을 2024년 6월에 졸업했다. 바로 박사과정을 여러 대학교에 지원했지만 다 떨어졌다. 딸이 미국에서 공부한 대학원 과정은 한국에서 공부한 대학 전공과는 다른 분야였다. 그러다 보니 대학 과정부터 공부해 온 다른 학생들과 경쟁에서 뒤질 수밖에 없는 상황이었다. 그런 이유로 딸은 박사과정을 지원하기 위해 연구 경력이 필요하다고 했다. 대학원에서 공부한 내용과 관련된 연구를 하는 대학 연구실 여러 곳에 지원하는 이유였다. 그렇게 지원한 곳 중에서 합격한 곳을, 내가 다시 서울로 올 때 출발지로 하려고 했다. 그곳에 딸이 지내야 할 방을 구해야 하기 때문이었다.

왕복으로 예매해야 푯값이 더 저렴하기에 출발지가 결정되기를 매일 기다렸다. 5월이 다가와도 합격 소식이 없었다. 미국으로 출발하는 비행기표가 매진될까 봐 긴장됐다. 딸은, 인천공항에서 뉴욕까지 가는 비행기표만 먼저 예매하자고 했다. 인천공항에서 뉴욕까지는 직항이어서 다행이었다. 내 영어 실력이 불안하니 직항으로 갈 수 있는 뉴욕이 적격이었다. 뉴욕은 딸이 지내고 있는 필라델피아와도 가까운 곳이었다.

합격 소식은 계속 없었다. 마냥 기다리다가 서울로 돌아오는 비행기표를 구하지 못할까 봐 걱정되었다. 딸은, 내가 미국에 가는 것이 처음이고 언제 또 갈 수 있을지 모르니, 미국 여행하면서 합격을 기다리는 건 어떠냐고 했다. 나는 딸의 제안에 찬성했다. 뜻밖의 제안은 나를 흥분시켰다. 놀라웠다. 미국에서 인천공항으로 오는 출발지를 텍사스로 결정했다. 여행 마지막 일정을 텍사스에 살고 있는 지인 분 집에서 보내기로 했다. 그곳이 텍사스였다. 딸의 연구실 합격 소식이, 미국 여행 중 어느 날엔가는 들려올 거라 믿기로 했다. 뉴욕에 있는 지인 가족도 만날 계획을 세웠다. 미국에 머물 동안 필요한 경비를 더 모아야만 했다. 처음 계획은 딸이 지내고 있는 집에서 숙박하기로 했었다. 그곳에 머무르며 합격 소식을 기다렸다가 방을 구하려고 했었다. 딸이 지내고 있는 주변만 보다가 오려고 했었다. 넓은 공원 산책도 하고, 그 도시에 있는 미술관도 가고, 집에서 맛있는 요리도 만들어 먹을 생각을 하고 있었다.

딸의 합격 소식이 들려올 때까지 무엇을 해야 할지에 대한 생각이 바뀌면서, 딸도 나도 바빠졌다. 딸은, 내가 미국에서 만나고 싶은 지인이 있는지 물어보았다. 나는 꿈만 같았다. 나는 미국에 살고 있는 지인들께 연락했다. 네 가정에 카톡으로 연락했다. 딸도 마찬가지였다. 딸도 만나고 싶은 지인께 연락했다. 나와 딸은 미국 곳곳에 있는 지인들을 만나러 갈 곳을 여행지로 결정했다. 일곱 장소가 되었다. 나는 미국이 궁금해졌다. 언제 또 미국에 갈 수 있을까? 비행기 표 값이 얼마나 비싼가! 왕복 비행기표 값이 내 한 달 월급보다 많았다. 미국 이곳저곳을 여행하게 되면 경비가 엄청 더 많이 들 텐데, 그래도 나는 필라델피아에 있는 딸 월세 방에 머물러 있지 않고, 미국 여행을 하기로 했다. 내가 만나고 싶은 지인들은 서울에서 다니던 교회에서 만난 분들이었다. 교회에서 만난 세 가족과 선교단체에서 봉사할 때 만난 젊은 부부 한 가족이었다. 딸은 이 네 가정에 미리 연락하여 언제 만날 수 있는지 날짜를 정해 놓으면 좋겠다고 했다. 그 가정들이 있는 곳곳에 숙소를 정하고, 관광할 것들을 미리 조사하여 정리해 둘 계획이었다. 지인분들은 모두 다 좋아했다. 지인분들이 사는 곳을 중심으로 만나는 날짜와 장소를 정했다. 가장 중요한 곳은 딸의 합격 소식을 알려줄 장소였다. 내가 미국에 있는 동안 그 장소가 결정되어야만 했다. 커다란 캐리어 4개를 딸이 혼자 옮기기에 너무 무리가 되기 때문이었다. 내가 미국에 가는 목적은 딸이 지낼 방도 구하고 짐도 같이 옮기기 위해서였다. 오로지 그 목적이 전부였다. 미국 여행은 생각하지 않았다. 멀고 먼 미국 땅, 그곳에 달려가서 딸을 안아주고 싶었다. 짐을 거들어 주어야 했다. 딸과 추억을 만들 절호의 기회였다. 필요한 경비를 모으기 시작했다. 매일 밤 미국 드라마를 보며 영어에 익숙해지려고 했다. 체력을 키웠다. 오랫동안 소식을 주고받지 않았던 미국 지인분들께 용기를 내어 연락했다. 딸이 힘든 상황에 놓이게 되었을 때 함께 있어 주어야만 한다는 마음은 행동으로 준비하게 했다.

　나는 어린 시절 형제들과 부모와 대화를 많이 하지 못했다. 내 자녀와는 대화도 많이 하고 친구처럼 지내고 싶었다. 아들딸의 어떤 상황에도 들어 주고 공감해 주는 엄마가 되고 싶었다. 자녀의 생각과 마음을 듣고, 존중해 주고 싶었다. 내가 누리지 못했던 것을 내 자녀들에게 해 주고 싶었다. 자녀들을 향한 그 소망이 어떠한 상황에서도 살아낼 힘이 되어 주었다.

나는 아들딸에게 아이다

수영, 서핑, 요가로 체력을 단련했다. 퇴근 후 미국 영화를 원어로 보았다. 미국 여행을 하는 동안 미국 사람들의 움직임을 낯설어하지 않기 위해서였다. 온라인 연수로 독해 공부도 했다. 필요한 경비도 어느 정도 채워졌다. 짐은 기내용 캐리어 하나와 백 팩 작은 것 하나만 준비했다. 딸은, 나에게 어울릴만한 원피스 몇 장을 사 놓았다며 기내용 캐리어에 속옷만 챙겨오라고 당부했다.

2024년 7월 24일 수요일 저녁 7시 30분, 인천공항에서 내가 탑승한 미국행 비행기가 이륙했다. 기내에서 15시간을 보내야 했다. 딸은 비행기를 타자마자 잠을 자라고 했다. 뉴욕에 도착할 즈음 몇 시

전부터는 잠을 자지 말라고 했다. 뉴욕에 밤 9시쯤 도착하면 숙소까지 이동하여 바로 잠을 푹 잘 수 있게 하기 위해서였다. 도착한 다음 날 아침부터 일정을 빡빡하게 준비해 놓았다는 걸 여행하면서 알았다. 딸이 말한 대로 잠을 청했지만 내 두 눈은 기내를 살피느라 바빴다. 기내용 슬리퍼로 신발을 바꿔 신었다. 담요를 덮었다. 나는 15시간이 지나고 나면 뉴욕에 내 발을 내딛게 된다는 사실이 믿어지지 않았다. 설렘으로 잠이 오질 않았다. 미리 준비한 책을 꺼내 읽었다. '언젠가 우리가 같은 별을 바라본다면' 책이었다. 미국에 도착하기 전에 다 읽고 딸에게 주기로 했다. 배가 고프다고 느껴지자, 기내식이 나왔다. 사과 한 쪽, 채소 샐러드, 빵, 우유, 물, 건강에 좋은 음식으로 선택했다. 두 번의 기내식을 먹고 간식도 한번 먹었다. 고운 말씨로 음식을 건네주는 스튜어디스분, 영어가 아닌 한국어로 말하는 한국분이었기에 다행이었다. 마음을 긴장하게 하는 신호가 왔다. 허리통증이었다. 시간이 흐를수록 점점 허리가 불편해졌다. 잠깐 일어나 화장실에 다녀오기도 하고 통로도 걸어 다녔다. 예전에 허리통증이 심하여 꼼짝하지 못하고 누워있었던 기억이 떠올려졌다. 이러다 허리 통증으로 주저앉게 되는 건 아닐까, 딸에게 피해만 주게 되는 건 아닐까, 하는 불안함이 몰려왔다. 불안한 마음을 누르며 책을 다 읽고 나니 시간이 꽤 지났다. 뉴욕 공항에 도착하려면 두세 시간 남았다. 잠이 쏟아졌다. 뉴욕 도착하기 서너 시간 전에는 깨어 있으라는 딸의 당부를 지키지 못했다. 밤 9시 지나 드디어 비행기가 뉴욕 공항에 착륙했다. 태어나서 처음 밟게 될 미국 땅이었다. 친구, 지인들이 미국 여행에 대해 말할 때, 나와는 먼 이야기처럼 들렸었다.

작은 기내용 캐리어와 백 팩을 바로 기내에서 챙겼다. 내 짐은 이 두 개뿐이었다. 비행기에서 내려 걸어가는 사람들 대열에 나도 끼어 걸었다. 입국심사 하는 곳을 통과해야 했다. 기내에서 나가, 줄을 서 있는 사람들 대열에 나도 서 있었다. 아무런 의심도 없이 어깨를 펴고 당당한 모습을 하고 있었다. 무섭지 않았다. 두렵지도 않았다. 여기만 통과하면 딸을 만날 수 있다는 사실이 힘이 되었다. 태연한 모습으로 사람들 사이에 서 있는데, 공항 안내요원 복장을 한 여성분이 나에게 다가왔다. 몸집이 통통한 흑인이었다. 대한민국 공항에서는 찾아보기 힘든 모습의 여성이었다. 동양인인 딸도 잘 지낼 수 있겠구나, 하고 안심이 되었다. 그분은 나에게 친절한 말투로 무슨 말을 건넸다. 영어는 알아듣지 못하겠는데, 손짓을 보니 다른 곳으로 가라는 것 같았다. 가리키는 방향을 따라 시선을 돌렸다. 어디로 가야 할지 찾느라 어리둥절하며 두리번거렸다. 조금은 당황스러웠지만 어떻게든지 나를 이곳에서 나가게 해 줄 것을 믿었기에 두렵지는 않았다. 기내에서 빠져나온 사람들로 꽉 찬 입국심사 장소였다. 나는 발걸음을 내딛지 못하고 서서 주변만 살피고 있었다. 그런 나에게 안내요원은 따라오라고 손짓했다. 내가 섰던 줄은 국내 미국인들이 서야 하는 줄이었다. 나는 외국인 입국 심사하는 줄에 서 있어야 했다. 그래도 두려워하지 않고 느긋한 표정과 행동을 한 내가 대견하고 기특했다. 예전의 나였다면 낯선 곳에서 무섭고 두려워했을 거였다. 내 차례가 되어 심사하는 사람 앞에 섰다. 밝은 미소를 지었다. 나에게 하는 말을 들을 준비를 했다. 통하지도 않을 영어로 말하려다가, 순간 딸이 써 준 글이 생각났다. 여유 있는 태도로 호주머니에서 종이 한 장을 꺼내 보여 주었다. 심사하는 사람은 생긋 미소 지으며 나를 바라보았다. 눈짓으로 됐다는 사인을 했다. 아무런 질문도 하지 않았다. 종이 한 장에 쓰인 영어 문장 덕분이었다. 입국 심사할 때 보여주라며 딸이 이메일로 보내 준 글이었다. 미국에서 어느 호텔에 묵을 것인지, 딸이 어느 대학교에 다니고 있는지, 미국에 있는 동안 딸이 지내는 방에 묵게 될 거라는 것, 만날 지인분들이 어느 지역에 있는지, 돌아갈 비행기표가 있다는 내용이었다. 사실 나는 이 내용을 심사원이 묻는 말에 맞추어 대답하려고 기내에서 읽고 또 읽었다. "엄마 보여주기만 해도 괜찮아," 라고, 말한 딸의 말을 듣기를 잘했다.

To whom it may concern,

My name is ***, and I am a master's student at the University of Pennsylvania. My mother is visiting me, and we will be traveling around the US for a month, including stops in NYC, Philadelphia, and LA. We will also visit her friend's house in Texas, where she has a return ticket from. We have a hotel booked in NYC, and we will be staying at my home in Philadelphia for most of the trip.

My home address is:
********** St,

Philadelphia, PA 19104
Contact information:
Phone: (445) ***-***
Email: *******k@gmail.com
Thank you for your assistance.
Warm regards,

하얀 종이 위에 쓰인 영어 문장은 어떤 내용인지 알았지만, 말로 할 용기가 없었다. 매일 조금씩 공부한 영어 회화를 실행에 옮기지 못한 것이 살짝 아쉽기도 했다. 심사장을 통과하고 사람들 틈에 끼어 밀려 나왔다. 아뿔싸, 핸드폰 와이파이가 안 됐다. 딸을 공항에서 만나기로 했는데 만날 장소를 정하지 않았다. 두려워지려 했다. 방법을 찾아야 했다. "엄마, 비행기에서 내리면 한국 사람 따라서 나오면 돼, 한국 사람 꼭 있을 테니까. 한국 사람에게 와이파이 어떻게 해야 하는지 물어보고." 딸이 해 준 말이 떠올랐다. 나는 뒤늦게서야 한국 사람을 찾았지만 모두 지나가 버리고 없었다. 그 순간 와이파이가 안되어도 딸에게 연락할 방법이 떠올랐다. 인천공항에서 비행기에 탑승

하기 10분 전에 다급하게 아들이 해결해 준 방법이었다.

인천공항에서 비행기 탑승 시간 10여 분 남았을 때 아들에게서 전화가 왔다. 아들은 로밍했냐고 급하게 물었다. 로밍, 나는 깜짝 놀랐다. 로밍해야 한다고 생각하지 못했다. 로밍하지 않았다고 말했더니 아들은 화들짝 놀랐다. 내가 뉴욕 공항에 도착했을 때 딸을 못 만날까 봐서였다. 여행 중에 딸과 잠깐이라도 떨어져 있게 되었을 때, 딸과 연락이 안 되어 혼자 미아 상태가 될까 봐서였다. 탑승 10여 분 남은 상황이었다.

아들딸이 사춘기가 지나고부터 나는 아들딸로부터 챙김을 받았다. 아들은 바로 이것저것 알아본 후에, T 전화를 사용할 수 있게 조치를 취해 주었다. 내가 미국행 비행기에 타기 전에, 딸과 연락할 수 있는 준비를 전혀 하지 않았다는 사실을, 아들을 통해 뒤늦게 알아차렸다. 순간, 쏴 파도가 나를 때리고 지나간 것처럼 오싹했다. 아들의 빠른 대처가 파도를 피하게 해주었다. 큰 한숨을 돌렸다. 무서웠던 마음이 사르르 풀렸다. 긴박한 상황이었다. 아들이 다 해결해 주자마자 바로 탑승하라는 안내 방송이 나왔다. 그 시간, 아들은 강릉에 있었다.

심사장을 나와 아들이 해 준 T 전화로 딸에게 전화했다. 입국심사를 마치고 나오는 사람들 따라 나오면 된다고 했다. 바로 앞에 딸이 기다리고 있을 거라고. 뉴욕 존 F. 케네디 공항. 입국심사를 마치고 나오니 딸이 달려왔다. 나는 뉴욕 공항에서 딸을 만났다. 아들딸의 세심한 도움 덕분이었다. 딸을 만나고 나자 생각이 났다. 딸은 내 핸드폰 사용 비용을 줄이기 위해 미국에서 사용할 유심칩을 준비해 놓았다고 했다. 이 내용을 까맣게 잊고 아들에게 말하지 못했다. 뉴욕 공항에 도착해서 딸을 만나 직접 듣고서야 이해하게 됐다.

"엄마, 모르면 배워서 알려고 해야지."

딸은 가끔 답답해하며 장난 섞인 말투로 말하곤 했다.

나는 딸과 함께 뉴욕 도심 한복판을 걸었다. 서울이 아닌 뉴욕 밤거리였다. 높은 빌딩들, 반짝반짝 화려한 불빛들이 도시를 요란하게 해주었다. 다양한 모습의 젊은이들을 지나쳐 걸었다.

뉴욕 밤거리는 화려한 불빛 안에서 휘청거리는 모습이 많았다. 내가 기대했던 모습과는 다른 분위기였다. 밤이라서였을까, 흐느적거리기도 하고, 휘청거리기도 하는 젊은이들의 모습이 많이 보였다. 딸은 빤히 쳐다보면 안 된다고 말했다. 나와 눈이 마주치기라도 하면 불상사가 일어날 수도 있다고 했다. 나는 딸의 손을 꼭 잡고 앞만 보고 걸었다. 20여 분을 걸었다. 우리는 딸이 예약해 둔 작은 호텔로 들어갔다. 방에 들어가니 밤 11시가 지난 시간이었다. 서로 이야기할 시간도 없이 곧바로 샤워한 후 침대에 누웠다. 다음 날 여행을 위해서였다. 비행기에서 잠을 잤는데도 피곤이 몰려왔다.

딸은 내 옆에 누웠다. 딸을 만나기 위해 얼마나 애타게 기다리며 만반의 준비를 했던가! . 드디어 이루어졌다. 해냈다. 내 인생에서 커다란 역사를 이룬 날이었다. 스스로 미련하다고 여기며 살았던 내가 미국에 왔다. 딸의 합격 소식을 기다리며 여행할 시간은 긴장의 연속일 거였다. 합격 소식이 바로 오지 않아도 불안한 마음을 보여서는 안 되었다. 내가 불안해하면 딸은 걷잡을 수 없이 힘들어질 거라는 걸 알기 때문이었다. 마음을 단단하게 붙잡아야 했다. 내일 하루 일정부터 가뿐하게 소화해 내고 싶었다. 기내에서 허리가 삐꺽했던 것이 신경 쓰였다. 딸은 벌써 잠이 들었는지 새근새근 숨소리가 들렸다. 딸은 나를 마중 나오기 전에 나를 위해 준비한 일이 많았다. 나도 눈을 감고 잠이 오길 기다렸다.

내가 아들딸을 챙겨 주는 것 같으나 나는 챙김을 받는다.

뉴욕 투어

7월 25일 목요일 아침 7시, 잠에서 깼다. 딸이 먼저 깨어 있었다. 딸은 이어폰을 귀에 꽂고 무언가 듣고 있었다. 내가 깰까 봐 혼자 듣고 있었다. 내가 눈을 뜨고 기지개를 켜자, 딸은 이어폰 하나를 내 귀에 꽂아 주었다. 엷은 미소를 띠며 나를 바라보는 딸의 모습이 평안해 보였다. '생명의 삶' 유튜브 영상 소리가 들렸다. 나는 딸과 침대에 나란히 누워서 하나님 말씀을 들었다. 마음이 평안했다. 내가 성경 말씀을 처음 접하였을 때는 초등학교 저학년 때일 거다. 내가 어렸을 때, 가족 중에서 교회에 다닌 사람은 아무도 없었다. 마당에서 꽹과리 소리를 내며 굿을 하던 장면이 떠오른다. 교회에 어떻게 가게 되었는지는 모르겠다. 시골 면 소재지 산언덕에 교회가 있었다.집에서 학교까지 거리는 500미터 정도이고, 학교에서 교회까지 거리도 500미터 정도다. 지금이야 어른 걸음으로 걸어가니 가깝게 느껴지지만 내가 어렸을 때는 먼 거리였을 거다. 지금 생생하게 떠오르는 장면은, 교회 마룻바닥에 앉아 성경 말씀 카드 안에 적힌 성경 구절을 암송하고 있는 내 모습이다. 이 기억은 내가 결혼 후 힘들어 지쳐 쓰러질 것 같은 상황일 때 떠올려졌다. 지친 몸과 마음을 기댈 곳을 찾아 헤맬 때였다.

하루 사이에 미국 거대도시인 뉴욕에서 아침을 맞이했다. 뉴욕 작은 호텔 방에서 맞는 아침이 전혀 어색하지 않았다. 서울에서 뉴욕으로 순간 이동한 듯한 느낌이었다. 내 인생이 신기했다. 6년 반 동안 지방 이곳저곳으로 옮겨 다니며 낯선 지역에 적응하며 살아내는 습성이 길러진 걸까? 40년 넘는 세월 동안 서울에서 살다가 다른 지방에서 살기 시작할 때, 아는 사람도 없고 주변 환경도 익숙하지 않았다. 몇 개월씩은 마음이 휑했다. 마을, 이 골목 저 골목을 샅샅이 자주 걸어 다녔다. 곳곳이 어색하고 낯설었다. 외로운 마음을 단단히 하려고 걷고 또 걸었다. 주변을 수색이라도 하듯이 두리번거리며 걸었다. 나무와 건물, 상가, 교회, 사람들, 간판을 눈에 담았다. 낯섦을 익숙함으로 바꾸기 위함이었다.

이곳 뉴욕에서 움츠러들지 않은 건 나를 챙겨 주는 딸이 있어서였다. 딸은, 오늘 아침 식사는 치킨, 호박, 고구마가 들어간 간편식이라고 말했다. 나는 깜짝 놀라 두리번거리며 딸에게 말했다. "딸 어디 있는데?" "냉장고에 있지!"라고 말하며 딸은 냉장고 문을 열었다. 딸은 내가 뉴욕공항에 도착하기 전에 미리 호텔에 와서 나에게 주려고 미리 산 옷들을 옷걸이에 걸어 놓았고, 마트에서 아침 식사 거리를 사다 놓았다. 딸은 테이블 위에 아침 먹을거리를 꺼내 놓았다. 우리는 좁은 테이블 한쪽에 마주 앉아 서로 얼굴을 바라보며 먹었다. 호박, 고구마, 치킨이 들어간 아침 식사, 작은 종이상자 안에 담긴 음식이었다. 호텔 뷔페보다도 맛있었다. 행복했다. 좁은 호텔 방 붙박이장 안 옷걸이에, 원피스 몇 장이 걸려 있었다. 한 장은 무릎 바로 위까지 오는 짧은 원피스였고 두 장은 발목 바로 위까지 부드럽게 내려온 긴 원피스였다. 딸은 엄마가 입으면 예쁠 것 같아서 샀다며 원피스 한 장을 건네주었다. 하늘하늘 내려오는 원피스가 내 몸에 딱 맞았다. 뉴욕 거리를 다닐 때는 딸이 준비한 원피스만 입고 다녀야 한다며, 원피스 입은 내 모습에 흡족한 표정과 찬사를 표했다. "엄마도 우아한 옷, 엄마의 세련된 모습을 표현해 주는 옷을 입어야 해"라며 내 옷매무새를 만져 주었다. 카키색 원피스였다. 가볍고 부드러운 천이 내 몸을 두르고 흘러내렸다. 민소매 긴 원피스였다. 살갗에 닿는 느낌이 시원했다. 허리에 가느다란 갈색 벨트를 살짝 걸치듯 매었다. 벨트 끝부분이 아래로 자연스럽게 흘러내렸다. 배꼽 부분에 오는 벨트 중앙은 지름 5센티미터 정도 되는 원형 고리였다. 고리 아래로 벨트 나머지 부분이 내려졌다. 모델이 된 기분이었다.

내 어머니는 나들이 가실 때 옷을 곱게 차려입으셨다. 발목까지 오는 하늘하늘한 치마와 부드러운 블라우스, 면사무소 근처에 있는 미용실에 갈 때도 곱게 차려입으셨다. 형제들이 모두 떠나고 나 혼자 부모님과 있을 때, 어머니가 시장에 다녀올 때가 되면 마당 가에 나가 기다렸다. 미용실에 가셨을 때는 기다리지 못하고 미용실로 찾아가곤 했다. 어머니가 걸어오는 길은 논밭 건너편에 있었다. 그 길을 걸어오는 어머니의 모습은 우아했다. 나는 어머니께 예쁜 옷을 사드린 적이 없는 듯하다. 어떤 옷을 사야 할지 자신감이 없었는지도 모르겠다. 글을 모르시던 어머니께 동화책을 사다 드리고 읽어 드리거나 맛있는 음식을 사다 드리거나, 이것도 자주 하지 못했다. 누군가를 친절하게 챙겨 주지 못하는 나였다. 자존감이 부족했다. 스스로 나서서 챙기지는 못하고 누군가 하자고 하면 따라 했다. 이제 마음에서 진심이 우러나 스스로 누군가를 챙기는 힘도 많이 키워졌다. 내 안에 자리 잡았던 수치심은 나를 움츠리고 살게 했다.

아침 식사를 마치고 외출 준비를 하고 나니 아침 9시 30분이었다. 날씨가 선선하고 맑았다. 걷기에 좋은 날씨였다. 숙소에서 걸어서 15분 거리에 있는 UN 본부로 향했다. UN 본부라니! 나는 정말 놀라운 경험을 할 마음의 준비를 했다. 사회 교과서에서 글자로만 읽고 사진으로만 보았던 곳이었다. UN 본부가 있는 건물에 들어섰다. 딸은 한국인 가이드가 안내하는 투어를 예약해 놓았다고 했다. 유엔 본부 전체를 돌아보는 데 1시간 30분 정도의 시간이 걸렸다. 사진으로만 보았던 건물 내부 모습이었다. 내가 직접 보고 있다는 것이 믿어지지 않았다. 투어를 마치고 점심을 먹으러 갔다. 유엔본부에서 가까운 거리에 있는 스테이크 전문집이었다. 워런 버핏이 단골로 다니던 음식점이라고 했다. 뉴욕 3대 스테이크 음식점 중 하나인 스미스엔울렌스키 음식점이었다. "엄마도 이런 곳을 경험해 봐야지!"라며 딸은 내 손을 잡고 점원이 안내하는 자리로 갔다. 점원분들이 나이가 지긋해 보였다. 손님이 많은데도 서두르거나 급한 모습이 아니라 여유 있고 차분한 움직임이었다. 딸은 "엄마, 이런 곳은 예약해 놓아야 해. 엄마랑 다닐 곳들은 다 예약해 놓은 곳들이 많아."라고 말하며 나를 보고 활짝 웃는다. 딸이 웃는 모습은 내 몸 전체를 생기있게 해주었다. 고급 레스토랑에서 스테이크를 먹은 후 미술관으로 향했다. 뉴욕에 있는 현대 미술관 모마 미술관이었다. 나와 딸은 신나서 돌아다녔다. 작품 앞에 서서 서로의 심오한 생각을 말하기도 하고, 재미있게 해석하며 많이 웃기도 했다.

미술관 관람을 마치고 브루클린 다리에 갔다. 미술관에서 걸어서 갔다. 브루클린 다리는 브루클린과 맨해튼 최남단을 연결하는 뉴욕의 상징적인 건물이라고 했다. 다리 주변 풍경에 매료되어 딸의 합격 소식에 대한 걱정은 온데간데 없었다. 마음이 온통 눈앞에 보이는 풍경들에 있었다. 마음이 들떠 있었다. 마음이 들뜨는 순간 나는 실수를 하곤 했다. 그래서 그런지 다리 위를 걷다가 딸과 나는 말다툼을 했다. 사진 때문이었다. 나는 핸드폰 카메라로 사진을 찍을 때, 찍히는 사람이 멋지게 나오도록 구도를 잡는 일이 서툴렀다. 매번 어딘가 아쉬운 느낌이 들곤 했다. 다리 이곳저곳에서 사람들이 사진을 찍는 모습이 보였다. "엄마 사진 찍어줄게."라며 딸이 핸드폰 카메라로 나를 찍어 주었다. 어디를 가든지 딸과 함께 다니면 딸은 항상 내 사진을 찍어 주었다. 딸은 모델 사진을 찍어주기라도 하듯이 신이 나서 연거푸 찍어 주었다. 사진을 찍어 주는 딸 모습이 행복해 보였다. 나도 덩달아 마음이 들떴다. 딸 앞에서 어린아이처럼 활짝 웃었다. 재롱부리듯이 두 손을 올리기도 하고 몸을 기울여 보기도 했다. 딸이 사진을 찍어 주는 동안, 딸 마음 안에 묵직하게 있을 걱정이 사라지기를 바랐다. 나도 딸을 찍어 주고 싶었다. 나는 딸 모습을 사진으로 남기고 싶어서 "딸, 엄마가 사진 찍어줄게. 딸 사진 갖고 싶어서." 라고 말했다. "엄마 사진 이상하게 찍잖아. 나 안찍을거야. 그냥 가자." 라고 말하며 딸은 가자고 했다. 내가 사진을 못 찍어서 찍고 싶지 않은 마음이 딸의 말투와 표정에 역력했다. 나는 속상했다. 사진 찍는 실력이 없는 나 자신 때문이기도 했지만, 사진 좀 못 찍어도 그냥 좋다고 표현해 주지 않는 딸의 모습 때문이었다. 나는 그래도 한번 찍어보겠다며 딸에게 애원하듯이 말했다. 딸은 내가 어느 위치에서 찍어야 할지 자리를 정해 주었다. 카메라 위치도 잡아 주었다. 그 다리 위에 나와 딸만 있는 것이 아니었다. 브루클린 다리를 구경하러 온 사람들이 다리를 꽉 메우고 있었다. 여행객들은 걷고 있거나 사이사이 비집고 서서 사진을 찍었다. 내가 사진을 찍으려고 자리 잡은 근처로 사람들이 지나 다녔다. 나는 사람들이 없는 틈을 타서 사진을 찍으려고 했다. 어리어리한 모습으로 서서 멈칫멈칫했다. 사람들이 지나간 틈을 타고 재빨리 찍어야 했다. 그렇게 하지 못하고 있었다. "엄마, 옆에 사람 지나가잖아!"라고 딸이 말했다. 딸은 긴장하고 있었다. 나는 딸 사진을 찍겠다며 몸을 요리조리 움직였다. 내 시선은 오로지 딸에게 향하고 있었다. 주변을 살피는 일에 소홀했다. 나는 사람들을 피해 엉겁결에 사진을 찍었다. 사진을 본 딸은 나에게 속상한 목소리로 말했다. "엄마, 내가 사진 안 찍겠다고 했잖아." 딸의 표정과 말투가 울상이 되었다. 나는 어떻게 이 상황을 풀어갈 지 마음이 초조해졌다. 딸에게 미안하다고 사과했다. 딸을 찍어 주고 싶었다고 말했다. "엄마, 내가 싫다고 말하면 정말 싫은 거야. 엄마가 내 마음은 알아주지 않고 엄마 하고 싶은 대로 하는 건 엄마 욕심이야. 엄마 하고 싶은 대로 하느라 사람들이 지나다니는 다리 한 복판에 가방을 내동댕이쳐 놓으면 어떻게 해. 여기는 미국이라고, 한국이 아니라고, 어느 순간에 누가 가방을 주워 갈지 모른단 말이야!" 나는 가지

나는 가지고 있던 가방을 사람들이 지나다니는 다리 위 아무 데나 던져 놓고 사진을 찍었다. 딸은 어린아이처럼 행동하는 내가 답답하기도 하고 불안했던 것이다. 가방을 잃을까 봐, 지나가던 사람과 부딪치기라도 할까 봐서였다. 미국 여행 첫날, 앞으로 미국에서 보낼 날들이 많은데 이런 행동을 하는 내가 걱정이 된 것이다. 내가 딸 사진을 찍겠다며 가방을 다리 위에 내려놓고 급하게 사진을 찍자마자, 딸이 나에게 급히 달려왔다. 바로 앞에 내려놓은 가방을 집어 들었다. 나와 딸은 다리 위에서 5분 정도 불편한 목소리로 대화를 했다. 조심스럽고도 가슴이 아린 대화였다. 몇분의 시간이 지나가는 동안, 긴장과 불안으로 조금 무거웠던 딸의 목소리가 점점 부드럽고 가벼워졌다. 딸은 나에게 미안해, 라고 말했다. 나도 딸에게 미안해, 라고 말했다. 우리는 알았다. 내가 미국에 있으며 딸의 합격을 기다리는 동안, 나는 딸을 무조건 끌어 안아 주어야 한다는 것을, 딸은 내 어리숙함을 무조건 이해해 주어야 한다는 것을. 불안과 두려움을 몰아낼 힘은 그것뿐이라는 것을. 서로의 손을 꼭 잡았다. 딸과 내 손이 하나가 되어 다리 위를 걸었다.

딸은 마음을 솔직하게 표현하곤 했다. 딸과는 전혀 반대의 성향을 지닌 나도, 딸의 도움으로 표현하는 힘을 기르고 있다. 솔직한 감정 표현을 들었을 때, 공감하며 받아들이는 힘도 키우고 있다. 나는 형제, 친구, 직장, 남편, 상대가 누구이든지 대화를 할 때 내가 듣기 불편한 감정 표현을 바로 받아들이지 못했다. 공감할 힘이 없었던 거다. 나를 공격한다고만 생각하곤 했다. 나와 다른 생각을 말하는 사람, 그런 사람을 피해 왔다. 그런 대화를 피해 왔다. 자녀 양육에 대한 생각이 나와 너무도 달랐던 남편의 말을 듣지 않았다. 나는 아들딸이 성인이 될 때까지 경험하게 해주고 싶은 것들이 많았다. 돈을 써야 했다. 결국 아들딸에게 돈이 들어가는 일을 남편에게는 말하지 않고 혼자 감당했다. 남편은 아들이 군대에서 장교로 생활하기를 바랐다. 장교로 제대해야 대우받을 수 있고, 당당할 수 있다고. 대학 생활 동안 학군사관후보생(ROTC)이 되기를 바랐다. 아들딸과 나는 원하지 않았다. 군대에서 장교였던 남편 태도 때문이었다. 장교로 군 생활을 했던 남편은 가정에서도 군 장교처럼 생활했다. 제대할 때 기념품으로 받은 60센티미터 길이의 칼 장식품을 거실 벽에 걸어 놓았다. 남편은 가족에게 날카로운 칼 장식품처럼 행동했다. 나는 그 장식품이 마음에 거슬렸다. 장교가 사병에게 하듯이 가족에게 했다. 물건이 제위치에 놓여 있지 않거나, 머리카락이 방바닥에 떨어져 있거나, 남편 심기를 건드리는 것이 되었다. 나와 남편의 생각 차이가 하늘과 땅만큼이나 심했다. 서로 타협점을 찾지 못했다. 내 머리는 남편의 날쌔고 기운찬 주먹 힘을 맛보기도 하고, 내 복부는 남편의 돌려차기 목표 지점이 되기도 했다.

다리를 건넌 후 허드슨강 강가 숲 공원에 갔다. 딸은 내 손을 잡고 뛰었다. 공원 잔디에 자리를 잡으려면 서둘러야 한다고 했다. 그곳에서 영화를 볼 거라고 했다. 우리는 서둘러 걷다가 뛰어갔다. 우리가 공원에 도착했을 때 잔디밭에는 사람들로 벌써 꽉 차 있었다. 공원 끝에는 대형 스크린이 있었다. 그 스크린을 마주한 사람들은 돗자리를 깔고 앉아 있었다. 미리 준비한 음식을 먹으며 영화 상영 시간을 기다리고 있었다. 딸은 나에게 신선한 경험을 해주고 싶다고 했다. 간신히 공원 가장자리에 자리를 잡았다. 하지만 저녁을 먹어야 할 시간이었다. 우리는 공원에 오면 먹거리를 살 수 있을 거로 생각했다. 팔지 않았다. 딸은 내 저녁 식사를 걱정하며 말했다. "엄마, 엄마는 끼니 거르면 지치니까, 이 영화 보지 말고 다른 데로 가자. 저녁 먹고 할 수 있는 거 하자." 사실 공원에 자리는 잡았지만, 돗자리가 없었다. 주변에서 구한 신문지 한 장이 전부였다. 우리는 강가에 있는 벤치에 앉아 저녁노을을 감상하기로 했다.

사람들로 붐비던 공원을 빠져나왔다. 공원에서 나오자 바로 근처에 강이 있었다. 강가 벤치에 앉았다. 강가에 있는 분식점에서 사이다와 새우 요리를 샀다. 저녁노을이 지고 있었다. 붉게 물들어 가는 강가 주변 빌딩들이 이국적인 분위기를 자아내 주었다. 딸과 함께 뉴욕에 있는 강가 벤치에 앉았다. 저녁노을을 보며 먹는 새우요리는 정말 맛있었다. 비록 분식점에서 산 적은 양의 음식이었지만 양도 맛도 만족스러웠다.

음식을 먹으며 딸과 석양을 바라보고 있는데, 우리가 앉은 벤치 앞에 젊은 연인이 왔다. 강과 석양을 배경 삼아 사진을 찍는 중이었다. 남자가 여자를 찍어주려고 하니까 여자가 안 찍겠다는 몸짓과 말을 했다. 여자는 남자가 사진을 제대로 못 찍는다며 찍지 않겠다고 하고, 남자는 찍어주겠다고 하고. 실랑이를 벌이는 모습이었지만, 둘 다 사랑스러웠다. 딸이 그 모습을 보고 가볍게 웃으며 나에게 말했다. "엄마, 저 커플도 봐봐. 여자가 사진 찍기 싫다고 말하잖아. 그지? 나만 찍기 싫다고 말하는 거 아니지? 상대방이 찍어 준 사진이 맘에 들지 않으면 사진 찍어준다고 할 때 찍기 싫은 거야!" 나는 고개를 끄덕끄덕하며 "그래, 저 커플이 하는 거 보니까 딸 마음이 더 이해된다. 엄마도 이제 딸이 말하면 잘 들을게. 엄마 고집부리지 않고."하고 말했다. 젊은 연인 덕분에 다리 위에서 잠깐 아렸던 딸과 내 마음이 따스함으로 변했다. 딸은 "엄마, 아까 내가 화내서 미안해!"라고 말하며 내 손을 꼭 잡아 주었다. 저녁노을이 지고 어두워졌다. 우리는 점심 식후부터 화장실에 들르지 못했다. 강가 공원에 공중화장실이 없었다. 딸은 '브루클린 아이스크림 훽토리' 라는 아이스크림 가게에 가자고 했다. 아이스크림이 맛있다는 소문이 있어서 먹어보고 싶었는데, 그곳에 화장실이 있을 테니까 가보자고 했다. 딸은 마술사 같았다. 나는 딸과 함께 아이스크림을 사 먹었다. 맛이 독특하고도 달콤했다. 하지만 화장실엔 못 갔다. 아이스크림이 아닌 다른 음식을

146

먹어야 화장실이 있는 실내로 들어갈 수 있었다. 그래도 괜찮았다. 딸이 먹고 싶어 했던 아이스크림을 먹어서 행복했다. 나는 직장다니느라 아들딸이 성장하는 동안 낮에 집에 없었다. 아들딸이 학교를 마치고 집에 왔을 때 간식을 챙겨 준 적이 없다. 딸과 함께 보내는 동안 그러한 아쉬운 마음을 채우고 싶었다.

하루의 일정을 알차게 준비한 딸이 고마웠다. 우리는 밤 11시쯤 되어 숙소에 돌아왔다. 딸은 늦은 시간인데도 쉬지 못하고 컴퓨터를 켰다. 딸이 지원한 곳에서 연락이 왔는지, 다른 곳 지원할 곳이 있는지 살펴보고 있었다. 딸의 모습을 보며 친정어머니가 언젠가 나에게 했던 말이 떠올려졌다. "향수 너는 중학생 때, 다음날 시험이 있는 날이면 새벽 5시에 일어나서 공부했어. 부지런하고 열심히 공부했어." 내가 미국에 있는 동안 합격 소식이 있기만을 간절히 기도했다. 살얼음판을 걸어가는 듯한 딸에게, 안전하게 건널 수 있다고 손잡아 주는 엄마가 되어야 했다. 나는 웅크린 아이 같은 어른이 아닌, 딸이 기댈 만한 강한 엄마가 되는 힘을 기르고 있었다.

우아한 여행

7월 26일 금요일.

뉴욕 3대 재즈바 버드랜드. 우드 베리 아웃렛. 브라이언트 공원 야외 공연. 장보기.

나와 딸은 아침 9시에 우드베리 아웃렛으로 가는 버스를 탔다. 버스 타는 곳은 숙소에서 걸어서 20분 정도 거리에 있었다. 딸은 미리 버스표를 예매해 놓았다. 버스는 1시간 30분 동안 시골길을 달렸다. 똑같은 하늘인데 미국 땅에서 보는 하늘은 끝없이 드넓어 보였다. "엄마, 미국에서는 넓은 하늘을 볼 수 있어. 활짝 가슴이 열리는 기분이야." 딸이 한국에 있는 나와 전화 통화할 때 했던 말이 떠올랐다. 하늘도 넓은 바다처럼 마냥 푸르렀다. 버스가 달리는 고속도로 양옆으로 하늘만큼이나 넓게 펼쳐진 초록색 들판이 보였다. 딸의 일자리와 방에 대한 걱정이 은근히 마음을 누르고 있었는데, 잠시나마 눌림이 풀려나는 기분이었다.

우드베리 아웃렛은 경기도 파주에 있는 신세계 프리미엄 아웃렛과 분위기가 비슷했다. 익숙해서인지 마음이 더 가벼웠다. 딸은 내 손을 잡고 바쁘게 걸었다. 운동복, 가방, 코트, 운동화 판매장을 두루 돌아다녔다. 운동복을 입어 보게 하고, 가방도 들어보게 하고, 코트도 입어 보게 했다. 딸은 "엄마도 고급스러운 것, 멋진 것, 한 번쯤은 가져봐도 돼."라며 나 스스로 원하는 것을 선택하기를 바랐다. 나는 커다란 검은색 가방이 마음에 들었다. 어깨에 메고 다닐 수도 있고 손에 들고 다닐 수도 있는 명품 가방이었다. 딸은 내가 가방 앞에서 떠나지 못하고 기웃거리는 모습을 보았다. "엄마, 이거 좋아?"라며 신이 나서 말했다. 딸이 내 마음을 알아챘다. 나는 "엄마도 엄마가 좋아하는 것에 돈을 써 봐."라는 딸의 말을 따라 가방을 샀다.

내가 좋아하는 것에 돈을 쓴다는 것, 아들딸이 성장하는 동안 잊고 지냈다. 내가 좋아하는 것이 무얼까? 내가 좋아하는 사람은 나에게 어떻게 다가오는 사람인가? 이런 고민이 중요하다는 것을, 부모인 내가 아들딸에게 가르쳐야 했는데 오히려, 아들딸이 나에게 그 힘을 길러 주고 있었다. 아들딸은 무슨 일을 함께할 때면 나에게 묻는다. "엄마는 어떻게 하면 좋겠어? 엄마가 좋아하는 건 어떤 거야?" 내가 무엇을 좋아하는지에 대해 생각하는 기회를 준다. 내가 좋아하는 걸 말하면 이기적인 줄 알았다. 어린 시절, 부모님이 좋아하는 거, 형제들이 좋아하는 거에 내 생각을 따랐다. 다섯 남매가 되면서 나는 형제 중 가장 가운데가 되었다. 형제끼리 대화할 때 내 목소리는 낼 틈이 없었다. 언젠가 내 생각을 용기 내어 말했을 때, 너는 가만히 있어, 라고 형제 중 한 명이 단호하게 반응했다. 그 소리를 듣는 순간, 형제들 앞에서 아버지로부터 빗자루 몽둥이로 맞던 장면, 어린아이 때 나도 모르게 당한 수치스러운 장면이 떠올려졌다. 수치심이 몰려왔다. 그 이후로 나는 형제들 사이에 있는 것조차 불편했다. 하지만 형제들은 나에게 힘든 일이 생길 때마다 누구보다도 먼저 찾아 와 도와준다. 아들딸은 이런 나에게 내가 좋아하는 것, 내가 원하는 것, 내 생각을 말할 기회를 준다.

매장을 한 바퀴 다 돌고 나니 배가 고팠다. 딸은 아웃렛에서 파는 도시락을 먹자고 했다. 도시락 하나에 들어 있는 음식이 엄청 푸짐했다. 딸과 함께 미국 아웃렛에서 먹는 점심 도시락이었다. 나는 비싸게 산 음식을 버리기 아까워 꾸역꾸역 천천히 다 먹었다. "엄마, 도시락 한 개만 샀어도 충분했겠지! 한 개만 사서 같이 먹어도 된다니까. 엄마, 아깝다고 억지로 먹지 말고 남겨도 돼." 딸이 도시락 한 개만 사자고 했다. 배가 고팠던 나는 다 먹을 수 있다며 두 개를 사자고 했다. 그 말을 책임지고 싶었다. 다 먹기가 조금은 힘들었지만 행복했다. 점심을 먹은 후 다시 매장을 구경했다. 나는 딸의 손을 잡고 바쁘게 걸어 다녔다. 딸이 내 손을 꼭 잡아 주어서 정말 행복했다. 딸이 엄마가 되고 내가 딸이 된 듯한 기분이었다. 딸은, 내가 어린 시절 엄마와 누리지 못했던 시간을 되돌려, 지금 나에게 그 기분을 맛보게 해 주는 듯했다. 딸이 내 손을 잡았다. 더운 날인데 덥다기보다 그 손이 따뜻했다. 푸르른 산속에 자리 잡은 아웃렛이었다. 나는 어린아이가 엄마 손 잡고 소풍 나온 듯 들떠 있었다. 딸이 나를 위해 준비한 멋진 소풍이었다. 맑은 공기를 마시며 매장을 바쁘게 돌아다녔다. 오후 3시 30분, 뉴욕 맨해튼으로 다시 돌아가기 위해 버스에 탔다.

딸은 초등학교 저학년 때 성교육 관련 책을 여러 권 읽었다. 딸이 자신의 몸을 소중히 여기고 스스로 지키려는 힘을 키우고 있었다. 나와 다른 딸이라서 마음이 놓였다. 딸은 초등학교 고학년 때부터 가정폭력이나 성추행, 성폭력을 당한 여자의 삶에 대해 안타까워하며 말하곤 했다. 성추행이나 성폭력을 당한 여자는 평생 그 상처를 안고 살아간다며, 내 이야기를 진솔하게 담은 책을 써서 내가 그분들에게 힘이 되는 일을 하면 좋겠다고.

뉴욕 거리에 도착하자, 딸은 내 손을 잡고 어느 건물 입구로 바삐 걸어갔다. 뉴욕 거리에 있는 그 건물 벽은 오래된 듯 낡았다. 건물 주변도 그리 깨끗하지 않았다. 딸은 입구에 서 있는 점원에게 종이 한 장을 보여 주었다. 첩보 영화에 나오는 장면처럼 그 종이를 본 점원은 우리를 건물 안으로 들여보내 주었다. 문을 밀고 안으로 들어가는 순간, 나는 깜짝 놀랐다. 건물 내부는 외부와 너무도 달랐다. 화려한 조명, 입구 맞은 편 중앙에 널찍한 무대, 그 무대 위에 악기를 연주하는 연주자들의 연주 모습, 무대를 중심에 두고 반원을 그리며 놓여있는 60여 개의 테이블, 테이블 사이사이를 지나다니며 음식 주문을 받는 종업원들, 뉴욕 3대 재즈바 중 한 곳인 버드랜드 재즈클럽 재즈바였다. 나와 딸이 재즈바에 들어간 건 오후 5시 30분이었다. 앞 무대를 중심으로 왼편 끝자락에 놓인 테이블로 안내를 받았다. 재즈 음악이 홀을 가득 채웠다. 어린 자녀와 함께 온 부부, 노부부, 젊은 연인, 연로하신 부모님과 함께 3대가 같이 앉은 테이블, 나와 딸, 저마다 구성원은 다르지만 모두 행복한 표정이었다. 느리면서도 은은한 음악은 창밖에 비가 오는 듯한 기분을 맛보게 해주었다. 테이블에 앉아 있는 사람들 옷차림이 한결같이 고급스러워 보였다. 딸이 나에게 우아한 원피스를 입게 한 이유가 있었다. "엄마가 이런 분위기 좋아할 것 같아서 예약했어."라고 말하며 딸은 나를 바라보고 환하게 웃어 주었다. 나는 너무 기뻐서 그 기쁨을 어떻게 표현할지 몰라 연신 웃기만 했다. 입술 꼬리가 양쪽 볼 위쪽으로 추어올려져 내려오지를 않았다. 정신없이 좋아하는 나를 보며 딸은 흡족해했다. 이 순간이 놀랍고도 황홀했다. 딸은 나를 특별한 자리로 초대해 주었다. 한 번도 경험해 보지 못했던 곳이었다. 아들은 서울 김포 몰에서 내가 패션모델이 된 듯한 착각에 빠지게 해 주기도 했다. 달릴 때 신으라며 가벼운 운동화를 골라 주었다. 캠핑장에 데리고 가 밤하늘 별을 보며 자연을 만끽하게 해주었다. 벚꽃이 만발하게 피던 4월, 경포호수에서 자전거를 타자고 했다. 내가 넘어질까? 뒤따라오며 내 속도에 맞춰 가던 아들 모습. 아들딸이 주는 사랑은, 폐암 수술 후 외롭다고 느꼈던 마음을 행복함으로 가득 채워 주었다.

　악기 연주하시는 분들이 홀 분위기를 만들어 갔다. 나도 이런 곳에 올 수 있구나! 나도 이 분위기에 잘 어울리는구나! 재즈 음악이 나를 한껏 우아한 자태로 세워 주는 듯했다. 딸은 음악에 심취한 내 모습을 연신 사진으로 담고 있었다. 내가 행복해하는 모습을 보며 더 행복해하는 딸이었다. 나는 멋진 여자였다. 나도 재즈 음악을 즐길 줄 아는 여자라는 걸 알았다. 재즈바에서 밖으로 나오니 밤이었다. 밤이었지만 거리는 가로등과 건물에서 나오는 불빛으로 어둡지 않았다. 딸은 브라이언트 공원에서 하는 야외 공연을 보러 가자고 했다. 내 손을 꼭 잡고 걸음을 재촉했다. 도심 한복판 공원 잔디밭 안에 사람들이 가득 차 있었다. 소풍 나온 듯, 돗자리를 깔고 앉아 있었다. 한여름 밤의 무더위를 음악으로 식히고 있는 듯 여유로워 보였다. 미국에 와서 어디를 가든지 바쁘게 걷거나 서두르는 모습을 보지 못했다. 나와 딸은 깔고 앉을 돗자리가 없어서, 가지고 있던 쇼핑백을 찢어 펼쳤다. 엉덩이만 살짝 대고 앉을 정도의 종이 깔개였다. 둘이 나란히 엉덩이를 좁은 종이 위에 올려놓고 쪼그려 앉았다. 치마를 입어서 조금은 불편했지만, 그 불편함조차 추억으로 담고 싶었다. 악기 연주와 노래로 공연을 하는 사람도, 관람하는 사람들도, 서로 지친 삶을 격려하고 응원하는 분위기였다. 용기를 주는 노래의 강한 울림은 내 가슴에도 와닿았다. 알아듣지 못하는 영어였지만 마음이 찡했다.

우리는 공연이 끝나기 전에 자리에서 일어났다. 공연을 끝까지 보고 싶었지만 내일 일정을 위해서였다. 우리 둘은 하나둘 발걸음을 맞추며 마트에 갔다. 내일 아침에 먹을 채소와 과일을 샀다. 숙소로 돌아오니 몸은 피곤했지만, 마음은 날아갈 듯 행복했다. 딸은 나 먼저 씻고 얼른 쉬라며 노트북을 켰다. 나는 딸에게 합격 소식이 와 있기를 기도하며 먼저 잘 준비를 했다. 딸이 잡아 준 손에 이끌리어 따라다닌 하루였다. 밝은 웃음이 내 얼굴에서 떠나지 않은 하루였다. 염려를 잠재워 준 바쁜 하루였다. 딸이 고민하며 준비한 선물이었다.

염려가 주는 두려움, 딸은 그 두려움에 갇히지 않을 방법을 찾아 준비했다. 우리는 두려움을 몰아낼 기회들을 잡아 움직였다.

딸과 보낸 하루 일정, 재즈 카페에 가고, 공원 음악회를 보고, 쇼핑을 하고, 남편과 한 번만이라도 경험해 보고 싶던 일들이었다. 결혼 전에도 나는 남편과 나란히 걸어 본 적이 별로 없다. 남편이 앞서서 걸어가면 뒤따라 달려가 옆에서 걸었다. 또 거리가 생기면 다시 달려 옆에서 걸었다. 날 사랑해 달라고 쫓아가는 듯한 모습이었다. 그러다가 남편이 소리라도 지르면, 나는 거리에서 수치심에 작아지고 쪼그라들었다. 남편과의 외출은 늘 불안했다.

뉴욕 마지막 여행

7월 27일 토요일.

첼시마켓, 센트럴파크, 자유의 여신상, 알라딘 뮤지컬, 한인 미용실, 베슬, 하이라인파크, 지인 가족과 저녁 식사

뉴욕에서의 마지막 날이었다. 전날 저녁에 마트에서 산 김밥과 과일을 아침 식사로 먹었다. 짐을 다 정리하여 호텔 1층 로비에 맡겼다. 지인과 저녁 식사 후에 바로 기차 타고 필라델피아로 가야 했기 때문이었다. 필라델피아는 딸이 나를 만나기 전까지 지내던 곳이었다. 그곳에 딸이 옮길 짐이 다 있었다. 아침 8시에 첼시마켓에 갔다. 딸이

이사를 하려면 짐을 넣을 커다란 캐리어가 필요했다. 우리는 캐리어 가격과 모양을 살피며 구경만 했다. 구매는 필라델피아에서 하기로 했다.

챌시마켓에서 나와 바로 센트럴파크로 향했다. 엄청 큰 공원이었다. 산책하기에 좋은 산과 들판이었다. 걷고 걸어도 산책로 끝이 안 보였다. 달리는 사람들이 많았다. 달리는 사람들의 연령대가 다양했다. 가뿐하게 뛰는 모습은 청년과 흡사한데, 머리가 하얗고 얼굴 피부도 노인이었다. 몸에 딱 끼는 운동복을 입고 달리는 모습이 늘 해오던 습관 같았다. 그 모습을 보며 한국으로 돌아가면 나도 달려야겠다고 생각했다. 토요일이라 그런지 가족과 산책 나온 모습들도 많이 보였다.

나와 딸은 센트럴파크에서 1시간 정도만 걸었다. 다음 일정은 자유의 여신상을 보러 가는 거였다. 자유의 여신상은 배를 타고 보는 거였다. 공원이 넓은 데다 길도 여러 갈래로 나 있어서 공원 밖으로 나오는 길을 찾느라 헤맸다. 배를 타야 할 시간이 촉박했다. 딸은 센트럴파크 주변에 유명한 햄버거 가게가 있다며 점심으로 먹자고 했다. 아쉽게도 배 타는 시간을 맞춰야 해서 점심 식사를 포기해야만 했다. 미로 같은 공원에서 헤매느라 점심 식사를 못했다. 그런데도 나와 딸은 행복했다. 공원을 헤매면서도 넓고 푸른 자연을 만끽했다. 배 타는 곳까지 전철을 이용했다. "엄마, 뉴욕 전철이 얼마나 무서운지 한번 경험하게 될 거야!"라고 딸이 말할 때 미심쩍었는데 정말 그랬다. 어둡고 지저분했다. 우리나라 전철이 얼마나 깨끗하게 잘되어 있는지 확인하는 기회가 됐다. 우리는 전철에서 내려 전력 질주를 했다.

나는 내가 뉴욕에서 달리고 있다는 사실이 실감이 나질 않았다. 우리는 Staten Island ferry를 타기 위해 달렸다. 가까스로 늦지 않고 사람들이 몰려 있는 곳까지 갔다. 사람 수가 300명도 넘을 것 같았다. 사람들에 밀려 배에 못 탈 것만 같아 걱정되었다. 사람들이 우르르 배로 이동했다. 한두 줄로 서서 타는 것이 아니라 군중이 한꺼번에 배에 오르고 있었다. 걱정과는 달리 그 많은 사람들이 다 탔다. 무료로 운행하는 배였다. 유료로 운행하는 배는 자유의 여신상을 좀 더 가까이에서 볼 수 있다고 했다. 바다 한가운데에서 자유의 여신상을 보았다. 좀 먼 거리에서 보았지만, 가슴이 뭉클했다. 내가 자유의 여신상을 보다니! 자유의 여신상을 보면서 갔다가 다시 바로 돌아와야 했다. 다음 일정은 알라딘 뮤지컬 관람이었다. 관람 시작 시각에 맞추어 돌아오려면 바로 돌아와야 했다. 딸은 우리가 타고 간 배가 바로 다시 돌아서 오는 줄 알았다고 했다. 아니었다. 갈 때와 돌아올 때 이용하는 배가 달랐다. 다시 다른 배로 옮겨 타야 했다. 달려야 할 순간이 또 왔다. 딸과 나는 배에서 내려 빠르게 달렸다. 돌아가기 위해 출발하려는 배를 타야만 했다. 아슬아슬하게 배에 올라탔다. 돌아오는 배 갑판 위에서 자유의 여신상을 또 보았다. 뉴욕의 맨해튼 허드슨강 입구, 리버티 섬에 있는 자유의 여신상이었다. 미국에 오기 전, 학급 학생들과 교과서에서 보았던 사진과 동일했다. 바로 가까이에서 실물로 보고 있는 것이 믿기지 않았다. 배는 자유의 여신상이 있는 리버티섬 주변을 돌아 다시 미드타운으로 왔다. 허드슨강은 넓어서 강이라기보다 바다라는 느낌이 들었다. 따사로운 햇살과 맑은 공기, 높은 하늘 아래 흐르는 강물을 가르며 달리는 커다란 배, 그 갑판 위에서 딸은 사진을 찍어 주었다. 자유의 여신상이 담긴 멋진 사진이었다.

배에서 내리자마자 뛰었다. 딸을 놓칠까, 걱정되어 딸 손을 꽉 잡았다. 미국에서 길 잃고 헤매게 될 수도 있는 나였다. 다시 전철을 탔다. 뉴욕 거리는 밤과 낮 풍경이 너무도 달랐다. 밤에는 술 취한 젊은 이들이 거리에 늘어서 있었다. 낮에는 언제 그랬냐는 듯이 깨끗하고 청결했다. 세계 어느 도시든지 밤과 낮의 분위기가 거의 비슷할지도 모르겠다. 뉴욕은 그 틈이 더 심한 느낌이었다. 뉴욕 거리 도롯가에 있는 건물 앞까지 달렸다. 뮤지컬 극장일 거라고는 전혀 생각 못 할 건물. 건물 외벽이나 입구가 한국처럼 깨끗하지도 예술적이지도 않았다. 그저 도로변에 있는 평범한 낡은 건물이었다. 우리는 공연 시작 10분 전쯤 도착했다. 건물 밖에서 본 것과는 달리 공연장 안으로 들어가니 분위기가 완전히 달랐다. 밖은 허름한 벽이었는데 건물 안은 완벽한 뮤지컬 공연장이었다. 공연장 뒤쪽에는 간편 음식을 판매하는 곳도 있었다. 공연을 보며 음식도 먹었다. 화장실도 아무 때나 다녀와도 되었다. 특별한 경험이었다. 알라딘은 서울에서 아들과 영화로 관람했던 뮤지컬이었다. 영어로 공연을 하니 구체적인 내용보다는 흐름만 알았다. 공연 내내 재미있었다. 배우들의 생생한 연기에 매료되어 시간 가는 줄 몰랐다. 2시간이 훌쩍 지나갔다. 공연이 끝나고 나니 배가 고팠다. 무어라도 먹고 싶었다. 저녁 식사는 7시 30분에 지인분 가족과 하기로 했다. 얼마 남지 않은 시간이었다. 딸은, 배가 고프지 않아서 그때까지 안 먹어도 된다고 했다. 배고파하는 나를 보며 파리바게뜨에 들어갔다. 빵과 녹차라떼를 샀다. 파리바게뜨가 한국 거라고 했다. 이곳 뉴욕에서 인기가 좋단다. 나도 덩달아 기분이 좋았다. 간단한 점심 식사를 마치고 미용실로 향했다. 딸은 머리 손질을 하고 싶어 했다. 미용실 안은 그리 넓지 않았다. 미용사가 한국인이었다. 반갑게 맞아 주었다. 20년 동안 이곳 뉴욕에서 미용사로 일하신다고 했다. 돈을 많이 모으셨겠다고 물으니 전혀 그렇지 않다고 했다. 물가가 너무 비싸서 생활하는 데 쓰고 나면 모을 돈이 없단다. 지금도 점원으로 일하신다며 자신의 이야기를 스스럼없이 털어 놓았다. 한국으로 돌아가야 하나? 하는 생각도 해보았지만, 이제는 너무 미국 문화에 익숙해진 상태라 그러지도 못한다고 했다. 딸이 머리 손질을 받는 동안 심심하지 않았다. 한국에 있는 동네 미용실에 온 듯했다. 나와 딸은 미용실에서 나와 또 뛰었다. 저녁 식사 시간 전까지 보여줄 것이 많다며 딸은 내 손을 잡고 달렸다. 오늘이 뉴욕에서의 마지막 날이기 때문이었다. 베슬에 갔다. 도심 속에 세워진 벌집처럼 생긴 건축물이었다. 딸은 가는 곳마다 사진 찍어주기에 바빴다. 나는 딸 앞에서 모델이 되었다. 요리조리 움직였다. 또 달렸다. 저녁 식사 전에 볼 수 있는 마지막 장소라며 숨 가쁘게 달렸다. 택시로 이동해야 할 정도의 거리였다. 교통이 혼잡하다며 딸은 달리자고 했다. 나는 미국에 오기 위해 기른 체력을 발휘했다. 하인라인 공원에 도착했다. 기차가 다니던 곳이라고 했다. 기차 철로가 그대로 있었다. 공원 양옆으로 건축물들이 아름답게 세워져 있었다. 건축 디자인이 독특했다. 예술 작품을 감상하는 듯했다. 딸은 걸으면서 공원에 관한 이야기를 들려주었다. 들어도 금방 잊는 나였다. 딸이 들려주는 이야기는 잊지 않고 오래도록 기억하고 싶었다.

야외미술관에 온 듯한 착각을 불러일으키는 공원이었다. 철로를 따라 걸었다. 이 낡은 철로가 멋진 공원으로 바뀐 것처럼, 나도 나를 새롭게 변화시켜 가야겠다고 생각했다. 우리는 저녁 약속 시간을 지키기 위해 전력으로 달렸다. 다행히 약속 장소인 한식 솥 밥집에 우리가 먼저 도착했다. 저녁에 만나는 지인 가족은 6년 전쯤 한국에서 미국으로 떠났다. 나는, 지인 막내아들이 초등학교 1학년이었을 때

담임교사였다. 그 막내아들이 이제 대학생으로 성장했다. 지인과 나는 서울에서 같은 교회를 다녔다. 지인 가족이 미국으로 떠나오기 며칠 전이었다. 나는 처음이자 마지막으로 지인과 카페에서 만나 차를 마셨다. 그게 전부였다. 그 가족을 미국 뉴욕에서 만나기로 했다. 지인 남편을 만난 적도 없었다. 딸도 처음 대면하는 자리였다. 지인 가족은 나와 딸을 반갑게 맞아 주었다. 가깝게 지내던 친척을 만난 기분이었다. 어색하지도 않았다. 한국에서는 거리에서 만나면 그냥 고개만 끄덕이거나 살짝 미소를 짓고 지나쳐 가곤 했다. 나와 딸은 지인 가족에게 저녁 식사를 대접했다. 처음 만나는 가족 모임이었는데도 시간 가는 줄 모르고 이야기했다. 딸의 합격과 이사에 관한 염려를 까맣게 덮어주는 시간이었다. 지인 가족과 함께 있는 시간이 기쁘고 행복했다. 갑자기 뉴욕 거리가 정겨웠다. 지인은 차도 마시자며 찻집으로 안내했다. 파리바게뜨 빵집이었다. 커피 향도 은은하고, 빵도 달콤하고, 아이스크림도 부드러웠다. 지인 부부와 두 아들은 뉴욕 생활이 익숙해진 듯 보였다. 미국에 와서 의지할 사람이 없으니, 가족이 더 친밀해지고 서로 도와주는 삶이 되었다고 했다. 지인 가족은 나와 딸을 정성으로 대해 주었다. 밤이 깊어져 가고 있었다. 함께 있는 시간이 짧아 아쉬웠다. 잠깐이라도 만나서 마음을 나눌 사람이 있음이 기적이라는 생각이 들었다. 나와 딸에게 정겨운 온기를 채워 준 지인 가족과 헤어지고, 다음 날 아침거리를 사기 위해 H 마트에 갔다. 뉴욕에서 유명한 한인 마트였다.

나와 딸은 호텔 로비에 맡겨 놓은 짐을 챙겼다. 필라델피아로 가는 기차 시간에 늦지 않기 위해 또 달렸다. 딸은 짐이 꽉 찬 백 팩을 등에 졌다. 큰 캐리어도 끌고 달렸다. 딸은 짐을 옮기거나 들 때 멈칫하지 않았다. 딸이 힘차고 패기가 있어서 감사할 뿐이었다. 나는 내 백 팩을 등에 멨다. 뉴욕에서 필라델피아까지는 기차로 1시간 30분 정도 걸렸다. 우리나라 KTX 같은 기차였는데 지정 좌석이 아니었다. 비어 있는 자리에 앉으면 되었다. 나와 딸은 떨어져서 앉아야만 했다. 필라델피아에는 밤 11시가 지나서 도착했다. 며칠 동안 보낼 곳이었다. 딸은 작년 8월에 필라델피아로 유학을 왔다. 올해 6월까지는 외국인 학생 한 명과 월세로 자취했다. 내가 미국에 오기 전, 방 계약 기간이 끝났다. 다행히 딸이 알고 지내던 외국인 친구가 방학이어서 본국에 가고, 1개월 동안 그 방을 내준 거였다. 아파트였다. 주변 건물 벽 색깔은 어두웠는데, 딸이 지내는 곳은 깨끗한 흰색이었다. 방이 세 개, 거실 겸 부엌 하나, 화장실은 각각 방에 한 개씩이었다. 딸이 지내는 방으로 들어가기 위해서는 공동으로 사용하는 거실과 부엌을 지나야 했다. 다른 방에서 지내는 학생들이 오늘 잠깐 밖에 나갔다고 했다. 조용했다. 딸은 "엄마 먼저 샤워하고 침대에 누워서 자. 내일 아침 일찍 일어나야 하니까" 라고 말하며 노트북을 켰다. 다음날은 뉴저지주에 있는 교회에 가는 일정이었다. 나는 얼른 샤워하고 침대에 누웠다. 그게 딸을 조금이라도 도와주는 것으로 생각했다. 이메일을 확인하는 딸의 표정이 덤덤했다. 온종일 뛰어다니느라 지쳤을 텐데 지친 기색은 없었다. "엄마, 연락해 온 메일이 없어."라고, 말하는 딸의 말투와 표정은 시무룩했다. 합격 소식을 보내온 곳이 없었다. 하루 동안 이메일 소식에 매여 있지 않아서 다행이었다. 딸은 그 긴장과 초조를 풀기 위해 달리고 달렸는지도 모르겠다. "엄마, 내 영어 실력으로는 합격하기 힘들어. 다른 지원자들보다 공부한 기간도 훨씬 짧고." 기운 없이 축 처진 딸의 모습이 안쓰러웠다. 딸의 마음이 착잡한 만큼 내 마음도 그랬다. 하루가 또 지나갔다. 하루하루 시간이 지나갈수록 마음이 초조해졌다. 나와 딸은 기도했다. 기도하면 마음이 평안해진다. 내 욕심대로 되어 지지 않아도 하나님의 뜻이 있을 거라는 믿는 마음이 생긴다. 자녀들이 성장하는 동안 가정이 평안하지 못했다. 술 취해 들어 온 남편이 무서워, 딸과 교회에 가기도 하고, 카페에 가기도 했다. 아들이 지방에 있는 대학교에 다닐 때였다. 내 바람은, 시간이 빨리 흘러 딸도 독립해 나가는 것이었다. 그때까지 버틸 수 있게 해달라고 기도하곤 했다. 그 기도를 들어주신 걸까? 딸이 지방에 있는 대학교 진학한 그해 여름에, 나는 폐암 선고를 받았다. 그리고 나도 서울집을 나왔다.

뉴저지 만나 교회

2024년 7월 28일 일요일. 뉴저지 만나 교회.

아침 햇살이 방 창문을 환하게 비췄다. 나는 싱글 침대에서 일어나 창문 쪽으로 갔다. 좁은 방안에는 커다란 캐리어 2개가 세워져 있고, 방문 옆 벽 붙박이장 안에 짐이 조금 쌓여 있었다. 딸이 옮겨야 할 짐이었다. 내가 서울로 돌아가기 전에 이 짐이 옮겨져야 할 곳이 결정되어야 했다. 딸은 착잡한 표정을 지으며 "엄마, 어느 곳에서도 합격 소식이 없으면, 한 달 살기를 하면서 다른 곳에 더 지원해 보려고 해."라고 말했다. 딸의 처절한 마음이 나에게 그대로 전해졌다. 딸과 나는 그 절박한 상황을 마음에 안고 하루를 시작했다. 뉴저지에 있는 만나 교회로 향했다. 마음은 평안했다. 일이 어떻게 진행 되어가던지 그 순간에 최선을 다하면 될 거라는 믿음이 있어서였다.

미국 영화에서 자주 보았던 건물 모양의 주택가에 십자가 건물이 있었다. 널찍한 도로에는 다니는 차도 별로 없었다. 도로변에 늘어선 오래된 듯한 커다란 나무 위로 다람쥐가 재빠르게 오르락내리락했다. 조용하고 평화로웠다. 버스 정류장에서 목사님을 기다렸다. 정류장에서 교회까지 그리 멀지는 않았지만 걷기에는 시간이 몇십 분 걸린다고 했다. 한국에서 나와 딸이 다니던 교회 목사님이다. 미국으로 떠나오신 지는, 막내딸이 초등학교 입학하기 전이었으니까, 아마도 10여 년이 되었나 보다. 오랜만에 만나는 목사님과 사모님이었다. 사모님과는 아주 친밀하게 지내던 관계는 아니었다. 목사님은 내 친정 어머니와 아버지가 병원에 입원했을 때 병원에 자주 찾아 주셨다. 친정아버지 장례 때에는 멀리 충남 당진까지 찾아 주셨다. 두 분을 개인적으로 만나 대화를 나누어 본 적은 전혀 없었다. 교회에 들어서니 성도들이 반갑게 맞아 주었다. 예배가 끝난 후에는 교회에서 점심을 먹었다. 이번 주는 사모님이 식사 당번이어서 어젯밤에 직접 준비한 거라고 했다. 따뜻한 집밥이었다. 시래기 된장국 맛이 구수했다. 평안한 마음을 더해 주었다. 나와 딸은 서로 미소 지으며 맛있게 먹었다. 더 놀라운 일이 있었다. 내가 교회에서 유년부 교사 활동할 때 유년부 담당 목사님이었던 분을 이 교회에서 만났다. 사모님과 어린 자녀 셋도 함께 만나는 기쁨을 누렸다. 긴장이 사라졌다. 한 번 알게 된 사람은 언제 어느 곳에서 어떤 모습으로든 만날 기회가 생기나 보다. 아무리 사이가 좋지 않았어도, 헤어질 때는 서로 축복해 주는 모습이어야겠다는 생각을 더 하게 되었다.

목사님 내외분은 저녁 식사를 집에서 같이하자고 했다. 목사님이 손수 맛있는 고기를 구워 주시겠다고. 집은 교회에서 차로 5분 정도 거리에 있었다. 나와 딸은 초대받은 손님이 되었다. 목사님 내외분이 미국 생활 이야기를 해 주었다. 두 자녀를 교육하기 위해서는 목회 사역 이외의 일을 더 찾아야 했다고 했다. 사모님도 일자리를 구해 경제활동을 한다고 했다. 영어로 일상의 대화는 그럭저럭한다고 해도 행정 처리를 하려면 전문용어를 사용할 줄 알아야 하는데, 그럴 때는 두 자녀가 도와준다고 했다. 미국 생활이 만만치 않음을 들려주었다. 두 분은 내 딸과 이야기를 많이 했다. 딸이 신이 나서 대화하는 모습을 보니, 나도 행복했다. 딸이 갖고 있을 묵직한 긴장을 풀어주는 시간이었다. 시간 가는 줄 모를 정도로 심취한 대화를 하느라, 저녁 식사는 집 근처에서 외식하기로 했다. 두 자녀가 자주 간다는 퓨전 요릿집이었다. 미국에서 먹을 수 있는 다양한 퓨전 음식이었다. 나와 딸은 이번에도 식사비용을 냈다. 두 분이 극구 안 된다고 했지만, 나와 딸이 감사한 마음을 표현할 기회는 음식 대접밖에 없었다.

형제보다도 더 친밀한 시간을 만들어 준 가족이었다. 식사를 마친 후에는 모두 함께 산책을 했다. 넓은 도로 옆에 가꾸어진 숲길을 걸었다. 며칠 동안 달리고 뛰느라 지쳤던 몸과 마음에 쉼을 주는 시간이었다. 기쁘지만 힘들었던, 행복했지만 두렵기도 했던 마음이 살살 녹아내리는 듯했다. 두 분은 나와 딸을 필라델피아 집까지 차로 데려다주었다. 내가 연락하지 않았으면 받지 못했을 사랑이었다.

나와 딸은 바로 마트로 갔다. 커다란 캐리어를 사기 위해서였다. 딸이 옮길 물건 넣을 가방이 필요했다. 큰 여행 가방 한 개와 중간 크기 한 개를 샀다. 딸은 내가 가지고 온 기내용 캐리어가 다 고장 나고 낡았다며, 기내용 캐리어도 한 개 사자고 했다. 내가 가지고 온 낡은 캐리어는 딸이 이사할 때 사용하고 나서 버리겠다고 했다. 비록 내가 돈을 내기는 했지만, 나를 챙겨주는 딸이 사랑스럽고 고마웠다. 방에 돌아와 우리는 곧바로 샤워하고 침대에 누웠다. 내일 아침 일찍, 딸은 줌으로 면접을 볼 거라고 했다. 딸과 나는 폭신폭신한 침대에 누워 두 손을 마주 잡고 기도했다. 그리고는 잠에 곯아떨어졌다. 거실에서 두 외국인 학생이 큰 소리로 이야기하던 소리도 들리지 않았다. 딸과 나는, 밤에 들리는 소음에도 어느 정도 익숙해져 있었다. 남편은 자정이 지날 때까지 텔레비전을 보곤 했다. 조용한 밤에 들리는 텔레비전 소리는, 집안이 좁아서 더 울렸다. 나와 딸의 곤한 잠을 빼앗곤 했다.

필라델피아에서의 첫날

2024년 7월 29일 월요일. 허리통증.

7월 29일 월요일 아침 7시. 잠에서 깨어 보니 딸이 없었다. "엄마, 지원한 곳 중 한 곳에서 면접을 보자고 했어."라며 면접 준비를 하기 위해 일찍 학교에 간다고 했던 말이 기억났다. 침대 맞은편 책상 위에 햇살이 환하게 비치고 있었다. 그 책상 위에 음식이 담긴 접시 두 개가 있었다. 삶은 달걀이 올려진 채소 샐러드와 김밥 한 줄이 접시 위에 가지런히 놓여 있었다. 찌개 냄새도 났다. 금방 데운 듯 찌개 그릇이 따뜻했다. 잘게 썬 고기가 들어있는 찌개였다. 거실 겸 부엌을 외국인 학생 두 명과 공용으로 사용하는 집이었다. 조심스럽게 살살 움직였을 딸의 모습이 떠올려졌다. 자기 일이 바쁜 상황인데도, 내 아침을 준비해 놓고 나간 딸이 고맙고 대견스러웠다.

딸이 해 놓은 음식을 먹기 위해 침대에서 내려오려는데 순간 오른쪽 허리가 삐끗했다. 허릿심이 쫙 빠지면서 방바닥에 주저앉았다. 기내에서 느꼈던 통증이었다. 미국에 도착하면서부터 쉬지 않고 달려다닌 것이 무리가 된 듯했다. '이를 어쩌나! 내가 아프면 안 되는데. 이러면 안 되는데.' 나는 침대를 잡고 간신히 일어났다. 한 걸음 한 걸음 어기적거리며 걸었다. 딸이 오기 전에 괜찮아져야 했다. 움직이지 못하게 될까 봐 두려워졌다. 몇 년 전에도 한번 이렇게 허리가 아픈 적이 있었다. 그때의 상황을 떠올렸다. 한 걸음 한 걸음 살살 걸었던 기억이 났다. 나는 천천히 허리를 폈다. 두 팔을 하늘 높이 쭉 뻗고 스트레칭도 했다. 몸을 활발히 움직이려면 기운이 있어야 한다는 생각이 들었다. 딸이 준비해 놓은 아침을 먹었다. 음식을 먹으며 가슴이 뭉클했다. 딸은 미국으로 유학 오기 전에도 나에게 요리를 해주었다. 제주도에서 한 달 정도 함께 지냈는데, 퇴근해서 집에 오면 나를 맞이하는 딸이 있었다. 좁다란 앉은뱅이 상 위에는 따뜻한 음식이 차려져 있었다. "엄마, 저녁에 먹고 싶은 거 말해 봐, 내가 해 놓을게."라며 딸은 내가 퇴근할 때쯤 전화를 했다. 딸은 평소에 내가 만들어 먹지 못하는 특별한 요리를 해주었다. 유튜브를 보고 만들었다고 했다.

몸을 움직일 때마다 허리 통증이 더 심했다. 가까스로 엉거주춤 일어나 움직였다. 방이 좁아서 조금만 움직여도 되니 다행이었다. "엄마, 나 면접 끝나면 다른 곳에도 지원서를 보내야 해서 정오쯤 되어서야 집에 올 거야. 그동안 푹 쉬고 있어!" 카톡 문자가 와 있었다. 딸이 아침을 먹고 갔는지 걱정이 되었다. 나는 오이를 아삭아삭 씹어 먹었다. 오이가 싱싱했다. 가려진 블라인드를 걷어 올려 창밖 풍경을 보고 싶었다. 하지만 블라인드 틈 사이로만 내다보았다. 누군가 거리에서 이 방을 올려다보게 될까 봐서였다. 필라델피아 거리는 위험한 곳이 많다고 했다. 딸은 지나쳐 가는 어느 사람과도 눈을 맞추면 안 된다고 했다. 다행히 지금 머무는 곳은 가장 위험한 지역은 아니라고 했다. 이곳에 오기 전, 6월까지 생활했던 곳은 이곳보다 위험한 곳이 었다고 했다. 이곳은 학교 근처라서 깨끗하고 안전하지만, 월세가 높아서 딸은 이 지역에서 살지 못했다. 월세가 딸이 지냈던 곳과 거의 100만 원이나 차이가 났다. 딸은 미국으로 오기 전에, 인터넷으로 한국에서 미리 방을 구하고 계약을 했다. 나는 딸이 더 안전한 학교 근처에서 살게 하고 싶었다. 하지만 딸은 나에게 너무 큰 비용 부담이 된다며 싼 곳에 방을 구했다. 딸이 안전하지 않은 동네에서 산다는 것은, 나에게 고통이었다. 매일 딸의 안전을 위해 기도했다.

나는 아침을 먹고 다시 침대에 누웠다. 미국에 도착한 후로 매일 달리고 뛰어다니느라 체력이 떨어진 모양이다. 딸은 내가 미국에 온 뒤로 "엄마가 잠을 푹 자야 하는데 잠도 제대로 못 자고 하루 종일 뛰어다니게 해서 미안해."라고 몇 번을 말했다. 딸이 오후 1시쯤에 방에 들어왔다. 그때에야 눈을 떴다. 아마 곯아떨어졌나 보다. 딸은 점심을 안 먹어도 된다며 같이 잠을 자자고 했다. '딸이 얼마나 피곤할까! 나보다 더 힘들고 지칠 텐데. 나도 챙기랴, 지원서도 내랴, 합격 소식도 기다리랴, 여행 계획 하나하나 점검하랴.' 이런 생각을 하며 나는 딸과 침대에 누웠다. 우리 둘 다 바로 깊은 잠에 빠졌다. 나는 허리가 아프다는 말을 딸에게 하지 않았다. 잠을 자고 일어났을 때, 조금 더 좋아져 있기를 바랐다. 오후 4시쯤에 잠에서 깼다. 저녁에는 딸이 좋아하는 교회 언니와 저녁을 먹기로 했다. 필라델피아 한인교회에서 만난 언니라고 했다. 미국에서 미술을 전공하고 화가로 활동하고 있었다. 딸이 지치고 외로울 때면 힘이 되어 주고 챙겨 주던 언니라고 했다. 그 언니 이야기를 전화로 많이 들었다. 딸은 의지할 사람 없는 미국에서 무너져 내릴 것만 같은 절망의 순간을 몇 번 맞이했다. 그때 딸에게 다가와 준 언니라고 했다. "엄마, 언니 만나면 어색해하지 말고, 편안하게 이야기하면 돼."라고 말하며, 딸은 내가 그 언니와 많은 이야기를 나누길 바랐다. 나는 그 언니가 나와 식사할 때 편안하기를 바랐다. 밝은 표정으로 식사 자리에 갔다. 딸을 챙겨 준 언니는 차분하고 여성스러운 모습이었다. 딸이 마음을 나누고 싶어 할 포근한 모습이었다. 부드럽고 따뜻한 분위기를 지니고 있었다. 우리는 문어 요리를 주문했다. 접시에 담겨 온 음식은 양이 적었다.

한입에 쏙 넣을만한 양이었다. 음식 모양이 우아하고 향기도 고소했다. 유명한 맛집이라고 했다. 우리 셋은 2시간 이상 이야기를 나누었다. 나는 말실수를 하지 않으려고 대화에 신중했다. 그 언니와 헤어지고 나서 딸은 내가 불편해하는 표정이어서 걱정했다고 말했다.

"엄마, 언니랑 말할 때 기분 안 좋은 거 있었어? 엄마는 원래 좋은 사람 만나면 신나서 말하는데, 긴장하고 있더라고. 엄마가 언니 만나는 게 힘들 것 같았으면 안 만날 걸 그랬나 봐."

실수하지 않으려고 신중했던 내 모습이 불편한 것처럼 보였던 거였다. 더군다나 식사하는 중에 허리 통증이 심했다.

"아니야, 난 딸이 좋아하는 언니를 만나 식사한 것이 정말 좋았어."

나는 딸이 소중하게 여기는 사람을 나에게 소개해 주어서 행복했다. 결혼 후, 한번 헤어지는 아픔을 겪었다는 그 언니에게 어떤 이야기를 해야 할지 조심스러웠다. 화방에서 일하며 화가로 활동하는 이야기, 미국 생활 이야기를 들었다. 나는 딸이 힘들어 했던 때에 함께해 준 것에 대해 고마움을 표현하는 이야기만 했다. 물에 빠져 지푸라기라도 잡고 싶어 허우적 대던 딸에게, 두 손을 뻗어 잡아 준 언니였다. 손 잡아 줄 사람, 나도 누군가에게 그런 사람이 될 거다. 나는 젊은이들의 삶을 통해 사랑하는 방법을 배운다.

우리는 버스를 타고 다시 집으로 돌아왔다. 여전히 허리 통증으로 걷기가 불편했다. 그런 내 거동을 보고 딸이 어디 아프냐고 물었다.

"허리가 아파, 아까 식사할 때도 통증 때문에 몸이 불편했어."

"엄마, 나에게 기대."하며 손을 잡아주었다. 나는 딸의 마음을 편하게 해 주고 싶었다. 환하고 씩씩한 표정을 지으며 힘내어 걸었다. 미국 필라델피아 밤거리였다. 버스에서 내려 집까지 걸어갔다. 딸은 내가 딸에게 기대며 걷게 했다. 딸은 참새가 지저귀듯 종알종알 이야기하며 걸었다. 밝고 환한 표정으로 나를 바라보면서. 오늘도 딸이 좋아하는 언니에게 맛있는 음식을 대접했다. 대접하는 마음이 기뻤다. 대접을 받아주는 사람이 있어 행복했다. 금방이라도 지쳐 쓰러질 것 같은 두 모녀. 나와 딸은 서로 힘이 되어 주고 있었다. 나는 딸에게, 딸은 나에게, 서로에게 힘이 되어 주는 말과 행동만 찾았다. 우리는 두려움과 불안한 순간을 어떻게 이겨내야 하는지 알아가고 있었다. 내가 기도하며 하루를 보냈듯이, 딸도 기도하며 하루를 보냈을 거다. 어떠한 상황에서도 마음이 흐트러지지 않게 해달라고. 방에 들어와 샤워하고 일찍 침대에 누웠다.

방안에 빨래 가득

2024년 7월 30일 화요일.

아침 7시, 딸은 아침 일찍 세탁기로 세탁한 젖은 옷들을 방으로 가지고 왔다. 며칠 동안 집을 떠나 있었던 그 사이에 건조기가 고장 났다고 했다. 공동으로 사용하는 건조기였다. 외국인 두 학생 중 누군가 사용할 때 고장이 났는데 수리하지 않은 상태였다. 나와 딸은 건조기가 고장 나서 불편한 상황을 원망하지 않았다. 우리는 어떠한 상황에서도 기뻐하며 감사하기로 서로 합의라도 한 듯했다. 방안 곳곳에 젖은 빨래를 걸었다. 침대 모서리, 책상 모서리, 방바닥, 옷장 옷걸이, 문고리, 걸릴만한 곳이면 다 걸었다.

딸은 학교에 갔다. 또 다른 연구실에 지원서를 보내고, 1차 서류 합격한 곳과 면접을 보기 위해서였다. 나와 딸은 다음 날 이 방을 떠나 며칠 동안 다른 곳에 다녀올 것이었다. 다녀온 바로 그날, 방에 챙겨 놓은 모든 짐을 가지고 다시 공항으로 가야 한다. 짐을 빠뜨리지 않고 단단히 꾸려야 하는 이유였다. 며칠 동안 이곳을 떠나 여행을 다닐 때 필요한 것과 여행이 끝난 후 돌아와 가지고 갈 짐으로 구분하여 정리해야 했다.

가슴이 조여드는 것 같고 마음이 자꾸만 긴장되었다. 우리가 며칠 이곳을 떠나 여행을 다니는 동안에 합격 소식이 전해오기만을 간절히 기도했다. 이 방에서 우리가 바로 떠나야 하는 이유는 이 방을 빌려준 친구가 그날 돌아오기 때문이었다. 나는 딸이 학교에 가고 없는 좁은 방 안에서 기도했다. 나는 내가 미국을 떠나 한국으로 가기 전에 좋은 소식이 있을 거라는 마음을 안고 왔다. 합격도 되고, 방도 구하고, 이사도 하고. 살아오는 동안 내 뜻대로 기도한다고 다 이루어지지 않았다. 내 뜻대로 한 기도가 다 이루어져야만 한다고 생각하지도 않았다. 어떤 결과가 앞에 펼쳐지든지 그 결과 앞에서 다시 시작해야 한다는 것을 체득했다.

나는 방안에 널어놓은 빨래만 남기고 모든 짐을 캐리어에 넣었다. 며칠 여행하는 동안 필요한 짐은 기내용 캐리어 두 개에 넣었다. 딸이 새로 거주할 곳으로 가지고 갈 짐을 커다란 캐리어 두 개에 담았다. 꽉 찼다. 이불, 베개, 몇 가지 굵직한 짐이 남아 있는데 넣을 가방이 없었다. 짐을 정리하다 거실에 나왔다. 다행히 아무도 없었다. "엄마, 나 점심시간 지나고 조금 늦게 들어올 거니까 점심 혼자 먹어야 해. 응. 알았지. 거실에 챙겨 놓고 갈게, 거실에 나와서 먹어도 돼. 아무도 없을 거야. 방에서 못 나오느라 점심 굶지 말고." 딸은 내가 외국인 학생과 마주칠지 두려워 방안에만 있을까 봐 걱정하며 말했다. 딸이 챙겨 놓은 음식을 먹고 설거지까지 했다. 딸이 들어오기를 기다리며 침대에 누워서 쉬기도 하고, 글도 정리하며 몸과 마음을 추슬렀다. 이 많은 짐들을 가지고 이곳저곳 옮겨 다녔을 딸을 생각하니 마음 한편이 아렸다. 나는 어른인데도 아들딸이 곤란한 상황에 부닥쳐 있을 때 바로 위로해 주지 못했다. 오히려 그러한 상황에서 내가 먼저 당황했다. 아들딸은 그런 내 모습을 많이 보아왔다. 아들딸이 더 침착하게 대처하곤 했다. 나를 강하게 세워야 했다. 내가 파도타기에 도전한 가장 큰 이유였다. 딸이 지친 모습일 때, 낙심하여 울 때, 내 품에 꼭 안아 주고 싶어서였다. 긴박한 상황에서도 차분한 모습이 되기 위해 파도를 탔다. 밀려오는 파도에 부딪혀 고꾸라지는 듯한 상황에서도, 더 잘될 거라는 기대와 감사하는 마음을 키웠다. 엄마가 되자! 딸이 기댈 수 있는 엄마가 되자! 미국에서 딸을 만나기 위해 준비한 것 중에서 가장 심혈을 기울인 마음 강화 훈련이었다. 파도타기는 그 훈련 시간이었다.

'이 험난한 세상을 살아가야 하는 딸, 아들. 내 자녀뿐만 아니라 이 땅의 모든 청년. 이제 그 청년들 앞에서 담대하고 강한 모습이 되자! 성숙한 어른이 되자! 성숙한 엄마가 되자! 그 청년들이 지쳐 허우적 댈 때, 손잡아 주며 위로해 줄 수 있는 담대한 모습을 키우자!' 나는 마치 독립투사라도 된 듯 다짐했다.

아는 사람 아무도 없는 미국 땅에 홀로 유학 온 딸이었다. 그런 딸이 낮에는 달려 다니고 뛰어다니며 나를 챙겼다. 밤이 되면 불안한 마음에 눈물을 펑펑 흘리며 울었다. 앞으로 어떻게 나아가야 할지 모르는 두려움으로 몸을 떨며 울었다. 나는 그런 딸을 끌어안아 주었다. "딸, 잘될 거야. 지금 합격 소식이 없지만 기다려 보자. 합격 되는 곳이 전혀 없다 해도 오히려 다른 길로 나아가는 기회가 될지도 몰라." 마음에 믿음을 담아 부드러운 말로 딸을 위로해 주었다. 꼭 안고 토닥여 주었다. 나는 딸이 내 품에 안겨 맘껏 울어서 행복했다. 딸은 성장하는 동안 내 앞에서 운 적이 별로 없었다. 오히려 내가 딸 앞에서 울었다. 나약해 보이는 내 앞에서 딸은 울 수가 없었던 거다. 내 품에 안겨 우는 딸, 내 품이 지친 딸을 안아 줄 수 있는 품이 되었다. 파도는 나에게 부드러운 힘을 키워 주었다.

딸이 살았던 필라델피아

2024년 7월 31일 수요일

나와 딸은 아침 식사로 채소, 잡곡밥, 불고기를 먹었다. 요리하지 않아도 간편하게 데워 먹을 수 있는 거였다. 미국 마트에 웬만한 한국 음식은 거의 다 있었다. 나는 내 의지와 상관없이 미국에 와서 공주처럼 지내고 있었다. 딸이 매일 아침 식사를 준비해 주었다. 내가 딸에게 힘을 주러 왔는데 딸이 나에게 힘을 주고 있었다.

어젯밤에 짐 정리를 하다가 남은 짐들이 방 안에 널려 있었다. 우리는 아침 식사를 마친 후 남은 옷과 물건을 정리했다. 캐리어에 넣지 못한 물건들이 많았다. 딸은 짐을 덜어낼 방법을 찾았다. 교회 언니가 좋아할 만한 옷과 물건을 따로 챙겼다. 어느 정도 짐 정리가 되고 나니 피로가 몰려왔다. 나와 딸은 1시간 정도 잠을 잤다. 다시 일어나니 오전 10시였다. 교회 언니에게 가져다줄 짐을 챙겨서 집을 나왔다. 택시를 타고 갔다. 딸은, 언니가 사는 주택 창고에 짐을 넣어놓으라고 했다며 창고 열쇠를 찾아 문을 열었다. 한국은 도시에 고층 아파트나 연립주택이 많은데, 미국은 단독 주택이 많았다. 2층으로 된 주택 주변은 나무와 꽃들이 무성했다. 지나다니는 사람들이 별로 없이 한적했다. 딸이 6월까지 살았던 지역이었다. 딸이 늘 위험한 곳이라고 말해서 걱정했었다. 직접 와 보니 걱정했던 것보다 안전하다는 느낌이 들어, 그동안 걱정했던 마음을 다 비웠다. 뉴저지에 있던 주택가처럼 깨끗하게 정돈되어 있지는 않았다. 집주변에 있는 정원이나 인도에 잡초가 무성하고, 쓰레기통 주변도 지저분했다. 하지만 주택 주변이 한적하고 오래된 나무도 많아서 좋았다. "엄마, 내가 이곳에 살면서 자주 가던 공원이 있는데 거기 가자." 집에서 공원까지 자주 산책했다는 길로 갔다. 넓은 공원이었다. 공원은 오래된 나무와 잔디로 조성되어 있었다. 공원 중앙은 커다란 호수처럼 움푹 패어 있었다. 한라산 분화구보다 크기는 훨씬 작았지만, 모양은 비슷했다. 그곳에서 어린아이와 부부가 연날리기하고 있었다. 강아지와 산책하는 사람도 있었다. 돗자리를 깔고 다리를 쭉 펴고 앉아 대화하는 가족, 한가롭게 자연을 누리는 사람들 모습도 보였다. 미국에 와서 자주 보는 모습이었다. 딸이 이곳을 자주 산책했다는 것이 감사했다. 딸이 보내 주었던 사진이 떠올랐다. 이 공원이었다. 넓고 넓은 잔디밭에 오래된 나무들이 군데군데 있는 사진이었다. 나무를 타고 오르내리던 다람쥐, 사진과 영상으로만 보던 곳을 내가 직접 와서 보고 있다는 것이 꿈만 같았다. 이 공원을 지나 숲으로 더 들어가니 묘지공원이 나왔다. 묘비가 많이 보였지만, 넓은 잔디 공원이라 무서운 느낌이 없었다. "엄마, 나 조깅하며 이곳도 자주 왔어. 엄마, 여기 참 좋지."라고 딸은 신이 나서 말했다. 오래된 나무들이 울창하게 우거져 있었다. 공원 안으로 계속 걸어 들어가니 풀 향기가 진하게 났다. 향긋한 꽃향기를 맡느라 코를 실룩실룩했다. 딸이 좋아할 만한 곳이었다. 딸이 살던 집에서 이 공원까지는 걸어서 1시간이 걸린다고 했다. 아침 일찍 조깅하며 이 길을 왕복했단다. 딸은 그동안 다녔던 곳을 보여주며 행복해했다. 딸이 밝게 웃는 모습이 내 허리 통증을 이기게 해주었다. 허리 통증은 걸을 때는 좀 덜했다. 의자에 앉았다가 다시 일어날 때는 아픈 허리 때문에 몸이 무거웠다. 나는 조금씩 좋아지기를 바라며 살살 걸었다. 일주일 정도 지나면 괜찮아질 거라는 믿음으로 견뎌냈다. 나는 아플 때 더 움직이는 습관이 있다. 혈액순환이 잘되어 빨리 회복될 거라고 믿기 때문이다.

공원 산책을 마치고 나서 수요일 오전 예배를 드리러 갔다. "엄마, 내가 다니던 교회에 가보고 싶지?" 딸이 다니던 교회에 갔다. 교회 건물이 컸다. 병원으로 사용하던 건물이라고 했다. 평일 낮이라 그런지 젊은 사람은 보이지 않았다. 어르신들만 있었다. 예배가 끝난 후 딸은 청년부 목사님을 소개해 주었다. 목사님은 나에게 딸에 대해 많은 칭찬을 해주었다. 딸의 미국 유학 생활에 힘이 되어 준 사람들이 많은 교회였다. 교회 언니는 그중에서도 가장 큰 힘이 되어 주었다. 마음 둘 곳 없던 딸은 새벽 예배와 금요 저녁 예배, 주일예배, 셀 모임에 참여하며 마음을 다독였다. 딸의 외로움과 아픔을 함께해 준 사람들이 모인 곳이었다. 딸은 미국에 있으면서 통화할 때, 이곳 교회 이야기를 가장 많이 했다. 미국 필라델피아에서의 1년 유학 생활 동안 딸의 삶을 지탱해 준 곳이었다. 딸은 그 교회를 나에게 보여 주고 싶어 했다. 딸이 미국에 와서 가장 먼저 교회를 찾았다는 소식이 큰 기쁨이었다. 딸은 유학 준비를 하는 동안 나와 대화를 자주 했다. 딸에게 유학에 대한 경험을 나누어 줄 사람이 아무도 없었다. 하나님 말씀과 씨름을 했다. 딸은 꿈꾸던 펜실베이니아 대학에 1분기 등록금을 장학금으로 받고 입학했다. 기적이었다. "엄마, 1분기는 장학금으로 입학한다 해도 2분기부터 학비가 어마하게 비싼데 유학을 가야 할 까? 우리 집 형편도 좋지 않은데, 내 욕심만 채우는 건 아닐까?" 딸은 포기해야 할지 고민했다. "아니야, 시작이 열렸으니 믿고 가봐. 우리의 상황만 보다가는 아무것도 도전할 수 없어." 나는 딸에게 믿고 한 걸음 내딛자고 했다.

교회를 나와 다음에 간 곳은 교회 근처 카페였다. 딸이 교회 청년들과 자주 들른 곳이었다. 우리는 샌드위치와 음료를 먹었다. 샌드위치가 엄청 컸다. 미국 음식은 너무 짰다. 짠맛이 강하면서도 맛있었다. 배부르도록 먹었는데도 남았다. 남은 샌드위치를 포장해달라고 부탁했다. 딸은 내가 다 먹을 수 있다고 곁에서 응원했다. 그 모습이 고마웠다. 남은 샌드위치를 포장했다. 딸은 내가 나중에 꼭 먹어야 한다며 장난치듯 으름장을 놓았다. 사랑이 가득 담긴 딸의 챙김이었다.

샌드위치가 점심 식사였다. 점심 식사를 마친 후 딸이 다니던 펜실베이니아 주립대학교까지 걸어서 갔다. 학교 가로수 길이 아름다웠다. 대학에서 공원을 산책하듯이 걸었다. 내가 경험하고 있는 모든 일이 신기할 뿐이었다. "엄마, 나 잠깐 처리할 게 있어서 다녀올 거니까 여기서 쉬고 있어!" 딸이 학교 건물에 들어가 무언가를 처리하는 동안 나는 건물 2층에 있는 소파에 앉아 잠시 쉬었다. 유리창 밖에 울창한 가로수가 보였다. 딸이 이곳에서 공부했다니 놀라웠다. 혼자 1년 동안 안간힘 쓰며 유학 준비를 한 딸이었다. 유학 준비를 하며 내 앞에서 많이 울었다. 힘들다고, 포기해야 할 것 같다고, 길이 안 보인다고 울었다. 친척이나 지인 중에 해외 유학과 관련한 사람이 아무도 없었다. 도움받을 사람이 없었다. 딸 혼자 해냈다. 내가 해 준 것은 곁에서 믿어 주고 기도해 준 게 전부였다. 나는 아들딸이 성장하는 동안 곁에서 기도하며 위로해 주고, 괜찮아, 라고 말해 주었다. 내가 해 줄 수 있는 최선의 것이었다.

우리는 대학교를 나와 버스를 타고 '자유의 종'이 있는 곳으로 갔다. 자유의 종은 펜실베이니아 독립기념관에 있었다. 세계에서 가장 유명한 종이며, 전 세계적으로 널리 알려진 자유의 상징이라고 했다. 한국전쟁 참전 기념비도 보았다. 안타까웠던 건, 참전비 사이에 있는 지도 위에 동해가 일본해로 새겨진 거였다.

나는 세상을 떠나면 자손에게 어떤 모습으로 기억될까? 자손들이 나를 기억하며 힘을 얻게 된다면, 나를 닮고 싶어 할 모습이 조금이라도 있는 그런 조상으로 남게 되기를 소망한다.

우리는 마트에 갔다. 며칠 동안 미국에 있는 마트를 몇 군데 다녔다. 유기농 식품을 판매하는 곳이라든지, 가격이 비싼 상품을 파는 마트에는 백인들이 많이 보였다. 싼 가격에 파는 물건이 진열된 마트에 가면 흑인이 대부분이었다. 도로변 공사장에서 일하는 인부 중 대다수가 흑인이었다. 택배 물건이나, 호텔 짐을 나르는 사람도 흑인이 눈에 띄었다.

우리는 마트에서 커다란 캐리어 하나를 더 샀다. 방으로 돌아와 방바닥에 정리해 놓았던 짐을 새로 산 캐리어에 넣었다. 하룻밤 잠을 자고 일어나서 이불, 베개만 넣으면 되었다. 나를 이곳저곳 데리고 다니며 보여주느라 딸이 얼마나 힘들었을까! 기쁜 소식이 들려오지 않았는데도 딸은 내 앞에서 밝고 씩씩했다. 나는 그런 딸이 사랑스럽고 한없이 고마웠다. 아들딸은 청년으로 살아가면서 절망의 순간을 겪기도 했다. 그럴 때마다 다시 용기를 냈다. 그 모습이 나에게 가장 큰 힘이 되어 주곤 했다. 자랑스럽고 고마울 뿐이다. 오늘 하루도 그랬다. 호화로운 미국 여행 코스가 아니었다. 딸이 머물렀던 곳을 돌아다녔을 뿐이었다. 걷고, 달리고, 버스 타고. 싱글벙글 웃었다. 허리 통증이 전혀 기억나지 않을 만큼 행복한 하루였다.

필라델피아에서 샌프란시스코로

2024년 8월 1일 목요일

샌프란시스코행 아침 9시 비행기가 오후 1시로 지연되었다. 새벽 6시에 일어나 서둘러 떠날 준비하던 것을 멈췄다. 처음에는 1시간 지연 안내 문자가 왔다. 1시간 정도 지나자 2시간 지연 안내 문자가 다시 왔다. 그 이후, 30분 정도 더 지나자 1시간 더 지연되었다고 연락이 왔다. 오후 1시 출발로 늦춰졌다. 딸이 핸드폰을 보면서 지연 소식을 전해줄 때마다 조여들었던 마음이 풀렸다. 급히 서둘러 기차를 타러 가야 했기 때문이었다. 우리는 시간 선물을 받은 것처럼 기뻤다. 덕분에 아침 식사를 여유 있게 했다. 어제 남겼던 샌드위치를 꼭꼭 씹어 먹을 수 있는 충분한 시간이었다. 부엌 식탁에서 남아 있던 빵과 우유를 먹다가, 딸이 일어나더니 부엌 서랍에서 무언가를 꺼냈다. 비닐포장지를 뜯어 나에게 보여 주었다. 라면이었다. 딸에게 라면 먹고 싶다고 말한 기억이 났다. 언제 준비했을까? 나는 어린아이처럼 뛸 듯이 기뻤다. 라면 냄새, 아들딸과 빙 둘러앉아 냄비 속 라면을 젓가락으로 건져 먹던 장면이 떠올랐다. 나와 딸은 냄비를 가운데 놓고 후루룩후루룩 맛깔나게 먹었다. 건강을 생각하느라 특별한 날에만 먹는 라면이었다. 딸이 준 깜짝선물이었다. "엄마가 라면 먹고 싶다고 했잖아!" 딸이 웃으며 사랑스럽게 말했다. 오성급 호텔에서 뷔페를 먹는 것과는 비교도 안 되는 특별요리였다. 사실 나는 오성급 호텔에 가본 적도 없다.

딸은 큰 캐리어 3개를 방 한쪽에 가지런히 놓았다. 며칠 동안 정리한 이삿짐이었다. 며칠 여행하는 동안, 이 방에 놓기로 했다. 이 방을 빌려준 딸 친구가 돌아오는 날 옮기기로 했다. 그때까지 이 짐을 어디로 옮겨야 할지 결정되길 바랐다. 이 답답하고 불안한 상황을 딸이 혼자 겪게 하지 않게 되어 감사했다. 딸은 지금까지 면접을 본 곳은 두 곳이었다. 그중 한 곳이라도 합격이 되어야 했다. 결과가 어떠하든지 되는 상황이 딸에게 가장 좋은 길이라고 믿지만, 마음은 긴장되었다. 그 모든 것을 감당해야 할 딸이 안쓰럽기 때문이었다. 어젯밤에는 잠을 일찍 자고 싶었지만 늦게서야 잤다. 거실에서 들려오는 이야기 소리, 싱크대에서 그릇이 달그락거리는 소리, 집안을 가득 채울

만한 크기의 음악 때문이었다. 며칠 지내는 동안 두 학생은 밤 11시가 넘어서 집에 들어왔다. 그 시간부터 큰 소리로 웃고 떠들며 이야기하곤 했다. 자정이 지나도 멈추지 않고 계속 이어졌다. 딸은 이 집뿐만 아니라 다른 집에서 지낼 때도 그런 상황을 거의 매일 겪었다고 했다. 밤 12시 전에 잠을 자고 오전에 일어나는 학생은 거의 없다고 했다. 밤에 친구들을 초대하여 시끄러운 소리를 내며 놀기도 한다고 했다. 그런 이유로 딸은 혼자 지내고 싶어 했다. 하지만 혼자서는 월세를 두 배로 내야 했기에 이 모든 상황을 감당하며 살았다. 나는 딸이 혼자 사는 것을 원하지 않았다. 월세 비용이 많이 든다는 이유보다도 딸이 혼자 지내면 외로울 것 같아, 혼자보다는 같이 지내는 것을 권했다. 밤에 잠을 잘 수 없다던 딸의 하소연을 전화 통화로만 듣다가, 직접 겪어보니, 딸이 지금까지 잘 이겨낸 것이 고맙기도 하고 안쓰럽기도 했다. 자정이 지나고도 더 시간이 흐른 후에, 두 학생이 방 안으로 들어가는 소리가 들렸다. 그래도 여전히 방에 들어가서 웃고 큰 소리로 이야기했다. 서로 다른 삶의 습관에서 오는 불편함이었다.

우리는 기내용 캐리어 두 개와 딸의 노트북이 든 백 팩만 가지고 뉴저지 공항으로 향했다. 버스에서 내려 기차역으로 달려갔다. 공항으로 가는 기차표를 사자마자, 마치 기차가 우리를 기다리고 있었다는 듯이 바로 왔다. 다행이었다. 공항에 도착해 체크인하는 곳으로 갔다. 체크인하려고 줄을 선 사람이 300여 명이 족히 돼 보였다. 나는 비행기 탑승 시간에 늦을까 봐 걱정 섞인 말을 했다. 그러자 딸은 "엄마, 이 줄 금방 줄어."라며 이런 상황을 몇 번 경험했다고 했다. 아마도 30분 안에 체크인하게 될 거라고 말했다. 정말 그랬다.

우리는 필라델피아에서 출발하여 샌프란시스코 공항에 도착했다. 공항에서 나오자 추웠다. 필라델피아와 샌프란시스코의 기온 차이가 컸다. 딸은 이곳이 추울 거라고 미리 말했지만, 추위를 가릴만한 옷이 없어서 챙겨오지 못했다. 얇은 남방 한 장씩이 전부였다. 추워도 행복했다. 딸은 렌터카 받는 곳에서 승용차를 건네받았다. 기아차여서 괜히 뿌듯했다. 저녁이라 그런지 더 추웠다. 우리는 저녁을 먹으러 'Crab House at Pier 39'로 갔다. 딸이 예약한 곳은 킹크랩 음식점이었다. 유명한 음식점이라고 했다. 나는 킬러크랩, 홍합, 새우, 채소구이를 먹었다. 딸은 해물을 먹으면 배탈이 나서 조금만 먹었다. 딸은 자신은 먹지도 못하면서 오로지 나를 위해 이 음식점에 예약했다. 노래로만 듣던 샌프란시스코 바닷가에서의 해물 특별요리였다.

식사를 한 후, 바닷가를 산책했다. 샌프란시스코는 필라델피아와 분위기가 완전히 달랐다. 관광지에 온 느낌이었다. 캄캄한 밤중인데 바다사자가 모여 있었다. 잠자는 모습, 노는 모습, 사람들이 몰려 있어도 전혀 피하지도 않았다. 이곳에 바다사자를 보러 오는 관광객도 많다고 했다. 우리는 추워서 오래 머물러 있지 않았다. 샌프란시스코에 예약한 숙소로 향했다. 도심을 지나가는데 캄캄한 밤이어서 그런지는 몰라도 도시 분위기가 날카롭고 으스스했다. 건물도 과학도시 느낌이었다. 딸이 이런 곳에 합격이 되지 않기를 바랐다. 우리가 며칠 동안 보낼 숙소는 큰 도로변에 있었다. 지하와 지상 2층으로 된 주택이었다. 거실 겸 주방에서 계단을 걸어 한 층 아래로 내려갔다. 방이 지하에 있는 줄 알았는데, 방 커튼을 젖히니 창밖으로 작은 정원과 마루가 보였다. 언덕 위에 지어진 집이라 앞쪽에서 보면 지하인데 다른 쪽에서는 1층이었다. 방은 좁지만 깨끗하고 아늑했다. 숙소에 도착하자마자 딸은 "엄마, 엄마 먼저 샤워하고 침대에서 쉬고 있어."라고 말하며 욕실과 집 구조를 알려 주었다. 다른 여행객도 두 팀이나 있었다. 딸은 노트북을 들고 거실로 올라갔다. 나는 침대 위에서 무릎을 꿇고 '제발 딸을 도와주세요.'라고 어린아이처럼 기도했다. 딸은 나를 넓은 미국 땅 동쪽에서 서쪽, 필라델피아에서 샌프란시스코로 데리고 왔다. 나에게 기적이었다.

부모의 잦은 다툼으로 인해 불안한 가정 분위기 속에서 성장할 수밖에 없었던 아들딸, 나는 아들딸이 그 굴레에서 벗어나길 바랐다. 딸은 고등학교 3학년 때, 스위스로 성경 공부를 하러 가고 싶다고 했다. 바로 대학에 가고 싶지 않다고, 자신이 추구하고 싶은 것이 무엇인지 찾고 싶다고 했다. 고등학교 3학년 1학기를 마치고 스위스 로 잔으로 갔다. 딸이 스위스에 있는 동안 필요한 비용은 적지 않았다. 나는 은행 대출을 받았다. 스위스로 떠나기 바로 전날까지 남편에겐 말하지 않았다. 전혀 받아들여지지 않을 거였기 때문이었다. 나와 아들딸의 삶은 남편과는 동떨어져 있었다. 딸이 떠난 그해 겨울, 아들도 한 학기 동안 휴학을 하고, 딸이 있는 스위스 학교로 공부하러 갔다. 그 이후로, 아들딸은 함께 배낭여행으로 세계 곳곳을 다녔다. 나와 남편의 관계가 좋지 않을 때, 두 남매는 서로 용기를 주는 관계가 되어 갔다. "엄마는 성장하는 동안 형제들과 친하게 지내지 못한 게 아쉬워, 아들딸은 서로 좋은 친구처럼 대화도 많이 하고 서로 도와주면서 지내는 모습, 내 바람이야." 나는 가끔 아들딸에게 이런 말을 했다. 주변 사람들은 말했다. 두 남매가 정말 친하다고. 아들딸은 서로 살피며 도와주었다. 내가 모르는 사춘기 때 모습을 두 남매는 안다. 아들이 힘들어 보이면 딸은 나에게 오빠랑 대화하라고 말해 주었고, 딸이 불안해 보이면 아들은 나에게 동생에게 더 관심을 가지라고 말해 주었다. 아들이 고등학생 때 아르바이트했다는 것도, 이륜자동차 면허증을 취득했다는 것도, 담배를 피운 적이 있다는 것도, 딸한테서 들었다. 나는 딸에게서 들은 이야기를 아들 앞에서 모른 척했다. 힘겹게 이겨내고 있는 아들이었다. 방황하는 아들 모습을 딸에게 들었다. 아들은 중·고등학교 6년 동안 줄곧 학급 임원을 했다. 남편이 술에 취해 들어와 거실 바닥에 물건을 집어 던진 날, 거실 바닥이 난장판이었다. 아들은 나와 딸을 옆집으로 보냈다. 아들이 정리하겠다고. 그런 환경에서 사춘기를 보낸 아들딸이었다. 딸은 학교에서 자정이 되어야 집에 왔다. 학급 임원, 학생회 임원을 맡아 학교 일에 힘을 쏟았다. 나는 딸이 하교할 때쯤에 학교 근처로 딸을 마중 나갔다. 토요일이나 일요일이면 기아 체험 같은 특별 프로그램 활동에 참여하러 다니기도 하고, 교회 학생회 임원도 맡아 활동했다. 아들은 축구를 좋아했다. 교회 형들과 축구를 하기도 하고, 교회 동생들과 예배드리러 다니기도 했다. 대학생이 되어서는 교회 학교 유치부 교사와 중고등부 교사로 활동했다. 나는 아들딸이 마음을 추스르며 살아내기를 간절히 바라며 기도했다. 아들딸이 어렸을 때는 놀이공원, 도서관, 전시관, 박물관, 체험할 수 있는 곳으로 데리고 다녔다. 가정에서 받은 불안함을 씻어내 주기 위함이었다. 아들딸이 대학생이 되면서는 들어가는 돈이 더 많아졌다. 아들딸에게 들어가는 돈이 계속 늘어갔지만, 새로운 일에 도전하려는 두 자녀가 고마웠다. 어린 시절부터 청년이 되기까지 20년이 넘는 긴 시간, 때에 따라 혼란스러웠을 마음을 바르게 잡아 준 아들딸이 고맙다. 아프리카로 선교 여행을 다녀왔고, 세계 여러 나라를 배낭여행 하며 아들딸은 당당해져 갔다. 부모가 만든 가정 분위기로 인한 아픔이, 아들딸이 살아가는데 방해가 되기보다 더 큰 긍정의 힘으로 키워가길 바랄 뿐이었다.

내 뜻이 이루어지지 않을 때

2024년 8월 2일 금요일

샌프란시스코에서의 첫날 아침이었다. 눈을 떠 시계를 보니 7시였다. 나는 아침을 먹으러 거실로 올라갔다. 전날 미리 산 빵과 우유를 들고 계단을 올라갔다. 식탁 옆 테이블에 노부부가 앉아 아침 식사를 하고 있었다. 다정다감한 모습이었다. 남편과 아내가 서로 부드러운 미소로 마주 보고 있었다. 등을 토닥여 주듯이 조용조용한 목소리였다. 내가 꿈꿔왔던 부부의 모습, 한 번도 경험해 보지 못한 모습이었다. 나는 그들을 방해하게 될까 봐 조심스럽게 움직였다. 부엌 식탁 위에 빵과 우유를 올려놓았다. 내가 잠에서 깨어나자, 딸은 "엄마, 일어났어! 엄마, 난 아침 먹었으니까, 엄마만 챙겨 먹으면 돼. 여기 빵이랑 우유 가지고 거실 식탁에서 천천히 먹고 쉬었다 오면 돼. 거실에 누가 있어도 긴장하지 말고, 알았지!"라며 상큼하게 웃어 주었다. 딸은 아침 일찍부터 면접이 있다며 방에서 노트북을 켰다. 나는 딸이 해 준 말대로 용기를 내었다. 거실 식탁에서 빵과 우유를 먹었다. 부드럽게 미소 지어주는 남편이 없어도 행복했다. 나는 지금까지도 궁금하다. 남편은 나를 전혀 사랑하지 않았던 걸까? 어린 시절에 엄마와 헤어진 충격으로 여자에 대한 신뢰가 없었던 걸까? 나라는 사람이 어색했던 걸까? 내가 먼저 남편에게 다정한 미소를 지어 주는 사람이었으면 어땠을까? 남편이 술에 취해 들어 왔을 때, 아무 말 없이 따뜻하게 맞아 주었으면 어땠을까? 이런 생각을 하기도 했었다. 술에 취해 들어와서 가족을 힘들게 했을 때, 공감해 주며 인정해 주어야 할까도 생각했었다. 자녀들 앞에서 혼란스러웠다. 힘들면 그래도 된다고 말해주는 것 같았다. 잘못된 행동이라고 말했다.

우리는 아침 일찍 숙소를 나섰다. 딸이 운전하여 금문교에 갔다. 영어로 Golden gate Bridge다. 날씨가 쌀쌀했다. 겨울 잠바 아니면 롱패딩을 입고 온 사람들이 많았다. 딸과 나는 얇은 남방이 전부였다. 우리는 그래도 연신 웃으며 행복했다. 금문교를 건너기 전에 차를 주차하고 금문교 방문자 센터에 들어갔다. 금문교는 빨간색이었다. 날씨에 따라 다리 색이 변한다고도 했다. 금문교를 상품화한 물건들이 다양했다. 동화책, 엽서, 열쇠고리…. 이것저것 다 사고 싶었지만, 아무것도 사지 않았다. 우리는 센터 밖으로 나와서 걸었다. 전망대에서 사진을 찍으려는 사람들이 많았다. 줄지어 기다리고 있었다. 나는 딸 앞에서 모델이 되었다. 딸은 카메라 단추를 연신 눌렀다. 내 입술은 생글생글, 두 눈은 초롱초롱, 딸과 함께 셀카를 찍을 때는 세상을 다 가진 듯 기뻤다. 옅은 안개가 금문교를 살짝 가렸다. 선명한 다리 색을 못 본 것이 조금은 아쉽기도 하련만 마냥 행복했다. 다리를 걸어서 건너가 볼까? 생각하다가 너무 추워서 차를 타고 건넜다.

Sausalito, 금문교 건너편에 있는 작은 해안 도시다. 소살리토는 아름다운 휴양지 분위기였다. 날씨도 따뜻했다. 다리 하나를 사이에 두고 양쪽 기온 차이가 컸다. 과학적 원리를 찾아보고 싶기도 했다. 마법처럼 신비로웠다. 추위에 움츠렸던 몸이 쫙 펴졌다. 얇은 셔츠만 있어도 충분했다. 다리를 건너자마자 공영주차장이라고 쓰인 안내판이 눈에 띄었다. '공영주차장'이라는 문구를 보고 주차 요금이 저렴할 줄 알았다. 그곳으로 주차하러 들어갔다. 공영주차장인데 '대리주차'라고, 쓰인 문구가 의아하기도 했다. 공영주차장인데 대리주차도 해준다고? 살짝 의심도 들었지만, 주변에 주차장이 없을까 봐 얼른 주차했다. 주차 요금이 비쌌다. 다 그런가보다, 라는 생각을 하며 나와 딸은 마음을 비웠다. 온화한 휴양지에 여행 온 듯한 기분이 들었다. 우리는 손을 잡고 걸었다. 따사롭고 화창한 날씨만큼 걸음이 가볍고 활기찼다. 점심을 먹으러 갔다. 이 도시에서 유명하다는 햄버거집으로 들어갔다. 친절한 점원, 가족, 연인, 노부부, 친구, 모두가 행복해 보였다. 우리도 덩달아 행복했다. '이 세상 모든 사람이 이렇게 행복하다면 얼마나 좋을까!'라고, 생각하는 순간 아파하고 있을 사람들이 떠올랐다. 전쟁 중인 나라 어린이들과 가족, 굶주림에 허덕이고 추위에 떨고 있을 사람들이었다. 잠깐 그들을 위해 기도했다. 햄버거 양도 푸짐하고 맛도 좋았다. 주문한 음식을 다 먹었다. 점심을 먹은 후, 딸은 유명한 아이스크림 가게가 있다며 나를 데리고 갔다. 우리는 작은 통에 담긴 아이스크림 한 통만 샀다. 딸은 생글생글 웃으며 나를 바라보았다. 아이스크림 한 스푼을 떠서 내 입에 넣어 주었다. 아이스크림을 먹으며 걷고 있다가 딸이 깜짝 놀라며 말했다. "엄마, 우리가 햄버거를 먹고 나온 건물 바로 옆에 공공 무료 주차장이 있어." 무료 주차장이 햄버거집 바로 옆 공터에 있었다. 우리는 부랴부랴 공영주차장이라던 그 주차장으로 달려갔다. 시간이 더 지나기 전에 차가 나가기 위해서였다. 2만 원 정도의 주차비를 내야 했다. 맙소사, 2분이 더 지났다며 30분 초과 주차비를 더 내라고 했다. 2분은 시동을 걸고 빠져나오는 시간 정도였다. 추가로 요금을 더 지급하라고 하니 속상했다. 공영주차장이라고 쓰여 있었던 문구, 그 의미는 우리가 생각한 것과 달랐다. 어쩐지 대리주차까지 하더라니. 딸은 너무 속상해했다. 인터넷을 통해 미리 알아보았으면 좋았을걸, 대리주차할 때 무언가 이상하게 생각할걸, 좀 더 돌아보며 주차장을 찾아볼걸, 한없이 아쉬워하며 자신을 탓하려 했다. 그 돈으로 더 맛있는 음식을 사 먹을 수 있었는데, 쓸데없는 곳에 써버렸다고 자책했다. 나도 억울한 생각이 들었지만, 나는 딸을 위로했다. 딸의 속상함을 공감해 주었다. 누구나 다 그럴 수 있다고, 속상하지만 괜찮다고, 말해 주었다. 우리는 다시 주차하기 위해 무료 주차장을 찾았다. 2시간 무료 주차를 할 수 있는 도로변 주차장을 찾았다. 거리가 중심가에서 조금 떨어진 곳이었다. 20여 분 걸었다. 덕분에 걸어서 좋았다. 여행객들이 대부분인 작은 도시를 만끽했다. 도시 풍경을 감상하며 주차요금 사건을 잊었다. 마을 골목으로 들어갔다. Salt라는 간판이 눈에 들어왔다. 딸이 좋아할 만한 곳이었다. 선물 가게였다. 지인분들에게 드릴 선물을 샀다. 건조된 차 두 봉투를 샀다. 포장 봉지가 예뻤다. 선물을 고를 때도 딸과 마음이 쿵작쿵작 잘 맞았다. 2시간 주차 시간에 맞추어 차로 돌아왔다. 이 모든 과정을 다 해내는 딸이 대견했다. 딸이 아무리 나이를 많이 먹어도 늘 어린애처럼 사랑스럽고 기특해 보이겠지! 딸은 내비게이션에 '알라모 광장'이라고 썼다. 내비게이션은 소살리토를 빠져나가 알라모 광장 가는 길로 승용차를 이끌어 줄 것이었다. 예상대로라면 5분도 안 되어 승용차가 금문교를 지나야 했다. 당황스럽게도 고불고불 언덕길로 안내했다. 딸은 불안해했다. 운전석에 앉은 나는, 딸의 마음을 안심시켜야 했다. "딸, 괜찮아. 길이 나올 거야. 천천히 가보자." 언덕으로 오르는 초입에서 길가에 잠깐 멈춰 섰다. 다시 내비게이션에 '알라모 광장'을 입력했다. 내비게이션은 골목으로 안내했다. 그러고는 언덕으로 오르게 했다. 우리는 그대로 따라가 보기로 했다. 내비게이션은 가파른 언덕으로 계속 안내를 했다. 운전하고 있는 딸이 얼마나 긴장하고 있는지 그대로 느껴졌다. 나도 그랬다. 주차도 그렇고, 우리 뜻대로 되지 않는 일이 너무도 많았다. 우리 생각대로라면 벌써 금문교를 쉽게 건너야 했다. 이 상황에 마음을 빼앗기면 안 된다고 생각했다. 나는 당황스러운 상황을 감사로 바꾸는 말을 했다. 두려워하는 딸의 마음을 풀어 주고 싶었다. "와! 언덕 아래 좀 봐. 엄청 멋있어. 도시가 다 보이는데! 딸, 잠깐 빈 곳에 정차하고 언덕 아래 감상하자. 신이 우리에게 이 놀라운 풍경을 보여주려고 이 길로 인도했나 봐!" 나는 들뜬 목소리로 딸에게 말했다. 딸은 언덕 길가 좁은 공터에 정차했다. 언덕 아래 보이는 풍경이 놀랍도록 황홀했다. 휴양지처럼 온화한 작은 도시 전체가 언덕 아래로 다 보였다. 우리는 그 광경을 보고 입을 다물지를 못했다. 이곳으로 왔기에 누린 감동이었다. 우리 뜻대로 되지 않아서 얻은 횡재였다. 나는 집에서 잘 웃었다. 아들딸이 행복하기를 바라며 웃었다. 남편은 그런 나에게 넌 걱정할 게 없으니 항상 웃는다고 말했다. 남편 표정이 항상 밝지 않았던 건, 가정을 꾸려 갈 걱정으로 가득했던 거였다. 남편은 가장으로서 늘 불안했던 것 같다. 웃으며 평화롭게 이끌어 갈 힘이 남편에게도 없었던 거다. 남편과 나는, 상대방의 생활 습관과 가치관을 원망했다. 서로가 실수했을 때 괜찮아, 라는 말을 해주지 않았다. 내 웅크린 자아는 남편을 감싸 줄 힘이 없었다. 어린 자녀에게조차 관대하지 않은 남편이 싫었다. 남편을 향한 내 옹졸한 마음은 자녀를 향해서는 한없이 커져야 했다. 자녀가 내 마음을 키웠다.

조금 더 올라가서 주차하려고 둘러보니 언덕 정상에 주차장이 보였다. 대여섯 대의 차가 주차되어 있었다. 그런데 이를 어쩌나, 주차하려고 주차장에 들어가려다가 덜컹하고 주차 턱에 걸렸다. 승용차 앞바퀴만 턱을 넘어가고 뒷바퀴는 걸려 멈췄다. 10미터쯤 앞에 있는 넓은 주차장 바로 앞에 있던 주차 턱을 못 보았다. 5미터 정도 언덕을 올라가서 주차장 입구로 들어가야 했다. 나는 턱을 보았는데, 딸은 못 보았다. 나는 딸이 그 턱 앞에서 멈출 줄 알고, 바로 앞에 주차 턱이 있다고 말하지 않았다. 브레이크를 밟지 않고 주차 턱을 넘는 순간, 나는 외마디 소리를 냈다. "아!" 순식간에 두려운 마음이 나를 확 덮쳤다. 승용차가 완전히 턱에 걸린 느낌이었다. 나는 딸에게 천천히 후진을 해보라고 했다. 후진이 안 되었다. 앞바퀴가 다시 넘어오지 않았다. 엔진 소리만 나고 움직이지 않았다. 승용차 아랫부분이 턱에 닿는 소리가 났다. 빌린 차를 망가뜨릴까 봐 걱정되었다. 여기서 어떻게 빠져나갈지 무섭기까지 했다. 이러지도, 저러지도 못하고 있었다. 오히려 딸은 차분했다. 나도 불안한 마음을 진정시키려고 정신을 집중했다. 그때, 앞에 보이는 주차장에 지프차 한 대가 들어 왔다. 미국인 남자가 주차하고 차에서 내렸다. 딸은 그 사람에게 재빨리 달려갔다. 무언가 도움을 구하고 있었다. 딸의 말을 듣고 나서 그 사람은 바로 우리 차에 다가왔다. 승용차 주변을 살피더니 딸과 대화했다. 딸은 운전석에 앉아 승용차 액셀을 밟았다. 뒷바퀴도 거뜬히 넘어갔다. 자동차 아랫부분이 주차 턱에 닿아 있어서, 승용차가 전진하면 그 부분이 망가질 줄 알았는데, 아니었다. 딸은 위급한 상황일 때 더 차분한 태도를 보였다. 도움의 손길이 보이자 재빨리 찾아가 도움을 요청한 딸이었다. 도움을 준 사람과 대화하며 고마움을 표현하는 딸의 표정과 몸짓이 자랑스러웠다. "엄마, 나 용감하지? 그리고 이럴 때 항상 누군가 나타나서 도와주더라!" 딸은 나에게 환한 표정을 지으며 말했다. "엄마, 내가 미국에서 혼자 살아가면서 이렇게 도움을 받으며 살아가니까 엄마는 걱정하지 않아도 돼."라고 말했다. 큰 일이 생겼을 때 오히려 더 침착하게 된다며, 딸은 다시 운전했다. 언덕을 내려와 Alamo Square로 향했다. 우리의 뜻대로가 아니어서 더 멋진 풍경을 감상할 수 있었다. 막막한 상황에서 뜻밖의 친절한 도움도 받았다. 불안했던 마음이 훈훈해졌다. 내 뜻대로 안 되는 일이 많은 인생이지만, 전혀 생각지도 못하는 더 좋은 경험을 하기도 한다. 딸 합격 소식도 이런 과정을 거치려는 것일 거라고 믿었다. 딸이 원하는 곳에서는 합격 소식이 전해오지 않았다.

알라모 광장은 샌프란시스코에 있는 공원이었다. 경사가 급한 언덕이었다. 높은 건물 전망대에서 도시를 보는 듯했다. 건축물 하나하나가 독특하고 아름다웠다. 공원 잔디가 부드러웠다. 공원 언덕 위쪽에는 강아지들만의 공원도 있었다. 돗자리를 펴고 앉아 도시락을 맛있게 먹는 모습들이 여러 군데 보였다. 여유롭고 평온한 소풍 분위기였다. "엄마, 우리도 잔디 위에서 먹자" 딸은 벌써 내 마음을 읽었다. 우리는 공원 근처에 있는 도로변 무료 주차장을 찾았다. 2시간 무료 주차를 했다. 그러고는 유명하다는 카페에 가서 커피도 마셨다. 마트에 가서 다음 날 아침에 먹을 먹거리도 샀다. 언덕 위 공원에서 먹을 바나나도 샀다. 2시간 무료 주차 시간이 다 지나가기 전에 공원에 돌아왔다. 돗자리가 없어서 커다란 나무 아래 벤치에 앉았다. 바나나를 먹으며 여유 있는 호흡을 했다. 한가한 표정도 지었다. 쫓기듯 움직이던 것을 잠시 잠재우려고 했다. 딸과 소풍 나온 듯했다. 허리 통증이 조금씩 줄어들었다.

2시간 주차시간에 맞춰 숙소로 돌아왔다. "엄마, 엄마가 허리가 아플 텐데도 씩씩하게 다녀서 좋아. 엄마 매우 힘들지. 엄마는 방에서 살살 스트레칭도 하면서 쉬고 있어! 난 거실에 올라가서 이메일도 확인하고 정리할 것도 정리하고 올게."라고 말하며 딸은 노트북을 가지고 거실로 올라갔다. 운전도 하랴, 끼니마다 식사 챙기랴, 여행 코스 신경 쓰랴, 모든 걸 신경 쓰고 챙기는 딸에게 나는 고맙다는 말밖에 해줄 것이 없었다. 딸은 그런 나에게 "엄마 덕분에 내가 이렇게 엄마랑 같이 좋은 여행을 하니까, 난 엄마가 고마워!"라고 말하며 나를 꼭 안아 주었다. 딸과 나는 놓치면 깨져버릴 유리병 같았다. 깨어지지 않도록 서로의 마음을 달래고 보듬어 주었다. 어떤 상황에서도 이 마음을 갖게 되는 것이 감사할 뿐이었다.

딸은, 내가 남편으로부터 무시당하는 듯한 말이나 힐난하는 듯한 말을 듣고도 집안에 남편과 같이 있는 것을 싫어했다. 그런 상황이 되면 딸은 내 손을 잡고 집 밖으로 나갔다. "엄마, 엄마에게 함부로 말하면 듣고 있지 말고 나와 버려." 딸은 내가 나를 스스로 지키지 못하는 것을 속상해했다. 답답해했다. 카페에 가거나, 너무 늦은 시간이면 산책했다. 우리는 올빼미처럼 두 눈을 크게 뜨고 밤길을 돌아다니기도 했다. 남편이 잠에 곯아떨어질 시간이 되기를 기다리며. 딸은 어린 시절부터 남편에게, 나와 아들이 해야 할 말을 대신 해주었다. 남편이 딸을 대하는 태도와 나와 아들을 대하는 태도가 달랐다. 딸은 어린 나이에도 당당하게 할 말을 했다. 나와 아들은 할 말을 못 하고 남편을 피했다. 딸이 태어나기 5년 전부터 남편을 두려워 한 나와 아들이었다. 5년 동안 무슨 일이 있었는지 아무것도 모르는 상태로 태어난 딸은, 나와 아들에게 남편으로부터 방패 역할이 되어 주었다. 밤중에 밖으로 나갈 수 있었던 것도 딸이 함께여서 가능했다.

샌프란시스코에서 LA로

2024년 8월 3일 토요일

　나와 딸은 아침으로 샌드위치를 먹었다. 필라델피아에서 샌프란시스코로 떠나올 때, 오전 9시 출발 비행기가 오후 1시로 지연되자, 델타항공사에서 피해 보상으로 식품 구매권을 줬다. 경유지 시카고 공항에서 사용해도 되었다. 딸과 나는 기내에서만 사용해야 하는 줄 알았다. 그 덕분에 기내에서 받은 샌드위치 두 개와 음료를 이날 아침에 먹었다. 일용할 양식을 받은 셈이었다. 두 개 중 한 개는 전날 아침에 반씩 나누어 먹고, 나머지 한 개도 이날 아침에 반반씩 먹었다. 비록 양은 많지 않았지만, 아침 한 끼로 충분했다. 아침 식사를 마치고 짐을 챙겨 숙소를 나왔다. 하루 일정을 보낸 후, 저녁에는 바로

LA로 가기 위해서였다.

　가장 먼저 갈 장소는 스탠퍼드 대학 근처에 있는 카페였다. 딸이 대학 재학 중에 미국에 있는 교육프로그램 개발 회사에서 인턴으로 일했다. 그 회사 대표님을 만나러 갔다. 인턴으로 일할 때는 코로나가 심해서 한국에서 온라인으로 일했다. 딸은 컴퓨터 화면으로만 보았던 분을 직접 만나고 싶어 했다. 청년들을 도우려는 마음이 가득한 분이시라고 했다. 딸은 그분을 만나러 가는 도중에 나에게 보여 주고 싶은 곳이 있다고 했다. 스탠퍼드 대학이었다. 딸은 이 대학에서 공부하고 싶어 했다. 미국의 유명한 대학 몇몇 곳에 대학원 입학 지원을 했었다. "하버드 대학, 예일대학, 스탠퍼드 대학에도 대학원 입학 지원서를 냈었어. 실력이 안 된다는 건 알지만 그래도 지원해 보고 싶었어." 딸은 지원했던 대학에 꼭 와 보고 싶었다고 했다. 이런 마음을 전해주며 걷는 딸의 모습은 생기발랄했다. 스탠퍼드 대학은 커다란 숲 공원 같았다. 오래된 나무와 잔디가 대학을 가득 채우고 있었다. 땅이 넓어서 그런지 대학 강의실 건물은 띄엄띄엄 보였다. 더운 여름 방학이라 그런 건가? 이른 아침 시간이라 그런 걸까? 교정을 걷는 학생들이 몇몇밖에 없었다. 우리는 스탠퍼드대학을 신나게 누볐다. 사진도 찍었다. 여전히 나는 모델이 되었고 딸은 사진작가가 되었다. 딸의 아쉬운 마음이 담긴 곳이었지만, 우리는 마냥 즐겁고 행복했다. 대표님과 만나기로 한 카페는 스탠퍼드 대학에서 승용차로 8분 거리에 있었다. 카페 앞 도로에 도착하니 10시 정각이었다. 대표님은 딸에게 전화했다. 10여 분 전에 도착하여 예약을 해놓았다고. 딸이 주차하는 동안 먼저 카페 앞으로 걸어가기로 했다. "엄마, 대표님이 엄마도 만나고 싶어 하는데 괜찮아? 엄마 괜찮으면 같이 만날 약속 정하려고 하는데 어때?" 딸은 내가 미국에 오기 전에 물었다. 대표님 남편은 미국인이라고 했다. 딸은 카페 앞에 한국 사람이 없을 테니까 대표님이 나를 바로 알아볼 거라고 했다. 나는 긴장된 마음으로 건널목을 건넜다. 바로 건너편 길가에 멋진 카페가 있었다. 카페 밖 정원은 사람들로 붐볐다. 예약을 걸어 놓고 기다리는 사람들이었다. 화창한 여름 날씨, 카페 밖 정원은 화사한 꽃들로 가득했다. 몰려있는 사람들 사이에서 나를 보며 다가오는 여성이 있었다. 짧은 커트 머리의 중년 여성이었다. 영국 신사가 쓸법한 모자를 썼다. '아! 대표님인가 보다.' '어떻게 인사할까?' 긴장하며 마주 보고 걸어갔다. 그분은 나에게 다가오더니 딸 이름을 말했다. 내가 엄마냐고 물었다. 몇 개월 전에, 줌 영상으로 서로의 얼굴을 한 번 본 적이 있었다. 먼저 다가와 반갑게 맞아주니 긴장이 조금 누그러졌다. 남편분도 부드러운 표정을 지으며 맞아 주었다. 딸이 주차하고 왔다. '휴' 안심이 됐다. 대표님은 딸을 안아 주며 반가워했다. 표정이 햇살만큼이나 환했다. 남편분도 싱글벙글 웃는 표정으로 맞이해 주었다. 키는 대표님과

205

비슷한 키였다. 인품이 좋아 보였다. 부드러운 말투와 섬세한 몸짓이 대표님과 조금은 대조적이었다. 두 분의 친절한 안내를 받으며 카페 안으로 들어갔다. 유명한 브런치 카페라고 했다. 대표님은 딸이 인턴 때 일을 성실하게 잘해 주어서 좋았다며 계속 딸을 칭찬했다. 남편 분은 프로그램 개발자, 남편 집안 사람들은 거의 다 하버드 대학 출신이라고 했다. 이렇게 훌륭한 분들을 내가 만나다니! 남편분도 마치 한국에서 나고 자란 사람처럼 한국말을 자연스럽게 했다. 결혼 전에 한국에서 일하며 한국어 학당도 다녔다고 했다. 대화 내용에 한국인의 정서가 물씬 풍겼다. 대표님은 딸을 격려하기도 하고, 딸의 성품과 성실함에 대해 칭찬을 아끼지 않았다. 딸과 나는 대표님 가족을 만나 다시 힘을 얻었다. 새 힘을 갖게 해주었다. 음식을 먹으며 대화를 나누다 보니 2시간이 훌쩍 지나갔다. 정오가 되어 두 번째 일정 때문에 헤어졌다. 딸이 오후 2시에 교수님을 만나기로 했다. 대학 재학 중, 미국에서 인턴 생활을 할 때 도와주었던 교수님이었다. 미국 대학원에 지원할 때 추천서도 정성껏 써 주신 분이라고 했다. "엄마, 이 교수님께 연락드릴까? 스탠퍼드 대학 근처에 사시거든. 연락드려도 괜찮을까?" "딸이 원하면 연락드려 보는 게 좋겠지. 그분 사정이 안 되어서 못 만나도 어쩔 수 없고." 저녁에 LA로 가는 비행기 시간은 7시 30분이었다. 그 사이 시간에 만나고 싶어 했다. 나는 딸이 만나고 싶은 마음이 간절하면 연락해 보라고 했다. 딸이 직접 찾아뵈고 싶다고 하자, 교수님은 기뻐하셨고, 이날 오후 2시에 만나기로 했다. 만나기로 한 장소는 산호세 대학과 가까운 곳이라고 했다. 딸은 약속 시간까지 여유가 있다며 산호세 대학을 구경시켜 주었다.

우리는 둘 다 화장실이 급했다. 대학 건물을 살펴보았다. 어느 건물에도 들어가지 못했다. 출입문이 다 잠겨 있었다. 학생 카드가 있어야 했다. 학교 밖으로 나왔다. 학교 옆에 영화관 건물이 있었다. 혹시나 하고 출입문을 찾았지만 다 닫혀 있었다. 좀 더 걸었다. 스타벅스가 보였다. 나는 스타벅스에서 화장실을 3번이나 왔다가 갔다 했다. 오후 2시가 다 되어 갔다. 이번에는 딸 혼자 교수님을 만나러 다녀오기로 했다. 나도 같이 만나기로 했었는데, 딸이 교수님과 진지한 대화를 나눌 기회를 주고 싶어서 가지 않았다. 딸은 약속한 장소 근처에 있는 스타벅스로 갔다.

"엄마, 혼자 있을 수 있지!"

딸은 나 혼자 두고 가는 것이 걱정되어 커피도 사주고, 오랜 시간 앉아 있을 자리도 잡아 주었다. 화장실 비밀번호도 알아봐 주었다.

"2시간 정도 걸릴 거야."

딸은 승용차를 가지고 떠났다. 혼자 남겨졌다. 가방에서 공책과 볼펜을 꺼냈다. 며칠 동안 있었던 일을 공책에 끄적였다. 오후 4시가 되자, 딸이 기다려졌다. 4시 30분, 40분, 5시. 딸이 약속한 시각 안에 오지 않자, 걱정이 되었다. 카톡을 보냈는데 답이 없었다. 7시 30분 비행기였다. 렌터카도 반납해야 했다. 렌터카 반납 장소에서 공항까지는 기차 타고 이동해야 했다. 그 이동시간도 짧은 시간이 아니었다. 마음이 초조해졌다.

'무슨 일이 생겼나? 오다가 사고라도 났나?'

마음을 졸이며 걱정하고 있는데, 5시 30분이 되자 딸이 나타났다. 대화에 집중하느라 시간 가는 줄을 몰랐다고 했다. 그분과 오랜 시간 이야기하게 될 줄 전혀 생각하지 않았단다. 딸을 칭찬해 주고 격려해 주며 앞으로의 삶에 도움이 되는 조언을 해주셨다고 했다. 딸에게 일어나는 모든 것이 감사했다. 딸은 좋은 사람을 소중히 여겼다. 딸이 인생 선배인 지인들로부터 격려와 위로를 받고 기뻐하는 모습을 보았다. 나는 젊은 청년에게 좋은 사람이 되고 싶다는 생각을 더 하게되었다. 나는 행복했다.

그리피스 천문대에서

2024년 8월 4일 일요일

LA 아침 햇살이 화사하고 따사로웠다. 수시로 몸을 움츠리게 하던 허리통증이 사라졌다. 몸을 움직일 때마다 신호를 보내던 통증이었다. 그 통증이 있어 몸놀림을 조심스럽게 해왔다. 지나고 보니 다행이라는 생각이 들었다. 통증이 없었다면 조심하지 않고 다녔을 거다. 딸을 더 힘들게 했을 거다. 나와 딸은 아침 일찍 Venice beach에 갔다. 숙소에서 차로 5분 정도의 거리였다. 바다 주변 주택가 골목에 주차했다. 조용한 시골길을 걸어갔다. 해변으로 향하는 골목길 양쪽 옆 담장, 울긋불긋한 꽃들이 활짝 반겨주는 듯했다. 중년쯤 되어 보이는 부부가 손잡고 나란히 걸어가고 있었다. 내가 남편과 다정하게 걷는 상상을 했다. 경험해 보고 싶은 모습이었다. 나는 결혼 전, 남편을 사랑했다. 남편 옆에 있으면 마음이 설레었다. 남편을 아는 사람이 남편에 대해 부정적인 말을 하면 듣지 않으려고 했다. 내가 감싸주면 된다고, 내가 채워주면 된다고, 내가 해낼 수 있다고 생각했다. 아니었다. 웅크리고 있던 나였다. 자신도 일으키지 못하고 있던, 나와 남편이었다. 우리에겐 서로를 토닥여 줄 힘이 없었다. 해변 카페에서 아침을 먹었다. 야자수가 바닷가를 삥 둘러치고 있었다. 제주도에서 늘 보던, 자유로운 마음을 가득 채워 주는 풍경이었다. 아침 공기가 차가웠다. 카페 안에 놓인 난로에서 불이 활활 타오르고 있었다. 따뜻했다. 아침 8시 이른 시간인데도 식사하러 나온 여행객들이 카페 안을 가득 채웠다. 아침을 먹고 나서 바닷가를 걸었다. 모래사장이 넓었다. 끝이 없는 듯했다. 바다 양옆으로 모래사장만 보일 뿐 다른 풍경은 없었다. 그저 바다뿐이었다. 바다가 마치 파란 하늘과 광활함을 견주기라도 하는 듯했다. 바다에는 서핑 애호가들이 말하는 좋은 파도가 일렁이고 있었다. 그 파도를 타려고 서핑 애호가들이 보드 위에 앉아 양옆으로 줄지어 있었다. 이 해수욕장에 견주어 생각하니 제주도 이호테우 해수욕장은 크기가 호수 같았다. 내가 딸과 함께 이곳을 산책하고 있다는 것이 꿈만 같았다. 강한 파도에 맞서 바다에 들어갔던 용기가 준 선물이었다. 파도타기를 하며 결단하는 힘을 키웠기에 누리는 행복이었다. 기필코 미국에 다녀와야 한다는 결심이었다.

우리는 바닷가 산책로를 따라 걷다가 11시쯤 나왔다. 11시 예배 시간에 맞추어 교회에 갔다. 지인분을 만나기 위해서였다. 예배실로 들어가다가 복도에서 사모님을 만났다. 성가대 가운을 입고 줄지어 예배실로 들어가는 중이었다. 그 시간에 복도에서 우연히 마주친 것이 신기했다. 예배 끝나고 만나기로 하고 예배실로 들어갔다. 우리가 만날 지인분은 목사님과 사모님이었다. 사모님은 나보다 나이가 몇 살 더 많다. 예배실 의자에 목사님이 앉아 계셨다. 몇 년 전, 내가 다니던 교회 목사님이셨다. 나와 딸은 목사님이 전하는 말씀 듣는 것을 좋아했다. 예배가 끝나자, 목사님 내외분은 우리를 음식점에 데려가고 싶어 하셨다. 교인들은 교회에서 준비한 음식을 먹으며 같이 이야기하기를 원했다. 따스한 실랑이 아닌 실랑이 끝에 교회에서 먹기로 했다. 교인들이 친절하게 대해 주었다. 구수한 된장국도 먹었다. 미국에 와서 한국 음식을 먹는 두 번째 식사 시간이었다. 첫 번째는 뉴저지주에 있는 교회에서였다. 마치 미국에서 몇 개월 동안 보낸 듯 한국 음식이 반가웠다. 교인분들은 연세가 많으셨다. 나와 딸이 편안한 식사를 하도록 도와주셨다. 이것저것 물어보시며 식사 분위기를 편안하게 해 주셨다. 식사를 마치자, 목사님 내외분은 교회 근처에 있는 카페에서 차를 마시자고 했다. 두 분이 자주 찾아오시는 카페인 듯했다. 차와 달콤한 빵을 푸짐하게 사주셨다. 두 분은 딸이 미국으로 유학 오기 위해 혼자 준비한 유학 준비 과정을 칭찬해 주셨다. 앞으로의 삶을 헤쳐나가야 할 딸에게 용기를 주고 격려해 주셨다. 다 잘될 거라고, 토닥여 주시며 기도해 주셨다. 안타까움으로 가득했던 내 마음이 잠시 비워지고 기대함으로 채워졌다. 두 분과 바로 헤어지는 것이 아쉬웠다. 개인적으로 만난 것은 처음이었는데도 딸을 친딸처럼 대해주셨다. 만남의 축복이었다.

두 분과 헤어지고 나서 그리피스(Griffith) 천문대로 향해 출발했다. 천문대 주변에 이르자 도로에 차들이 줄지어 서 있었다. 천문대로 향하는 길가에 주차해야 했다. 가파른 언덕이 구불구불 이어져 있었다. 주차 비용이 3시간에 4만 5천 원 정도였다. 주차비 비용이 큰 금액이라고 느꼈는데, 대신 천문대 입장료는 없었다. 주차하고 천문대까지 걸어 올라가는 거리도 1킬로미터 정도는 족히 되었다. 천문대 가까이에 주차한 차들이 많아서였다. 더운 날씨였지만 신나고 들뜨는 기분이었다. 허리통증까지 사라지니 몸까지 가벼웠다. 좋은 지인들과의 만남이 큰 힘이 되어 주었다. 연락드리기를 참 잘했다는 생각이 들었다. 천문대에서 절벽 아래를 내려다보았다. 300층도 더 될 듯한 높은 건물 옥상, 그곳에 올라온 듯했다. 아찔했다. 천문대를 중심에 두고, 그 아래로 원을 그리듯 LA 도시가 펼쳐져 있었다. 천문대가 마치 화산 폭발로 우뚝 솟아오른 산 같았다. LA 도시가 지구 전체인 양 크게 느껴졌다. 내가 태어나서 처음 보는 큰 도시였다. 나는 세상이 넓다는 것을 미국에 와서 실감하고 있었다. 밤에 오면 천체망원경으로 직접 별을 관찰할 수 있다고 했다. "엄마는 내가 밤에 운전하는 거 불안하잖아. 그래서 낮에 왔어." 딸을 향한 내 마음에 공감해 주었다. 우리는 천문대에서 내려와 영화배우들이 자주 간다는 마트에 갔다. 에러 헌(Erewhon) 마켓이었다. 영화배우들이 많이 사는 베벌리힐스, 부유한 자들이 사는 곳에 자리 잡은 마트였다. 다른 마트보다 물건값이 2배 정도 더 비싸다고 했다. 물건을 사러 온 사람들 외모가 미국영화에 나오는 영화배우 같았다. 세련되고 깔끔한 옷차림과 신발, 훤칠한 키에 잘 정돈된 몸매, 물건 가격에 전혀 구애받지 않는 듯한 표정이었다. 마치 미국영화를 보고 있는 듯했다. 이 분위기에 나도 당당하게 합류하기 위해 원피스를 입고 왔다. 딸은 내가 미국에 오기 전에 미리 미국에서 내 원피스를 샀다. 딸은 이 마트에 오고 가는 사람들에 대해 말해 주었다. 어디에 가든지, 무엇을 보든지, 딸은 쉴 사이 없이 나에게 귀여운 참새처럼 지저귀었다. 사랑스러운 참새 한 마리였다. 나는 몸이 힘들다고 느낄 여유가 없었다. 허리가 기적 없이 스르르 다 나아진 이유인 듯했다. 저녁 식사를 위한 음식을 골라 담았다. 맛있어 보이면서도 건강에 좋은 것으로 선택했다. 마트에 딸린 야외 카페가 있었다. 다른 몇몇 사람들이 그곳에서 음식을 먹고 있었다. 우리도 자리를 잡았다. 마침, 저녁노을이 지고 있었다. 붉게 물들어 가는 노을을 바라보며 먹는 저녁 식사였다.

노랗기도 하고 주황색이 돌기도 하는 저녁노을 빛, 그 빛 평안함을 더해 주었다. 보이지 않는 미래를 찾아 믿음으로 나아가는 우리에게, 자연이 준 선물이었다. 강릉에 있는 아들, 서울에 있는 남편이 생각났다. 다음에는 아들도 남편도 꼭 함께 오기를 기도했다.

주차비와 눈물, LA다저스 스타디움

2024년 8월 5일 월요일

아침에 일어나자, 딸이 침통한 얼굴로 말했다. 다시 서울로 돌아가야 할지도 모르겠다고. 아직 합격 소식을 알려온 곳이 한 군데도 없었다. 1차 서류 합격이 되어 2차 면접 인터뷰를 본 곳도 몇 군데 있었지만, 떨어졌다. 영어 실력이 문제가 되는 듯하다고 말하며 난감해하는 딸의 어깨가, 축 처져 보였다. 그럼에도 새 아침을 맞아 다시 준비하는 딸의 모습이 짠하고 기특했다. 절망의 순간을 극복해 가는 딸이었다. 나는 그런 딸을 곁에서 지켜보며 마음을 단단히 해야 했다. 파도를 타다 통돌이 빠진 듯한 상황이었다. 딸은 아침에 일어나 다시 연구실에 지원했다. 중부 지역 네브래스카주 오마하 도시에 있는 병원 내 연구실이었다. 도시에 있는 학교 연구실에 지원서를 냈지만 다

떨어졌다. 딸은 대학교에서 컴퓨터 공학을 전공했다. 대학원 석사 과정은 컴퓨터 공학과는 전혀 다른 분야였다. 심리학 관련 과에서 공부했다. 더군다나 대학원 석사 과정은 미국 유학이었다. 딸은 석사 과정을 마치자, 박사과정을 공부하고 싶어 했다. "엄마, 나는 지금 연구하고자 하는 공부를 고작 1년밖에 안 했는데, 연구실에서 나를 뽑을까? 더군다나 유창한 영어 실력도 안 되는데." 딸이 나에게 질문하듯이 하는 말이었다. 딸은 자신의 상황을 객관적으로 바라보며 부족하다고 느끼면서도 미국에서 유명하다고 하는 대학교 연구실에 지원해 왔다. 그 대학들의 논문들을 읽어 보고, 자신이 연구하고 싶은 분야를 지도하시는 교수님 연구실에 지원했다. 아무런 반응도 보내오지 않는 곳도 있었고, 선발 인원이 넘쳐서 다음 기회에 보자는 곳도 있었다. 하버드대학교, 스탠퍼드 대학교, 펜실베이니아 대학교(딸은 이 대학원에서 석사과정을 졸업했다.), 이 외에도 몇십 개의 대학 연구실에 지원했다. 합격 소식이 전혀 없자, 딸은 불안한 것이었다. 나는 딸 앞에서 숙연해졌다. 이 상황에서도 하루하루를 알차게 보내게 해 준 딸이었다. 마음이 얼마나 지쳐있을까! 그 지친 마음이 여행 중에 자주 드러나곤 했다. 실수가 드러날 때마다 딸은 자책하며 펑펑 울었다. 그런 딸의 모습을 옆에서 바라봐 줄 수 있어서 감사했다. 내 마음은 와르르 무너져 내리려 했다. 그렇지만 우리는 다시 새로운 일이 생길 것을 기대하며 숙소를 나섰다. 이날은 LA다저스 스타디움에서 야구 경기를 보기로 했다. 저녁 7시부터 10시까지 경기였다.

아침 일찍 베벌리힐스에 갔다. 부호들이 산다는 마을이었다. 커다란 저택이 줄지어 있었다. 높은 담으로 둘러쳐진 집이었다. 주변 거리도 깨끗하게 정리되어 있었다. 필라델피아 거리와 상반되는 풍경이었다. 나와는 전혀 상관없는 호화로운 거리였다. 경제적으로 넉넉하지 않았지만 높은 담 안에 있는 사람이 부럽지 않았다. 힘든 상황을 꿋꿋하게 이겨나가는 딸이 있어 행복했다. 강릉에서 나와 딸을 응원하며 하루하루를 활기차게 보내고 있을 아들과 사랑스러운 강아지가 떠올려져서 행복했다. 지금 가진 것으로 하루를 살아갈 수 있는 것이 감사하기만 할 뿐이었다. 살아있다는 것만으로도 감사했다. 아들딸과 함께 울고 웃으며 기도할 수 있다는 것이 감사했다.

딸은 거리에서 펑펑 울었다. 딸은 Famers Mark에서 나에게 맛있는 음식을 사주려고 했다. 이 마켓 주차장에 주차하고 음식을 사려고 했다. 영수증만 있으면 주차비가 무료였다. 건너편 상가에 무료 주차장이 있었지만, 딸은 이 마켓에서 먹을 음식을 꼭 살 생각이었다. 딸은 갑자기 이 마켓에 주차한 차를 건너편 무료 주차장에 하자고 했다. 시간이 많이 지나면 주차비를 더 내야 할까 봐 주차비를 조금이라도 아끼려는 것이었다. 주차 요금 징수하는 곳까지 차를 가지고 왔다. 우리 차 뒤에 다른 차가 뒤따라 서 있었다. 주차요원이 주차 요금을 내라고 했다. 그 순간 딸은 당황했다. 물 한 병이라도 샀으면 주차 요금이 무료인데, 급하게 나오느라 그 생각을 잊었다. 딸이 다급하게 움직일 때 내가 챙겨야 했다. 차 뒤에 다른 차가 따라오고 있어서 뒤로 후진할 수도 없이 앞으로 나가야만 했다. 딸은 너무 속상해했다. 우리는 할 수 없이 주차 요금을 내고 도로 건너편 상가 무료 주차장에 다시 주차했다. 딸은 더 좋은 방법이 있다며 서두르다가 오히려 미련한 행동을 했다며, 자신의 경솔함을 탓했다. 다시 마켓으로 걸어오는 중에 딸은 길바닥에 털썩 쪼그려 앉았다. 눈물을 펑펑 쏟으며 울었다. 내가 딸을 껴안아 주며 위로했지만, 딸은 울음을 멈추지 못했다. 딸에게 몇 개월 동안 지속된 긴장, 두려움, 절망감이 밖으로 쏟아져 버린 것이었다. 눈앞에 보이지 않는 결과, 서울로 돌아가야 할지, 돌아간다면 서울에서 무엇을 해야 할지, 미국에 남는다면 어떻게 지내야 할지, 경제적인 여유가 전혀 없는 상황에서, 딸 마음은 무겁고 답답했던 것이었다. 딸이 내 앞에서 실컷 울 수 있어서 감사했다. 내가 안아 줄 때 딸이 안심하고 안겨주어서 고마웠다. 파도가 나를 덮칠 때 두려워하지 않았기에, 딸을 위로하며 토닥여 줄 수 있었다. 우리는 다시 힘을 냈다. 마켓에 들어갔다. 음식을 먹으러 온 사람들로 북적댔다. 유명한 먹자골목 상가라고 했다. 딸은 내가 좋아하는 고기를 사 주었다. 직접 화로에 구운 고기였다. 나에게 이 고기를 사 주고 싶었는데, 급하게 주차 요금을 아끼는 것까지 생각하느라 실수를 한 것이었다. 우리는 건물 2층으로 올라갔다. 먹자골목 같은 곳이라 잠깐 음식만 먹고 가는 곳이었다. 그래서 그런지 예쁘게 꾸며진 카페와는 달랐다. 1층과는 달리 바깥 풍경을 볼 수 있어서 좋았다. 좀더 차분한 마음으로 먹을 수 있는 공간이었다. 샐러드도 푸짐했다. 딸은 복잡한 마음을 진정시키며 음식을 맛있게 먹었다. 나도 딸 심정이 되어 공감을 뼈저리게 하는 시간이었다. 이런 상황들을 겪고 이겨내며 성장해 가는 딸이었다. "엄마, 이렇게 여행할 수 있게 해 주어서 고마워! 합격 소식을 기다리는 동안 이렇게 여행하며 긴장된 마음을 풀 수 있는 것이 감사해! 엄마가 내 옆에서 그렇게 해주어서 고마워"라고 딸은 말했다. 딸 표정이 다시 밝았다. 딸이 말한 대로 힘든 시기에 와서 함께 있다는 사실이 나에겐 기적이었다. 나는 이 여행 경비를 어떻게든 끌어모았다. 약간의 대출도 있었다. 딸을 만나야만 한다는 생각이 필요한 경비를 만들게 했다. 나는 딸이 이렇게 지쳐있을 줄 알고 있었다. 내가 파도타기를 배운 것은 파도를 타는 것보다 두려워하지 않는 강하고 담대한 마음을 키우려는 거였다. 자신감을 찾기 함이었다.

딸은 내 경제적인 상황을 안다. 마이너스 통장을 사용하고 있다는 것을. 딸이 유학 준비하는 동안 필요했던 생활비, 미국에서 공부하는 동안 필요했던 방세와 생활비, 딸은 내 수입에서 자신에게 너무 많은 돈이 지출된다는 것에 힘든 마음이었다. 연구실에서 일하거나 박사 과정 공부를 하면 스스로 생활비를 마련할 수 있다고 했다. 연구실에 지원하여 합격을 기다리는 이유였다.

우리는 저녁에 LA다저스 야구 경기장에 갔다. "엄마, 여기가 어디냐면 텔레비전에 자주 나오는 야구 경기장이야. 엄마에게 꼭 보여 주고 싶었어." 딸 말을 듣고 기분이 들뜨기 시작했다. 텔레비전으로도 보지 않았던 경기였다. 나는 학생들에게 발야구 경기를 지도한 적이 있었다. 그 덕분에 야구 경기 규칙을 어느 정도 알고 있었다. 딸은 야구에 대해 전혀 모른다고 했다. 나는 경기를 보면서 딸에게 경기 내용을 설명해 주기도 했다. 내가 말해주는 경기 내용을 들으며 딸도 재미있어했다. 우리는 일어서서 환호를 지르기도 했다. 주변 사람들과 분위기를 맞추고 있었다. 나와 딸은 경기장 분위기에 푹 빠졌다. 이 시간이 지나면 밀려올 두려움과 미리 맞서 싸우기라도 하듯이 그 물결에 휩쓸려 실컷 기뻐했다. 치킨도, 팝콘도, 사이다도 먹었다. 경기가 끝나 숙소에 돌아오니 밤 11시 30분이었다. 딸은 다음 날 면접 인터뷰가 있다고 했다. 오마하에 있는 병원 연구실이었다. 인터뷰 연락을 받기는 했지만, 오마하가 시골이라며 아쉬워했다. 딸과 나는 지금까지 지내온 것처럼 앞으로 겪게 될 일도 순리대로 따라가자며 곤한 잠을 청했다.

산타모니카 해변에서 라스베이거스로

2024년 8월 6일 화요일

이번 여행은 딸과의 만남이었다. 나는 딸 성장기에 딸의 필요를 충분히 채워 주지 못했다. 낮에 간식을 챙겨주지 못한 것뿐만 아니라, 늦게 퇴근하는 날이 많았다. 퇴근 후 집에 돌아오면 저녁 식사 준비, 빨래 정리하는 데 시간을 보내곤 했다. 딸에게 책을 읽어주거나 놀아주는 시간을 더 챙기지 못했다. 지금 돌아보면 아쉬운 마음뿐이다. 도서관, 공원, 놀이터, 음식점 곳곳에서 요즘 젊은 부부들을 만난다. 자녀들을 챙기는 모습을 보면 아들딸이 생각난다. 도시락을 준비해서 공원에도 가고, 야외공원 미술대회에도 갔었다. 주말에는 도서관에도 가고, 놀이공원에도 자주 다녔다. 그럼에도 아쉬운 마음이 큰 까닭은 무얼까? 딸은 초등학교 고학년이 되면서부터는 스스로 혼자 해내는 모습이 강했다. 아들도 딸도 내 손길을 떠나 필요한 것들을 스스로 찾았다. 딸이 초등학교 6학년, 아들이 고등학생 때, 나는 뇌종양 수술과 자궁 적출 수술을 받았다. 내 몸을 추스르는 것만으로도 벅차다는 것을 아들딸은 알았다.

딸과 여행하며 딸의 삶 이야기를 들었다. 딸은 어려서부터 미국에서 공부하고 싶어 했다. 그 꿈을 이루고 있는 딸이었다. 나는 전혀 상상도 하지 못했던 일을 딸 스스로 하고 있었다. 공항에서, 렌터카 회사에서, 마트에서, 곳곳에서 딸은 미국 사람들과 대화했다. 하루 중에서 저녁때쯤 되면 영어로 대화하는 것이 힘들어진다고 했다. 그 시간쯤에는 인터뷰하거나 관공서에 가는 일이 긴장된다고 했다. 체력이 떨어지면서 집중력이 줄어든다고 했다. 자신의 꿈을 찾아 끊임없이 도전하는 딸이었다. 나는 딸의 그 모습을 미국 여행 중에 생생하게 보았다. 큰 기쁨이자 안타까운 순간들이었다.

딸은 아침 일찍 인터뷰 준비를 했다. 네브래스카주 오마하 도시에 있는 병원 연구실이었다. 그 연구실에서 딸에게 좋은 반응의 이메일을 보내주었다. 나는 두 손 모아 기도했다. 이날 이후로 10일 후면 미국을 떠나야 했다. "엄마, 1층 식탁에 아침 준비해 놓았어. 나는 미리 먹었으니까 걱정하지 말고, 엄마가 다 먹으면 돼!" 나는 딸이 2층 방에서 인터뷰하는 동안, 1층 식당에서 아침을 먹었다. 딸은 내가 먹을 파프리카, 오이, 빵, 커피를 식탁에 준비해 놓았다. 딸은 자신뿐만 아니라 나를 돌보고 있었다.

LA 여행 마지막 날이었다. 딸은 나에게 게티 센터 미술관을 보여주고 싶다며 서둘렀다. 하지만 우리는 주차장에서 거절당했다. 딸은 입장료가 무료라서 예약하지 않아도 되는 줄 알았는데, 무료지만 주차장 때문에 예약해야 한다고 했다. 미술관 정문을 들어섰다가 다시 나와야 하는 속상함이 있었지만, 다시 감사하기로 했다. 딸은 또 실수한 것을 미안해했다. 딸이 실수했다고 자책하며 미안해하는 것이, 내 마음을 아프게 했다. "딸, 엄마는 딸이랑 함께 있으면 어디든 상관없어. 거절당해서 뒤돌아 가도 괜찮아. 엄마는 그냥 행복해!"라고 말하며 딸을 위로했다. 내가 미국에 온 목적은 딸과 함께 있기 위함이기에, 좋은 것을 눈앞에 두고 뒤돌아 가야 하는 아쉬운 상황에서도, 전혀 아무렇지 않은 마음이었다. 나는 내 마음이 그러한 것이 신기했다. 이곳저곳 애써 준비한 딸 마음이 갸륵할 뿐이었다. 딸은 나에게 아름답다고 소문난 미술관을 못 보여준 것이 못내 아쉽다고 했다. 우리는 다시 기운을 냈다.

UCLA 대학 주변에 있는 버거 가게에 들어갔다. 이 가게에 들어가기 위해서도 주차장을 모색해야 했다. 2시간 무료 주차장을 찾아 안심하고 주차했다. INN OUT BURGER, 미국에서 유명한 버거 음식점이었다. 점심때쯤이라서 그런지 사람들이 줄지어 서 있었다. 가게 안에 앉을 자리가 한군데 보였지만, 밖으로 나왔다. 산타모니카 해변에 가자고 했다. 그곳에서 버거를 먹기로 했다. 우리는 해변 주변에 있는 2시간 무료 주차장을 찾았다. 해변까지는 10여 분 걸어가야 했다. 2시간은 바다를 즐길 수 있는 충분한 시간이었다.

　드넓은 태평양 바다가 내 눈앞에 있다니! 산타모니카 해변은 정말 넓었다. 바닷물에 발을 적시려면 해수욕장 시작점에서 200미터는 더 들어가야 했다. 모래사장이 마치 사막처럼 드넓었다. 모래사장 안에 커다란 놀이공원도 있었다. 놀이동산에서 볼만한 놀이 기구들이 있었다. 나와 딸은 바닷물에 손을 담그러 앞으로 걸어갔다. 신발을 벗고 맨발로 모래를 밟았다. 태양이 이글이글했다. 뜨거웠다. 타는듯한 뜨거운 햇살, 그 아래 모래벌판에 누워있는 사람도 보였다. 한쪽은 노숙자 차림, 다른 한쪽은 비키니 차림. 우리는 파도치는 바다 가까이에 갔다. 치마를 입어서 자세가 불편하기도 했지만, 신경 쓰이지 않았다. 나는 청치마, 딸은 핑크색 짧은 원피스를 입었다. 자유로운 마음으로 다리를 쭉 뻗고 앉았다. 모래 위에 점심으로 먹을 음식을 펼쳐 놓았다. 버거집에서 산 버거에는 단백질이 가득 들어 있었다. 딸은 건강을 챙기려고 단백질과 채소가 들어간 버거를 샀다고 했다.

500밀리리터 물 한 병, 전날 저녁 야구장에서 먹다 남긴 치킨과 감자 튀김, 숙소에 있던 파프리카와 오이, 빵. 상차림이 푸짐했다. 성장한 딸과 함께하는 소풍이었다. 계획했던 미술관 관람 대신 얻은 산타모니카 해변이었다. 덕분에 광대한 태평양을 바라보는 기쁨과 감격을 누렸다. 우리가 앉아 있는 2미터 정도 앞에서 갈매기 한 마리가 서성이며 왔다가 갔다 했다. 다른 갈매기 무리는 5미터 정도 떨어진 곳에 무리 지어져 있었다. '이 갈매기는 왜 무리 속에서 홀로 나와 있을까?'라는 생각을 했다. 며칠 후에 딸 혼자 두고 가야 하는 마음이 그 갈매기에게 닿았다. 그 갈매기의 움직임을 보면서 나와 딸은 상상했다. 갈매기가 왜 혼자 서성일까에 대해. 소소한 것을 보고도 대화 소재로 삼아 이야기했다. 딸과의 수다가 즐거웠다. 바다에 들어가 물장난하며 노는 아이, 그 아이와 놀아주는 부모, 맨발로 촉촉한 모래를 밟으며 걸어가는 연인, 파도타기를 하는 사람, 모두 행복한 표정이었다. 아들딸이 어렸을 때 동해안으로 놀러 간 적이 있었다. 그동안 힘든 일들이 그만 그 기억을 가리고 있었다는 것을 알게 되었다. 딸이랑 함께 보내는 이 시간이, 그 어두운 기억을 거두어 주었다. 좋은 추억을 떠올려 주었다. 남편이 가족과 함께 보낸 좋은 추억이 왜 없겠는가! 그럼에도 행복했던 추억보다 아팠던 기억이 먼저 떠올려진다. 한강 둔치로 자전거 타러 갔던 일, 등산, 집에서 짜장면 먹은 일, 동해안 해수욕장에 갔던 일, 가족 모두 행복했던 추억을 찾아보았다.

우리는 주차시간 2시간이 다 되어 모래사장을 나왔다. LA 공항으로 향했다. 저녁 6시 30분 출발 비행기였다. 딸은 고속도로를 달려 빨리 가고 싶어 했다. LA 공항에 도착한 첫날은 밤에 고속도로를 달렸다. 8차선 정도 되는 고속도로를 달리는 동안 긴장의 연속이었다. "엄마, 고속도로로 가면 엄마가 너무 긴장해서 일반도로로 가는 거야!"라고, 말하는 딸 표정이 밝았다. 쫓기지 않고 여유 있게 움직이는 유일한 날이었다. 일반도로를 통해 가는 동안 주변 풍경을 자세히 볼 수 있었다. 도로 주변이 화사한 꽃들로 가득했다. 승용차 안에서 딸과 대화도 많이 했다. 웃기도 하고, 노래도 불렀다. 공항에 도착하니 오후 4시였다. 6시 30분까지는 여유로운 시간이 많이 남았다. 더군다나 비행기 출발이 1시간이나 지연됐다고 했다. 딸은 남는 시간을 이용해 공항에서 노트북을 켰다. 나도 공책을 꺼내 글을 쓰며 시간을 보냈다. 우리는 공항에서 쌀국수, 커피, 빵도 먹었다.

LA 공항에서 Las Vegas로 가는 비행시간은 1시간 정도였다. 라스베이거스 공항에 도착하니 밤이었다. 라스베이거스 도시의 밤은 화려하고도 휘황찬란했다. 공항에서 숙소까지는 우버 택시로 8분 정도 거리였다. 하룻밤만 지낼 숙소였다. 다음 날은 그랜드캐니언 단체 여행 시작일이었다. 우리는 숙소에 짐을 내려놓고 시내로 나갔다. 가이드분에게 드릴 팁을 찾기 위해서였다. 한밤중인데도 불구하고 화려한 도시를 즐기러 온 사람들이 많았다. 새벽 4시쯤 일어나야 했기에, 서둘러서 숙소로 돌아왔다. 샤워하고 잠자리에 누웠다. 필라델피아와 뉴욕에서 본 노숙자들, 라스베이거스에서 본 화려한 사람들이 어른거렸다. 나도 한순간 삶을 포기하듯이 살았다면, 생각하는 순간 정신이 아찔하다. 나를 포기하지 않는 힘을 주신 하나님께 감사했다. 두 자녀를 주신 하나님께 감사했다. 앞으로 '나는 어떻게 살아야 할까!'

낯선 사람들과 캐니언(협곡) 여행 시작

2024년 8월 7일 수요일

새벽 4시 30분쯤 잠에서 깼다. 나는 기내용 캐리어에, 딸은 백 팩에 짐을 챙겼다. 1박 2일 동안 필요한 옷과 세면도구였다. 남은 짐은 딸 기내용 여행 가방 한 개와 내 백 팩에 넣었다. 우리는 5시 10분쯤 호텔 로비로 내려가 남은 짐을 맡겼다. 다음 날 저녁에 찾아가기로 했다.

내 백 팩에는 만 원짜리로 130만 원이 있었다. 인천공항에서 출발할 때 백 팩에 넣어 놓고 한 번도 확인하지 않았다. 미국으로 출발하기 전에 남편은 딸에게 갖다주라며 나에게 돈뭉치를 주었다. 딸 용돈으로 매월 10만 원씩 현금으로 13개월 동안 챙겨 놓았던 돈이었다. 인천공항에서 내 카드에 입금하고 딸에게 이체해 준다고 하니, 안된단다. 현금으로 들고 가 직접 딸에게 건네주기를 바랐다. 불편함을 말했지만 소용없었다. 검색대를 통과하고라도 남편이 안 보는 곳에서 입금했으면 좋았을걸. 검색대를 통과하고 나면 ATM기(현금인출기)가 없는 줄 알았다. 입금하려는 생각을 전혀 못 했다. 결국 그 130만 원을 내 백 팩에 넣었다. 딸을 만나면 잊지 않고 바로 주려고 백 팩 잘 보이는 곳에 넣었다. 미국에 도착하자마자 딸에게 말했다. 바삐 움직여야 하는 상황에서 그 돈을 입금할 ATM기(현금인출기)를 어디서 찾으랴! 한국 돈을 입금할 수 있는 ATM기(현금인출기)가 미국 땅에 흔히 있을 리 없었다. 딸은 그 돈을 다시 한국으로 가지고 가서 입금해 달라고 했다. 남편의 요구는 불합리한 것이 많았다. 결혼 생활 내내 그랬다. 자신의 요구를 받아들일 때까지 고집부리며 화를 냈다. 남편은 나에게 특히 더 그랬다. 딸에게는 딸이 아니라고 하면 하지 않았다. 딸은 단호하게 말하는 힘이 있었다. 딸은 나와 아들에게 남편으로부터 방패 역할을 해주었다. 어린 시절부터 그랬다. 내가 내 역할을 해내지 못했던 거다. 아들딸이 성장하는 동안 정서적인 학대였다. 우리 셋과 생각이 너무도 다른 남편이다. 서울에 도착한 후 입금하려고 백 팩을 열어보았다. 돈이 들어 있던 흰 봉투 하나하나

열어 보았다. 순간 당황스러웠다. 13개의 흰 봉투 중에 3개의 봉투에만 몇만 원씩 남아 있었다. 그것이 전부였다. 한 개의 봉투에 1만 원짜리 지폐가 10장씩 들어 있어야 했다. 다른 봉투는 다 비어 있었다. 나는 내 눈을 의심했다. 빈 봉투를 다시 열어 보고 거꾸로 세워 털어 보았다. 어디서 잃어버린 걸까? 워싱턴 호텔에 묵을 때 방 청소를 하러 들어온 청소원이 손을 댄 걸까? 아니면 딸이 함께 지낸 학생들일까? 라스베이거스 호텔에서 짐을 맡겼을 때 사라진 걸까? 속상했다. 화가 났다. 불편하다고 말한 내 말을 듣지 않았던 남편에게 화가 났다.

"딸, 돈이 없어. 빈 봉투야."

나는 딸에게 어이없는 상황을 말했다.

"그 돈을 보내는 아빠도, 가지고 왔던 엄마도 도저히 이해할 수 없어. 엄마, 이제 아빠가 말도 안 되는 부탁을 하면 안 된다고 단호하게 말해야 해. 그리고 잃어버린 돈은 괜찮아. 엄마, 아까워하지 마. 엄마, 고생했어. 남은 건 엄마가 써!"

딸은 남편에게 화가 나 있던 내 마음을 위로해 주었다. 새벽 5시 30분에 호텔 정문에서 여행사 가이드를 만나기로 했다. 10분 일찍 내려왔는데, 봉고차가 5분 늦게 도착했다. 첫 번째로 타기로 한 분의 숙소가 정전되어서 준비가 늦어졌다고 했다. 예상치 못한 일이 언제 일어날지 아무도 모른다는 간접 경험이었다. 그분은 방이 어두워서 간신히 준비하고 내려왔는데, 5분 늦었다며 미안해했다. 나와 나이가 비슷한 중년 여성이었다. 대학생 딸이 교환학생으로 미국에서 공부하고 있어서 딸을 보러 왔다고 했다. 그분 딸은 캐니언(협곡) 여행을 전에 했다며, 라스베이거스 호텔에서 쉬고 있겠다고 엄마만 다녀오라고 했단다. 그분은 한 달 동안 미국에서 딸과 지내고 있다고 했다. 나와 딸이 주차장에서 뒤돌아 온 미술관도 그분은 딸과 다녀왔다고 했다. 버스 타고 여기저기 딸과 여행한다고 했다. 나와 비슷한 또래여서 말 걸기가 편했다. 그분이 창가에 앉고 딸이 옆에 앉았다. 딸이 그분과 대화를 잘 나누었다. 낯선 사람이라서 살짝 경직되었던 몸과 마음이 편해졌다. 스스럼없이 딸에게 먼저 말을 걸어 주어서 고마웠다. 세 번째로 차에 탄 사람들은 여자 청년 2명이었다. 미국에서 석사 공부할 때 만난 선후배라고 했다. 나이 차이가 있는데도 둘은 친구처럼 보였다. 그중 한 명은 한국으로 돌아갔다가 이번 여행에 왔고, 다른 한 명은 미국에서 계속 박사과정을 공부한다고 했다. 선배는 말수가 적고 차분한 느낌이었다. 박사과정을 공부하는 후배는 키도 크고 건강해 보이는 몸이었다. 씩씩하고 당당한 모습이었다. 네 번째로 차에 오른 사람은 한 명의 여자 청년이었다. 한국에서 대학을 졸업한 후, 호주에서 일하고 있다고 했다. 며칠 동안 여행을 왔다고 했다. 차분하고 조용했다. 다섯 번째로 탑승한 두 여자 청년은 자매였다. 언니는 대학 졸업 후 캐나다에서 일하고 있고, 동생은 부산에서 대학에 다닌다고 했다. 두 자매 중 언니는 매우 활발했다. 동생은 언니를 의지하는 것처럼 보였다. 수줍어하는 듯 말이 별로 없었다. 마지막 승차는 젊은 부부와 두 자녀였다. 미국으로 이민을 온 후 일본 음식 식당을 운영한다고 했다. 가게 운영은 점원에게 맡기고 수시로 가족 여행을 다닌다고 했다. 자녀들이 어렸을 때 많은 경험을 하게 해주고 싶어서, 돈을 더 벌겠다는 욕심을 내려놓는다고 했다. 마지막으로 가이드분이자 운전자분이었다. 모두 12명이 봉고차에 탑승했다. 서로 만난 적이 전혀 없는 12명이었다. 가이드분은 밝고 경쾌한 목소리로 차 안을 여행 분위기로 바꾸었다. 1박 2일 동안의 캐니언(협곡) 여행 시작이었다. 지구 전체를 다 가진 듯한 땅 캐니언(협곡)이었다. 차로 달리고 달려도 광활한 대지의 끝이 보이지 않았다. 가이드분은 캐니언(협곡)의 풍경 분위기에 맞는 음악을 틀어 주었다. 창문 밖 풍경에 온 정신을 빼앗겼다. 하루 종일 달렸다. 더 놀라운 건 허허벌판 광야에 버거 가게도 있다는 사실이었다. 우리는 버거 가게에서 점심을 먹었다. 12명은 금방 우리가 되었다. 지구의 모습이 처음 드러났을 때의 풍경인 듯한 캐니언(협곡)이었다. 웅장하고 광활한 광경에 놀라 벌어진 입이 다물어지질 않았다. 마트도 있었다. 숙소에 도착하기 전에 마트에 들렀다. 가이드분은 저녁 식사 때 먹고 싶은 과일이 있으면 사라고 했다. 딸과 나는 함께 여행하는 사람들과 나누어 먹으려고 과일을 다양하게 샀다. 숙소에 도착하니 저녁이었다. 숙소에는 다른 팀도 와 있었다. 한국 사람들이었다. 우리 팀 가이드 분과 다른 팀 가이드분 두 분이 25명 정도의 삼겹살을 구워 주었다. 평소에 건강을 위해 먹지 않던, 오랜만에 먹어 보는 삼겹살이었다. 우리가 준비한 과일도 접시에 담아 몇 군데로 나누어 놓았다. 낯선 사람들과 이렇게 행복한 여행을 한다니! 식사를 마치고 밖에 나갔다. 작은 안뜰에 캠프 콰이어처럼 불이 타오르고 있었다. 가이드분은 구운 마시멜로가 맛있다며 길쭉한 나무 꼬챙이에 마시멜로 한 개씩 끼워 주었다. 타닥 타닥 소리 내며 타는 장작불을 바라보며 모닥불 주변에 빙 둘러앉았다. 마시멜로를 불에 구운 후 입으로 가져갔다. 고소했다. 나와 내 또래분은 먼저 숙소로 들어왔다. 젊은 분들은 더 남아 이야기했다. 딸도 그들과 함께 남아 이야기해서 마음이 훈훈했다. 지구 한편 낯선 미국 땅, 우연히 함께 모인 한국인 12명이었다. 반짝이는 별이 밤하늘을 빛나게 해주었다. 밤하늘 아래 모닥불을 바라보며 서로의 삶을 이야기하는 젊은이들이 있어 행복했다. 파도타기를 배울 때 파도타기에 도전하던 청년들을 보며 행복해했던 것처럼. 아들딸이 어려운 상황들을 이겨내며 살아가듯이 모든 젊은이가 꿋꿋하게 살아 나가기를 소망한다.

라스베이거스를 떠나 워싱턴으로

2024년 8월 8일

캐니언(협곡) 여행 마지막 날, 새벽 5시 20분에 기상했다. 떠날 준비를 하고 방에서 나왔다. 앞뜰에 나오니 새벽 공기가 시원했다. 가이드분은 아침 식사로 라면을 끓여 주었다. 미국 캐니언 한복판 숙소에서 먹는, 라면과 김치 맛이 일품이었다. 아침 6시에 식사를 마치자마자 바로 출발했다. 하루 전에 자이언 캐니언, 브라이스 캐니언, 파웰 호수, 호스슈벤드 캐니언 여행했다. 오늘은 엔탈롭 캐니언, 그랜드 캐니언, Route 66이 여행 코스였다. 가이드분은 하나라도 더 알려 주려고 쉬지 않고 말을 이어갔다. 캐니언(협곡)을 지날 때마다 클래식, K팝, 샹송을 다채롭게 틀어 주었다. 음악이 캐니언(협곡)의 기이

함을 한층 더 높여 주었다. 우리는 각각의 장소마다 도착하면 차에서 내렸다. 사진도 찍고 경치도 구경했다. 아슬아슬한 절벽에 앉아 자세를 취할 때는 벼랑 아래로 떨어질 것만 같아 온몸을 움츠렸다. 가이드분은 그 움츠린 동작을 자연스럽게 펴도록 자세를 살살 설명해 주었다. 다른 여행 장소로 이동하는 차 안은 마치 카페 같았다. 12명의 여행자가 돌아가며 살아가는 이야기도 했다. 살아온 이야기, 살아갈 이야기는 모두 달랐지만, 비슷한 하나가 있었다. 현재의 삶에 충실하며 더 나은 삶을 위해 도전한다는 것이었다. 이 시대를 살아가는 젊은이들 이야기였다. 그들이 자랑스러웠다. 자매, 선후배, 가이드, 홀로 온 청년, 내 아들딸처럼 다들 녹록지 않은 상황에서 살아가고 있었다. 이들이 어디에서든지, 어떤 상황에서든지 꿋꿋하게 잘 살아가기를 기도했다. 사진을 찍는 장소에서는 서로의 모습을 찍어 주기도 했다. 딸과 나의 모습을 우리도 모르게 찍어서 보내주기도 했다. 두 모녀의 모습이 알콩달콩 다정해서 찍었다고 했다. 1박 2일의 짧고 알찬 캐니언 여행을 마쳤다. 오후 5시 30분에 라스베이거스 숙소에 도착했다. 여행한 사람들 12명 중에서 나와 딸이 가장 먼저 내렸다. 모두 건강하게 새로운 날들을 잘 헤쳐가기를 기도했다. 살아가다가 어느 순간 이들이 좋은 추억으로 기억날 것 같다. 딸과 나는 호텔 로비로 갔다. 우리는 1박 2일 동안 가지고 다녔던 짐도 잠깐 더 맡겨 달라고 부탁했다. 공항에 가기 전에 라스베이거스 시내를 여행하기 위해서였다. 우선 저녁을 먹었다. Goden Ramsy Hell's Kitchen에서 먹었다. "엄마, 여기 아주 유명한 셰프가 요리하는 고급 음식점이야. 엄마, 좋지!" 딸은 고급 레스토랑에 나와 같이 오고 싶었다고 했다. 식사하러 온 사람들의 복장도 고급스럽고 깔끔했다. 우리는 1박 2일 동안 협곡을 여행하느라 지친 듯한 모습, 복장도 얇은 여름 반팔 티셔츠와 무릎 위까지 오는 짧은 러닝 바지였다. 고급 레스토랑과 어울리지 않는 모습이었다. 좀 더 우아한 복장이 아니어서 살짝 주변 눈치를 보긴 했지만, 상관없이 우리는 행복했다. 식사를 마치고 Flamingo hotel로 달려갔다. 호텔 호수에 있는 핑크 플라밍고를 보기 위해서였다. 플라밍고 모습이 화사하고 우아했다. 플라밍고 호텔에서 나와 또 달렸다. Bellagio 호텔의 분수 쇼 시간에 맞추어 가기 위해서였다. 우리가 서 있는 길 건너편에 호텔이 있었다. 분수 쇼가 펼쳐지고 있었다. 우리는 달리다가 멈췄다. 분수 쇼를 길 건너에서 바라보았다. 딸은 라스베이거스에 있는 유명한 호텔들을 다 보여줄 마음인 듯했다. 언제 이곳에 또 올까? 그 가능성은 희박하다는 것을 딸은 알기에, 바쁘게 움직였다. 나는 내가 이곳에 있는 것이 기적이라고밖에 할 말이 없었다. 라스베이거스에서의 마지막 일정으로 예약해 놓은 O show를 보았다. 수중 발레와 변화무상한 무대, 놀라운 동작의 서커스, 눈이 휘둥그레졌다. 그 쇼를 하는 배우 중에는 한국 여성도 한 명 있다고 했다. 그 여성분이 나온다고 하여 관람 예약을 한 것이었다. 놀랍고 화려한 무대를 장식하기 위해 같은 동작을 얼마나 많이 반복했을까! 배우들이 존경스러웠다. 나도 파도가 밀어주는 보드 위에 한 번 서기 위해 얼마나 많은 시간 바다 한가운데 서 있었는가!

    딸은 내가 미국에 온다고 할 때 나에게 물었다. 딸이 연구실에 지원하고 합격 소식을 기다리는 동안 여행을 할 것인지, 딸이 지내던 집에서 머물며 그 주변만 구경할 것인지. 처음에는 딸 숙소에서 함께 지내며 한가한 시간을 보내면 좋겠다고 생각했다. 딸을 방해하지 않기 위해서라는 생각이었다. 딸이 바쁠 것 같아서였다. 그런 내 마음을 딸에게 말했다. 딸은 이동하면서 컴퓨터로 지원하고 확인하면 되니까 전혀 상관이 없다고 했다. 그 말을 듣는 순간, 가슴이 두근거리기 시작했다. 딸과 함께 미국 여행을 할 최고의 기회가 될 거라는 기대 때문이었다. 나에게 주어진 절호의 기회였다. 나는 파도를 타기 위해 타이밍을 잡는 것처럼, 미국 여행의 타이밍을 놓치지 않기로 했다. 그렇게 해서 준비한 여행 계획이었다. 딸은 한 군데 한 군데 유명한 장소를 알려 주며, 그곳을 여행하고 싶은지 물었다. 야구장, 캐니언, 고급 레스토랑, 뮤지컬 알라딘, 오쇼, 나는 딸이 물어올 때마다 다 경험하고 싶다고 말했다. "엄마, 돈 괜찮겠어?" 돈을 어떻게 모으지? 사실 여행을 다녀오고 나서 몇 개월 동안은 생활비가 부족해서 불편했다. 꼭 필요한 것만 먹고, 가야 할 곳만 갔는데도 아슬아슬했다. 딸이 여행 하고 싶은지 물었을 때, 바로 딸이 생각났다. 1년 동안 미국에서 혼자 마음고생했을 딸, 외로움을 이겨내고 잘 살아 낸 딸, 긴장으로 지쳐있을 딸을 위로하기 위해서 함께 여행하고 싶었다. 합격 소식을 기다리는 동안 있을 불안과 긴장을 내쫓을 방법이었다. 여행하겠다고 결정하길 잘했다. 불안과 두려움으로 가득했을 긴 시간, 쉬지 않고 달리고 이동하느라 언제 흘러갔는지 모르게 흘려보냈다.

오 쇼가 끝나자마자 우리는 또 달렸다. 숙소까지는 걸어서 15분 거리였다. 딸은 쇼가 끝나고 사람들이 몰려나오는 시간대에는 택시비가 훨씬 비싸다며 걷자고 했다. 우리는 호텔 로비에서 짐을 찾아 라스베이거스 공항으로 갔다. 다행히 밤 12시 10분 비행기가 새벽 1시 30분으로 지연되어서 여유 있었다.

워싱턴 밤거리

2024년 8월 9일 토요일

8월 9일 아침, 라스베이거스 공항에서 출발하여 미네소타 공항을 거쳐 워싱턴 DC 공항에 내렸다. 워싱턴 아침 날씨가 서울의 가을 날씨 분위기와 비슷했다. 딸이 중국인 마을에 예약해 놓은 숙소로 전철을 타고 갔다. 오후 3시쯤에 호텔에 도착했다. 호텔 방문이 열려 있었다. 청소하던 분이 청소를 마무리하고 나오고 있었다. 우리는 바로 침대에 누웠다. 딸도 노트북을 폈다가 다시 덮고 쉬었다. 눈을 감았다 떠보니 2시간 정도가 훌쩍 지나 있었다. 내 옆에서 딸은 곤히 자고 있었다. 나는 몇 장의 속옷과 양말을 손으로 비벼 빨았다. 빨랫비누가 없어 샴푸로 빨았다. 젖은 빨래를 올려 놓을만한 곳을 찾았다.

창가에 햇살이 가득했다. 창문 앞 에어컨 위에 젖은 빨래를 여러 장을 펼쳐 놓았다. 화사한 햇살이 잘 말려 줄 거라서 마음이 놓였다.

오후 5시쯤, 우리는 호텔 바로 옆 건물로 저녁을 먹으러 갔다. 중국인들이 운영하는 몇몇 음식점이 있었다. 중국 음식 중에서 건강에 좋은 재료로 만든 음식을 골랐다. 아들딸과 함께 있으면 아무거나 먹어도 맛있었다. 어느 장소라도 좋았다. 아들딸이 성장하는 동안, 어떤 일이든지 다 감당해 내는 힘이 생겼다. 늘 기쁨만을 안겨 주어서 그런 건 아니었다. 힘든 일도 속상한 일도 많았다.

남편 부모님은 남편이 여섯 살 때 이혼하셨다고 했다. 그 이후로 남편은 엄마가 미워서 엄마를 만나지 않았다고 했다. 나와 결혼을 한 후로도 미워하는 마음이 강했다. 남편이 나에게 거친 말과 거친 행동을 왜 하는지 알고 싶었다. 남편에게 왜 그러냐고 물어도 보고, 하지 말라고 애원도 해보았다. 부부 상담도 받아 보자고 했다. 묵묵부답이었다. 나는 상담 관련 책을 읽기 시작했다. 읽은 책 중에 엄마에 대한 애증이라는 말이 있었다. 어린 시절 엄마로부터 사랑을 외면당하고 버림받았다는 생각을 하면서 성장한 남자는 그 증오심을 부인에게 퍼붓는다고 했다. 가장 가까이 있는 여자. 남편에게는 바로 나였다. 남편에게 쌓인 엄마에 대한 미움이 고스란히 나에게 퍼부어진다는 이야기였다. 신혼 초에 이 책을 읽고 남편의 행동을 이해하려고는 했지만, 마음은 만신창이가 되어 갔다. 딸 앞에서 보이는 남편의 행동을 딸에게 어떻게 말해 주어야 할지 갈팡질팡했다. 아빠가 어린 시절 마음 아픈 일을 겪어서 그런가 봐, 아빠도 불쌍해, 라고 말하면서도 그 행동이 옳다고 말하지 않아야 했다. 아빠의 행동은 잘못된 거야. 아들에게도 마찬가지였다. 아빠라는 존재에 대해 인정을 해주어야 했지만, 아들이 아빠의 행동이 잘못됐다는 것을 분별하도록 말해야 했다. 내가 혼란스러운 만큼 아들딸도 혼란스러운 긴 시간을 보내야 했다. 이혼, 이것을 하지 않아야 한다는 생각이 강했다. 두 자녀를 빼앗길까 봐, 이혼 가정이라는 말 앞에서 겪어야 할 일, 부모님에 대한 미안함, 이혼 가정이 대대로 물려질까봐, 이혼 후 더 힘들게 할지도 모를 남편의 행동, 모두 다 잃을 것 같았다. 왜, 나만 이런 일을 겪어야 하지? 왜, 나만 이런 삶을 살고 있지? 남편으로부터 함부로 대해지는 모습을 친정과 시댁 모든 사람에게 보이는 것이 괴로웠다. 내 존재가 무너져 갔다. 남편은 나 이외에 다른 사람들에게는 호탕하게 웃으며 이야기도 스스럼없이 했다. 그 모습을 볼 때마다 내 마음은 웅크려졌다.

저녁 식사를 마치고 성경 박물관에 갔다. 숙소에서 걸어서 20분 거리에 있었다. 성경박물관 콘서트홀에서 열리는 CCM 밴드 Shane & Shane의 찬양 공연에 참여하기 위해서였다. 저녁 7시 30분 공연이었다. 입장표를 미리 예매해야 참여할 수 있는 공연이었다. 유튜브로만 볼 수 있었던 찬양 콘서트였다. "엄마, 이런 곳에 와 보고 싶었지." 그 지역에 있는 구석구석을 다 살핀 딸이었다. 나에게 좋은 것을 미리 예매해 놓았다. 영어를 다 알지는 못했지만, 찬양을 듣는 내내 눈물이 볼을 타고 흘러내렸다. 딸은 휴지를 여러 장 준비해 놓았다가 건네주었다. 지금까지 살아온 일들이 다 기적과도 같았다. 하염없이 눈물이 났다. 딸의 합격 소식이 오기만을 간절히 기도했다. 아무것도 정해진 것 없는 상황에서 딸을 혼자 남겨 두고 떠나야 할 때가 다가오고 있다는 사실이, 더 눈물나게 했다.

딸이 혼자 있게 된다는 것에 마음이 아픈 이유는 부모가 포근하게 해주지 못했던 가정 환경 때문이었다. 부모가 서로 다정한 말투로 말하는 모습을 보여주지 못했다.

공연장에 온 사람들은 친절했다. 연인, 친구, 이웃, 나도 딸과 함께여서 행복했다. 아낌없이 줄 수 있는 사랑, 그 사랑의 대상과 함께 있다는 것은 기적이었다. 딸도 부모 곁을 떠나 딸 인생길을 걸어가고 있었다. 내 남은 삶 동안 딸과 함께 보내는 시간은 그리 많지 않겠지! 이 시간이 얼마나 귀하고 소중한지! 딸과 함께 할 수 있는 좋은 경험을 다 해보고 싶은 이유였다. 공연은 밤늦은 시간에 끝났다. 워싱턴 밤거리는 치안이 잘 되어 있었다. 경찰이 곳곳에 서 있었다. 필라델피아에서는 볼 수 없었던 광경이었다. 완전히 다른 도시 분위기였다.

평온하고 안정된 느낌이었다. 밤거리를 20분 정도 걸어서 호텔로 돌아왔다. 기분이 상쾌했다.

복잡한 마음

2024년 8월 10일 토요일

우리는 아침 식사를 거르면서 오전 10시까지 잠을 잤다. 긴장의 끈을 놓지 못하게 했던 합격 소식을 전날에 받아서 그런지 딸도 깊은 잠에 푹 빠진 모습이었다. 네브래스카주 오마하 도시에 있는 병원 연구실에서 합격 소식을 전해 주었다. 연구실 교수님은 딸을 면접하고 큰 호감을 보였지만, 딸은 그곳이 시골이라며 걱정했다. 교수님은 딸이 앞으로 어떻게 해야 할지를 친절하게 안내해 주었다. 내가 딸과의 미국 여행을 마치고 서울로 돌아가고 나서 일주일 후인, 9월 첫째 주부터 출근하게 되었다. 딸은 그동안 합격 소식이 없어서 긴장했던 마음을 놓으면서도, 그곳이 도시가 아니어서, 자신이 원하던 연구센터가 아니라서 복잡한 마음이었다. 가고 싶어 하지 않았다. 다른 곳에 더 알아봐야 할까? 라는 생각도 했다. 딸은 스탠퍼드 대학에 있는 연구실에서 일하고 싶어 했다. 나는 딸의 마음과는 달리 합격이 되었다는 사실에 마음을 빼앗겼다. 미국이니까 시골이라도 괜찮아, 내가 떠나기 전에 이사 할 수 있게 된다니, 감사한 마음뿐이었다. 시골이라서 딸에게 닥칠 일에 대해, 나는 전혀 생각하지 못했다.

오마하는 거의 백인만이 사는 도시다. 타 도시 사람들이 활발하게 오고 가는 일이 거의 없는 도시다. 그곳에서 오랫동안 자손 대대로 살아가는 사람들이 모여 있는 곳이다. 가족 단위의 삶을 중요시하고, 변화보다는 안정을 중요시하는 도시다. 오마하 도시가 지닌 특성은 변화를 좋아하는 딸에게, 감옥과도 같았다. 딸이 합격했음에도 가기 싫어한 이유였다. 누군가에게는 천국처럼 여겨지는 곳이, 누군가에게는 지옥처럼 느껴질 수 있겠구나!

점심을 먹으러 레스토랑에 갔다. 레스토랑에 오고 가는 사람들 모습이 여유로워 보였다. 토요일 휴일이라서일까? 외식을 하러 온 가족이 많았다. 미국 음식 맛이 대체로 짰다. "음식이 짜다. 이것도 짜네." 나는 습관처럼 생각 없이 딸에게 말했다. 별생각 없이 던진 '짜다'라는 말이 딸의 마음을 속상하게 했다. 딸은 워싱턴에서도 유명한 레스토랑에 점심 식사를 예약했다. 레스토랑의 분위기와 특별한 음식 맛을 보게 해주고 싶었다고 했다. 음식을 먹을 때마다 '짜다'는 말이 딸의 마음을 불편하게 했다. "엄마, 음식 맛없어?" "아니, 맛있어. 정말 맛있어. 그런데 좀 짜다." "엄마, 미국 음식은 좀 짜다고 말했잖아. 그러면 그냥 그런 줄 알고 그 말은 안 하는 게 좋잖아. 음식 먹을 때도 좀 긍정의 말로 표현할 수 있잖아. 신경 써서 고른 음식점인데, 엄마가 먹기 힘들어하는 것 같아서 속상해. 내 마음도 생각해 줘야지. 지나치는 말도 자주 들으면 힘들단 말이야." 딸은 화가 나 있었다. "딸, 미안해! 내가 말할 때 좀 더 신중해야겠어." 나는 딸의 속상한 마음이 풀리기를 바라며 사과했다. "엄마, 좀 짜도 맛있지?" "응, 진짜 맛있어!" 바로 상냥한 말투로 바꾸어 말하는 딸이 고마웠다. 행복한 점심 식사 시간이었다. 오마하라는 도시가 딸의 마음을 누르고 있을 때, 나는 그 마음을 살피려는 노력을 하지 않았다. 남편에게도 그랬는지도 모르겠다. 남편이 듣기 힘들어하는 말을 서슴없이 해댔는지도 모른다. 아픈 상처를 더 긁듯이.

워싱턴에서의 첫 여행 장소는 국회의사당이었다. 건물에 들어가지는 못했다. "엄마, 입장표를 예매했는데 날짜를 착각했어. 오늘이 토요일인데 월요일 3시로 예약했네." 딸은 미안해하며 나에게 다가

왔다. 딸은 자신에게 닥친 일만으로도 마음이 어려울 텐데, 장소와 일정에 맞게 여행을 준비해 왔다. "딸, 괜찮아. 여기 밖에서 보는 것도 좋아. 날씨도 화창해서 실내에 들어가는 것보다 좋아. 맑은 공기를 마시며 산책도 하고 사진도 찍을 수 있잖아!" 나는 두 손으로 하늘을 가리키며 펄쩍펄쩍 뛰었다. 나에게 소중한 건, 딸과 함께 시간을 보내는 것뿐이었다. 국회의사당 내부를 보여주고 싶어 했던 딸도, 금방 아쉬움을 버렸다. 나와 딸은 서로 손을 꼭 잡고 걸었다. 워싱턴 도시 건물들은 기둥부터 굵직굵직했다. 거리도 깨끗하고 조용했다. "엄마, 우리 국립미술관에 갈 거야." 국립미술관에는 고전 미술 작품이 시대의 흐름에 따라 전시되어 있었다. 그 시대의 일상을 자세히 들여다볼 수 있는 그림이었다. 현대미술 작품도 많았는데 작품마다 주제가 독특했다. "엄마, 난 고흐의 작품이 좋더라." 딸이 고흐의 작품을 좋아한다는 것도 알았다. 딸은 나에게 몇몇 작품에 관한 이야기도 자세히 들려주었다. 딸은 나에게 천사처럼 보였다. 나는 파도타기 연습을 하며 기대했던 딸과의 시간을, 보석처럼 차곡차곡 간직했다. 딸이 지치고 힘들 때 '엄마'와의 시간을 생각하며 힘을 얻게 되기를!

　　국립미술관을 나와 자연사 박물관에 갔다. 자연사 박물관 전시물은 건성으로 휘둘러보았다. 아들딸이 어렸을 때 자주 갔던 장소와 유사했다. 딸도 나와 같은 마음이었다.

"엄마, 저녁 식사도 멋진 곳에서 할 거야. 엄마 예쁜 원피스 입었잖아. 이곳에 가려고 나도 엄마도 이렇게 입은 거야." 저녁 식사를 하러 버스를 타고 고급 레스토랑에 갔다. Filomena Ristorante, 딸은 식사하는 동안 합격한 곳에 대한 불편한 마음을 이야기했다. 합격은 했지만, 또다시 밀려오는 두려움, 낯선 시골 도시에서 부딪혀야 할 많은 상황, 거의 백인만 사는 곳, 방을 구하고, 짐을 옮겨야 하고, 시골이라서 대중교통이 잘 안되어 있기에 출퇴근은 어떻게 할지, 딸은 복잡한 마음을 말하며 울었다. 눈물이 딸의 볼을 타고 주르르 흘러내렸다. 나는 두려워하는 딸의 마음을 전부 다 공감하지 못했다. 미국의 지방 도시는 한국의 지방 도시와는 다를 거라는 착각에 빠져 있었다. 미국에 대한 환상을 갖고 있었다. "딸, 잘 해낼 수 있을 거야. 하나하나 다 잘될 거야."라고 말하며 울고 있는 딸의 눈물을 닦아 주었다. 나와 딸은 서로 복잡한 마음을 다독였다. 딸은 음식을 먹고 있는 내 모습을 사진 찍어 주었다.

우리는 후식을 먹으러 갔다. "엄마, 이 가게 컵케이크가 정말 유명해!" 딸은 활짝 웃으며 내 손을 잡고 컵케이크 가게로 들어갔다. 우리는 달콤한 컵케이크를 먹으며 행복해했다. 딸은 조잘조잘 지저귀는 참새처럼 쉴 새 없이 이야기했다. 사랑스러웠다. 이렇게 늘 함께 있을 수 있다면! 컵케이크 가게를 나와 산책하며 조지타운 대학교까지 걸었다. 딸은 걸으며 도로 주변 건물들, 조지타운 대학교 이야기를 들려주었다. 내 앞에서 지칠 줄 모르며 이야기했다. 엄마인 나에게 재롱둥이 딸, 사랑둥이 딸, 대견한 딸의 모습이었다. 나도 친정엄마와 이런 시간을 보냈더라면! 남편으로부터 부당한 대우를 받고 사는 일은 없었겠지? 나는 폐암 수술 후 딸의 권유로 상담을 받았다. 상담 선생님이 나에게 말했다. 어린 시절 자신도 모르게 당한 일이, 성인이 되어서까지 자신을 공격하는 말과 행동에 대해, 방어하지도, 저항하지도 못하게 했다고. '가만히 있어, 착하지.' 가만히 있어야 착하다는 말을 아무것도 모르던 어린 시절에 강하게 들었던 거다. 말하면 나쁜 아이니까 말하지 말아야 해. 나는 이 테두리 안에서 살아왔던 거다. 나는, 딸이 어린 시절부터 당당하게 살아가기를 원했다. 그 마음을 딸에게 말하곤 했다. 누군가에게 부당한 대우를 받으면 부당하다고, 옳지 않다고, 싫다고, 그렇게 하지 말라고 말하라고. 저항할 힘을 기르길 바랐다. 웅크리고 살아온 내 삶과는 전혀 다른 삶을 살기를 바랐다. 내가 살고 싶었던 삶, 당당하게 말하고 싶었던 순간들, 딸은 내가 살지 못했지만, 하고 싶었던 삶의 방식을 나에게 보여주고 있었다. 다시 버스를 타고 호텔 숙소로 돌아왔다. 잠자리에 눕자마자 딸은 내 품에 파고들었다. 그리고는 펑펑 울었다. "엄마, 나 두려워. 아는 사람 아무도 없는 곳에 혼자 버려두고 가지 마." 딸이 하는 말은 거센 파도가 되어 나를 덮쳤다. 나는 파도에 맞서 바로 일어서야 했다. '딸이 정말 합격한 그곳에 가야 하는 걸까? 아니면 한 달 살기 할 곳을 찾아 그곳에서 더 준비해야 할까?' 나도 두려웠지만, 두려운 마음을 버리고 딸을 꼭 안아 주었다. 딸이 내 품에서 평안하기를 바랐다.

워싱턴 거리에서

2024년 8월 11일 일요일

나와 딸은 아침 9시에 일어났다. 워싱턴에 와서야 여유로운 아침을 보냈다. 서로 부둥켜안고 누울 작은 침대 하나 있는 좁은 방이었다. 침대에서 60센티미터 정도 옆 벽 공간에 좁은 화장실이 있고, 그 안에 샤워 공간이 있었다. 현관문 옆에는 외투를 걸어 놓을만한 공간의 붙박이장이 하나 있었다. 좁지만 불편하다고 생각하지 않았다. 나와 딸은 모든 상황에 긍정의 마음을 갖기로 했다. 서로 말로 다짐은 안 했지만, 우리는 여행 내내 감사의 말을 했다. 전날 보일러 위에 널어놓았던 젖은 속옷과 양말이 뽀송뽀송했다. 전날, 외출했다 밤에 돌아오니 방이 깨끗이 청소되어 있었다. 딸과 나는 깜짝 놀랐다. 부탁하지 않았는데도 청소가 되어 있었다. 고마웠다. 요청하지도 않았는데 들어 왔다는 것이 조금 당황스럽기도 했다. 서울에 돌아와서 백팩에 넣었던 만 원짜리 지폐 130만 원이 없자, 허락 없이 청소한 사람도 떠올려졌다.

아침 9시 50분에 호텔 방에서 나왔다. 애플 매장에 갔다. 호텔에서 걸어서 10분 거리에 있었다. 내 핸드폰 카메라 렌즈가 몇 개월 전에 고장 났다. 사진에 굵직한 선이 보였다. 핸드폰을 자주 떨어뜨리다 보니 렌즈가 깨어졌다. 딸은 내 핸드폰을 새것으로 다시 구매하기를 바랐다. "엄마, 핸드폰 미국에서 사서 가면 어때?" 나는 미국에서 남은 시간 동안 쓸 돈이 넉넉하지 않았다. 핸드폰 구매를 망설였다. "엄마, 그래도 한번 구경해 보자. 맘에 드는 것 있으면 우선 내가 가진 돈으로 사도 돼." 애플 매장 건물이 특이했다. 오래전 관공서였던 건물을 애플 매장이 사용한다고 했다. 마치 박물관에 들어가는 느낌이었다. 가격이 비쌌다. 구경만 했다. 나는 딸에게 사진을 찍어 달라고 했다. 딸과 함께 밟는 곳마다 사진으로 남기고 싶었다. 딸은 매장 밖에서 건물을 배경으로 사진을 찍어 주었다. 새 핸드폰으로 바꾸지 않아도 다 가진 것처럼 행복했다. 딸의 표정과 목소리가 밝아서 행복했다. 나는 남편과도 이런 삶을 살기를 원했다. 서로 실수해도, 부족해도 괜찮다고 말해주며 알콩달콩 살고 싶었다.

아침 식사하러 카페에 갔다. 대형 카페였다. 딸은 빵과 커피를 주문했다. 아침 시간이었는데도 사람들이 붐볐다. 빵이 맛있어서 유명하다고 했다. 다행히 자리를 잡고 앉았다. 바깥 풍경을 볼 수 있는 창가에 앉았다. 워싱턴 거리는 평화롭게 느껴졌다. 걸어 다니는 사람들 표정도 한가로워 보였다. 지쳐 보이는 사람이 없었다. 카페 바로 맞은편 공터에 사람들이 줄지어 서 있었다. 어느 업체에서 사은품을 나누어 주고 있었다.

아침을 먹고 나서 Passion Church에 오전 11시 30분 예배를 드리러 갔다. 딸이 미리 찾아 놓은 교회였다. 영어를 알아들을 수는 없었지만, 마음이 뭉클했다. 예배가 끝나자, 성도들 서로가 반가운 얼굴로 인사를 나누었다. 대부분 청년이었다. 서로 부드러운 표정을 지어주며 대화하는 모습을 보니 마음이 훈훈해졌다. 예배를 드리고 나니 오후 2시였다. 우리는 걸어서 성경박물관에 갔다. 관람료가 4만 원 정도나 되었다. 무료인 줄 알고 갔는데, 예상과 달리 관람료가 비싸서 아쉬운 마음을 접고 발길을 돌렸다. 우주항공박물관으로 걸어서 갔다. 일요일이어서 그런지 어린 자녀들과 함께 온 가족이 많았다. 관람하려고 온 사람들이 많았다. 몇백 명 정도는 되어 보였다. 줄을 서서 기다리며 들어가고 있었다. 우리도 줄 끝에 서 있었다. 줄을 서 있는 사람들 분위기를 보던 딸이 말했다.

"엄마, 여기도 표를 예매해야 했나 봐."

나와 딸은 입장하지 못해도 마음이 즐거웠다. 딸은 우주항공박물관 앞에서 사진을 찍어 주었다. Washington Monument를 뒷배경으로도 찍어 주었다. 하늘로 높이 솟은 건축물. 미국 초대 대통령인 조지 워싱턴을 기념하기 위해 세운 기념탑이라고 했다. 딸이 사진을 찍어 줄 때마다 내 입술은 양옆으로 길게 늘어났다. 세상을 다 가진 듯 행복했다. 우리는 또 걸었다. 걷다가 예쁜 정원처럼 가꾸어진 작은 공원을 발견했다. 공원 벤치에 앉아 쉬었다. 딸은 신고 있던 운동화를 벗었다. 운동화에서 쉰 땀 냄새가 난다며 딸은 웃었다. 쉰 냄새가 내 코도 자극했다. 쉰 냄새로 가득 찬 운동화는 나이키 아동용이었다.

"아동용 운동화만 할인판매를 하는 거야. 치수가 맞아서 얼른 샀지. 성인 발에서 생기는 땀을 아동용 운동화가 감당하지 못하나 봐."

딸은 벗은 운동화에 코를 갖다 대며 웃었다. 낡고 헐어서 지저분한 운동화였다.

"딸, 운동화 하나 사지 그랬어."

나는 마음이 아팠다.

"이 운동화가 편해서 계속 신었는데 이제 버려야겠어."

"딸, 운동화 사러 가자."

우리는 우선 점심을 먹은 후, 운동화매장에 가기로 했다. 공원에서 나와 카페로 갔다. 딸은 채소와 연어가 들어간 비빔 샐러드 요리를 주문했다. 딸은 별로 배가 고프지 않다며 한 입만 먹고는 노트북을 폈다. 근무하게 될 오마하 병원 주변에 있는 빈방을 찾아보고 있었다. 한참을 살펴보던 딸 표정이 어두워졌다. 그곳이 너무 시골이라며 시무룩해졌다. 금방이라도 주저앉을 것만 같은 표정이었다. 어깨가 쭉 늘어져 있었다. 합격 소식이 들리지 않았을 때보다 더 큰 절망의 모습이었다. 나는 그 시골이라는 말을 제대로 공감하지 못하고 있었다. 내가 가진 환상이었다는 것을 서울에 돌아와서야 깨달았다. 변화를 좋아하는 딸에게는 힘든 곳이라는 것을.

우리는 운동화 판매장까지 걸어서 갔다. 딸은 마음에 드는 운동화가 없다며 구경만 했다. 쉰내 나는 운동화를 신고 워싱턴 거리를 걸었다. 맑고 쾌청한 날씨였다. 서로 다른 피부색을 지닌 사람들이 함께 걸어가는 모습이 종종 보였다. 서로 얼굴을 마주 보기도 하고 손을 잡기도 하고, 며칠 동안 다닌 미국의 다른 도시와는 달랐다. 다른 도시에서는 같은 피부색을 지닌 사람끼리 다니는 모습이 많았다.

"엄마, 저녁 식사할 곳도 기대해! 엄마가 한국에서 경험하지 못한 것을 이곳에서 조금이라도 누리면 좋겠어."

딸이 예약한 장소는 부유층이나 올 만한 곳이었다. 겹겹이 얇게 층을 이룬 파스타를 먹었다. 양도 많고 맛도 고소했다. 샐러드도 씹히는 맛이 아삭아삭했다. 샐러드에 곁들여 나온 빵도 부드럽고 쫀득쫀득했다. 딸이 데리고 가는 식당이나 카페마다 사람들이 붐볐다. 유명한 곳이라서였다. 내가 이런 곳에서 식사하고 있다는 것이 믿어지지 않았다. 특별해서였다. 우리는 워싱턴 거리를 아침부터 저녁까지 걸었다. 워싱턴 도시 곳곳을 걸으며 누볐다. 저녁을 먹은 후에는 호텔에 들어와 편히 쉬었다. 샤워하고 침대에 눕자, 딸은 내 품에 안겼다. 힘없이 쭉 쳐진 딸의 어깨가 진동했다.

"엄마, 나 대중교통도 안 되어 있는 시골에서 혼자 어떻게 지내. 엄마 없이 어떻게 지내."

딸은 아기가 되어 엉엉 소리 내어 울었다. 어려서부터 성장하는 동안 강한 모습만 보여 온 딸이었다. 딸이 강해서가 아니라, 내가 지쳐 있어서 응석을 부리지 않았다는 것을 알게 됐다. 어린아이가 어른처럼 의젓했어야만 했던 가정이었다. 그 가정에서 성장하느라 강해져야만 했던 딸이었다. 나는 남편이 나에게 하는 언행에 자꾸 무너져 내렸고, 어린 아들딸을 안아 줄 힘과 평안함이 내 안에 없었다. 나는 늘 바닷속 통돌이 상황에서 허우적대고 있었다. 딸은 대학 3학년 때, 가장 힘든 시간을 보냈다. 그때 그동안 혼자 참아내며 감당해 왔던 모든 힘든 감정이 다 쏟아지는 듯했다. 내가 폐암 선고를 받고 수술을 한 후, 딸과 함께 지내던 때였다. 그때야 알았다. 딸이 얼마나 힘든 어린 시절을 보냈는지, 그 우울한 때를 이겨내느라 얼마나 애썼는지, 내가 생각했던 것보다 큰 아픔을 안고 살았던 딸이었다는 것을. 단단해 보인 딸의 삶은 아픈 상처로 구멍이 송송 나 있었다. 늘 불안했던 가정 분위기가 딸에게 안겨 준 아픔이었다. 아들은 대학생 때 자전거로 전국 일주를 했다. 딸은 고등학교 3학년 때, 스위스로 성경 공부를 하러 갔다. 두 자녀는 대학생 때, 가장 저렴한 비용을 들여 인도와 몽골 배낭여행을 했다. 어린 독수리는 절벽에서 떨어질 때 하늘을 나는 법을 배운다고 한다. 아들딸은 삶의 절벽에서 떨어질 때 날아오르는 방법을 연습하고 있었다. 나는 아들딸에게 보여 주고 싶었다. 어떠한 힘든 상황에서도 흔들리거나 무너지지 않는 모습, 견고한 삶이었다. 파도타기 연습을 하며 나를 강하게 만든 이유였다. 내가 담대하고 강해져야 했다. 지친 아들딸이 내 품에서 맘껏 울 수 있도록, 평안한 버팀목이 되어 주어야 했다.

오마하에 도착했다

2024년 8월 12일 월요일

아침 7시 30분에 잠에서 깼다. 환한 햇살이 방안을 온화하게 비추고 있었다. 워싱턴 D.C Hilton 호텔. 오전 9시에 호텔에서 나왔다. 기차역까지 걸어서 20분 걸렸다. 워싱턴에서 기차를 타고 필라델피아에 도착하여, 방에서 캐리어 짐만 가지고 바로 공항으로 가야 했다. 오마하로 가기 위해서였다. 워싱턴 거리는 월요일 아침에도 한산했다. 여전히 조용하고 평화로운 분위기였다. 공사하는 곳도 없었다. 우리는 기차역에서 소시지 빵 한 개와 커피 한 잔만 샀다. 기차역 내에 있는 카페 의자에 앉았다. 워싱턴에서 먹는 마지막 음식이었다.

서로 마주 보고 앉아 소시지 빵을 반씩 나누어 먹었다. 워싱턴 거리만큼 기차역 안에도 사람들이 별로 없었다. 딸이 빵을 먹으며 말했다.

"엄마, 오빠는 아빠로부터 돈을 한 푼도 안 받았는데, 나만 받아서 오빠에게 미안해."

딸은 펜실베이니아에서 석사과정을 공부했다. 입학 등록금은 펜실베이니아 대학에서 준 장학금으로 해결했다. 미국 유학길에 발을 내디뎠고, 장학금을 계속 받으면서 석사과정을 마치려고 했다. 대학 연구실에서 일하며 생활비도 스스로 해결했다. 하지만 장학금을 받지 못하게 되었다. 나머지 학비가 나와 딸이 감당하기에 컸다. 다행히 남편은 딸의 부탁을 들어주어 등록금을 내주었다. 딸은 많은 돈을 자기만 받아 써서 오빠에게 미안한 마음이었다. 나는 그런 딸의 마음을 위로해 주었다. 지금은 딸에게 큰돈이 필요한 상황이었으니까 그럴 수밖에 없었다고, 딸이 오빠와 대화할 때 그런 딸의 마음을 살짝 전해 주면 오빠는 그것만으로도 기뻐할 거라고. 아들은 동생의 급한 상황을 알고 끝까지 잘 해내기를 바라며 힘을 보태 주었다. 아들딸은 서로의 상황과 마음을 살펴 주면서 성장해 왔다. 부모가 살펴 주지 못하는 부분을 서로 챙기며 성장해 왔다. 불안한 가정환경에서 서로 의지하며 다독여 왔다.

"엄마, 오빠랑 내가 이렇게 서로에게 관심 두고 챙기게 된 건, 엄마

아빠가 사이가 좋지 않아서였어. 오빠와 나라도 서로 바로 세워주기로."

어느 날 딸이 나에게 말했다. 시어머님 돌아가신 후 남겨진 돈이 있었다. 그 돈 중에 아들에게 할당된 것도 있었다. 아들은 그것도 동생이 공부하는 데 사용하라며, 미국 유학을 떠나는 동생에게 주었다. 나는 아들 마음이 고맙고도 갸륵하기도 했지만, 한편으로는 안쓰럽기도 했다. 자신의 생활도 넉넉하지 않아서 필요하다고 생각될 수도 있는데, 다 내주었기 때문이었다. 딸은 마음 써 주는 오빠에게 두 가지 마음이었다. 고마움과 미안함이었다. 나는 이런 아들딸이 자랑스럽고 고마웠다.

지난밤에도, 딸과 나는 서로 부둥켜안고 울었다. 딸이 펑펑 울자 나도 울었다. 걷잡을 수 없는 혼란스러운 상황에 맞닥뜨린 딸은 몸부림치며 울었다. 나는 딸이 지치고 불안해할 때, 그 마음을 달래주는 엄마, 강하고 따스한 엄마로 딸 곁에 있어 주고 싶었다. 미국에 온 이유였다. 딸은 자신이 경제활동은 하지 않고, 언제 끝날지 모르는 이 연구의 길로 계속 나아가야 하는지, 의심스러워했다.

워싱턴에서 10시 30분 기차를 탔다. 필라델피아에 도착하니 점심 때였다. 딸은 어느새 오마하로 가는 비행기 표와 오마하에서 묵을 방을 예약해 놓았다. 딸이 한 달 동안 지냈던 친구 방에서 짐을 모두 가지고 나왔다. 함께 지냈던 학생 두 명이 1층까지 짐을 옮겨 주었다. 큰 여행 가방 세 개였다. 기내용 캐리어를 포함하여 모두 다섯 개였다. 대형택시를 불렀다. 필라델피아 공항에서 시카고 공항을 거쳐 오마하 공항에 도착했다. 딸은 합격 소식을 받고 나서 고민했다. 오마하에 갈 것인지, 다른 곳을 더 알아볼 것인지. 오마하 연구실에서 합격 소식이 전해지기 전까지. 딸이 고민한 것이 있었다. 만약 아무 곳에도 합격이 안 되면, 딸은 어디에 묵어야 할지. 딸은 남부 쪽에서 한 달 살기를 하면서 더 지원해 볼까도 생각했다. 그러던 중, 나와 딸에게 한 가지 방법이 떠올랐다. 텍사스에 지인 가정이 살고 있어서 여행 마지막 장소로 그곳에 가기로 했는데, 그 가정에 한 달 정도 딸이 있으면 어떨까, 하는 생각이었다. 딸과 나는 그 가정에 폐가 될지도 모르기에 고민하다가, 조심스럽게 카톡으로 문자를 보냈다. 나는 텍사스 지인 부부를 선교단체에서 만났다. 그 단체 안에서 아주 친밀한 사이는 아니었다. 예수 제자 훈련을 받으러 온 사람들을 섬겼다. 1년 동안. 내가 제자 훈련을 받을 때, 지인 부부는 간사로 섬기는 역할을 해주었다. 친절하고도 고마운 분들이었다. 그때 이후, 지인 부부는 미국에서 살게 되었고 지금은 텍사스에서 식당을 운영한다. 나와 딸의 여행 마지막 장소가 텍사스가 된 이유였다. 나는 미국에 오기 전에 지인과 통화를 했다. 지인은 정말 반가워하며 자기 집에서 며칠 지내라고 했다. 서울로 떠나기 바로 전, 2박 3일 동안 지내기로 했다. 딸이 한 달 정도 머물러도 될지 여쭈어봤을 때, 부부가 서로 상의를 해보겠다고 했다. 며칠 동안 답이 없었다. 그러는 사이 오마하 연구실에서 합격 소식을 전해 왔다. 오마하 연구실에서는 딸을 기다리고 있겠다고 했다. 연구실에서 일할 것을 기대한다고. 텍사스 지인분들에게서 연락이 오지 않던 차에, 가야 할 곳이 생긴 것이었다.

마지막 여행지인 텍사스로 가기 전까지는 5일 정도의 시간이 남았다. 그 시간 안에 오마하에 방을 구하면 되었다. 나로서는 감사한 마음이 넘쳤다. 하지만 딸은 여전히 불안한 마음이었다. 이런 상황에서 텍사스 지인분들께 합격 소식을 전했다. 합격 소식을 들은 지인 부부는, 딸이 한 달 동안 머물면 좋겠다는 결정을 했다고 말했다. 그분들의 따스한 말이 우리 모녀에게 더 큰 힘이 되어 주었지만, 오마하로 갔다. 오마하에 가게 된 건, 지인 부부에게 페를 끼치기 싫어서이기도 했다. 시카고를 거쳐 오마하에 도착하니 밤이었다. 오마하 공항에서 택시 타는 곳까지 짐을 옮기는 일도 벅찼다. 딸이 큰 캐리어 두 개를 끌고 짐이 가득 담긴 백 팩을 어깨에 짊어졌다. 나는 큰 여행 가방 한 개와 기내용 캐리어 두 개를 끌었다. 끙끙대며 끌고 있는데 키가 큰 백인 남자가 다가왔다. 부드러운 미소를 지으며 도와주겠다고 했다. 그는 택시 타는 곳까지 가뿐하게 끌어다 주었다. 낯선 오마하 도시의 첫인상이었다. 도시 사람들 마음이 친절할 거라는 기대를 했다.

숙소는 에어비앤비로 아파트였다. 아파트 주차장에서 숙소까지 짐을 옮기는 일도 버거웠다. 방도, 부엌이 딸린 거실도 넓었다. 다음날부터 방을 알아보러 다녀야 했다. 우리는 바로 샤워하고 일찍 침대에 누웠다. 나와 딸이 어떻게 오마하까지 왔을까!

　나는 다른 사람에게 폐가 될까 봐 내가 원하지 않는 선택을 하곤 했다. 교직 생활에서 힘든 일을 누군가 해야 할 때, 내 건강은 고려하지 않고 맡아 했다. 나에게 중요한 것은, 딸이 괴로워하는 것보다 텍사스 지인 가족에게 불편을 주지 않게 된 것이었다. 힘든 상황에서 이겨낸 일들이 버려지지 않고 다 좋게 쓰이리라는 것을 믿지만, 딸을 위해서 오마하를 포기하게 해야 했다.

방 구하기 첫날

2024년 8월 13일 화요일

오마하 아파트에서 아침을 맞았다. 딸은 아침 식사를 준비해 놓고 오늘 가야 할 곳을 알아보고 있었다. 전날 밤에는 몇 시간 동안 천둥 번개가 쳤다. "엄마, 이 지역은 천둥번개를 자주 경험하게 된대." 딸의 목소리는 조금 긴장되어 있었다. 아침 날씨는 청아했다. 밤새 언제 그랬냐는 듯이 천연덕스럽게 맑았다. 딸이 예약한 렌터카를 받은 후 가장 먼저 딸이 근무할 병원 연구실로 향했다. 네이버 지도에서 나오는 안내를 따랐다. 어디로 안내가 될지 긴장하고 있는데, 넓은 공원이 펼쳐진 대지로 들어갔다. 잔디 위에 쭉쭉 뻗은 나무들이 늘어 서 있고, 군데군데 2층 정도의 낮은 건물들이 있었다. 골프장에 온 듯했다. 공원 안에 넓은 호수도 있었다. 공원 입구에서 연구실까지 가는 거리만도 몇 킬로미터는 될 것처럼 넓어 보였다. 연구실 주변에 차를 세웠다. 나는 차에서 내려 주변을 둘러보았다. 주차한 곳 바로 앞 작은 숲 공원 안에, 성경 구절이 새겨진 석재 조형물이 세워져 있었다. 어린이 성장 발달을 돕는 곳임을 알리는 내용도 새겨져 있었다. 어린이를 위한 작은 공원이었다. 흑인 남성이 어린아이를 안고 있는 동상이 보였다. 아이를 바라보는 표정이 부드럽고 평온한 분위기였다. 딸이 근무할 장소가 평화롭게 느껴져서 걱정했던 마음이 사라졌다. 나무와 꽃으로 가꾸어진 정원 같은 공원을 매일 걸어 다닐 딸 모습을 상상해 보았다. 감사한 마음뿐이었다. 딸 마음은 내 마음과 너무도 달리 불안한 마음이었다는 것을 한국에 돌아와서야 알았다. 딸은 내가 조형물에 새겨진 글을 읽고 주변을 산책하는 동안, 차 안에서 통화를 하고 있었다. 지낼 방을 알아보고 있었다. 딸은 통화를 마치고 사진을 찍어 주면서도 여전히 긴장하고 있었다. 방을 구하는 일도, 승용차를 대여하는 일도, 연구실에서 시작할 일도, 새롭게 만나야 할 연구실 사람들도, 딸이 부딪혀야 할 커다란 파도였다.

우리는 월세방을 보러 다녔다. 방을 보여주기 위해 사람이 직접 오기도 하고, 비밀번호만 받아 우리끼리만 보기도 했다. 상점이나 편의 시설과 멀리 떨어진 곳, 중심가, 아파트 단지, 주택단지를 다녔다. 8월 15일까지만 살펴보고, 마지막 날은 어떤 방이든지 결정해야 했다.

나와 딸은 앞일을 걱정하지 않기로 했다. 할 수 있는 것에 열중하기로 했다. 저녁에는 마트에 가서 다음 날 아침에 먹을 음식도 샀다. 방을 보러 다니다가 카페도 가고 음식점도 갔다. 거리에는 걸어 다니는 사람들이 거의 없었다. 도시 거리는 조용했다. 너무 더워서 그럴까? 대중교통이 잘 되어 있지 않아서 모두 승용차로 이동한다고 했다. 방을 어디에 구하든지 딸이 생활할 집에서 연구실까지 가려면 승용차가 필요한 이유였다. 방세도 비싼데, 승용차도 구해야 했다. 하지만 다 잘 되리라 믿기로 했다. 우리가 할 수 있는 최선이었다. 천둥번개가 치더니, 다음 날 아침 햇살이 쨍한 것처럼. 지금까지도 그 믿음으로 살아왔다. 우리는 저녁을 먹고 일찍 숙소에 갔다.

오마하에서 방 구하기 둘째 날

2024년 8월 14일 수요일

아침 식사는 전날 마트에서 산 치킨과 우유, 채소로 했다. 넓은 부엌과 식탁, 거실이 있어 편했다. 많은 짐을 놓고도 아이가 뛰어놀 수 있을 만큼 공간이 여유로웠다. 딸은 숙소 비용을 아끼기 위해 이 방은 2박만 예약했다. 많은 짐을 가지고 있을 동안만 필요했기 때문이었다. 16일에 오마하를 떠나야 했다. 그 전에 방을 구하고 그 방에 짐을 넣어 놓을 생각이었다. 버스 한 대를 기다리는 데 거의 1시간이나 걸렸다. 딸이 시골이라며 걱정하던 것이 무엇인지 알게 되었다. 승용차 없이는 출퇴근할 수 없는 상황이었다. 딸이 지낼 방은 근무할 병원 근처, 차로 20분 정도의 거리, 중심가, 주택가, 주변이 깨끗한 곳이어야 했다. 방세가 싼 곳은 후미진 곳이거나 건물이 낡았다. 오마하는 딸에게 낯선 땅이었다. 아는 사람 아무도 없는 동양인이 거의 안 보이는 곳이었다. 밤에도 안전하고 방세가 저렴한 방을 구해야 했다. 그 모든 조건을 갖춘 방을 찾기가 쉽지 않았다. 오전에 두 곳, 오후에 세 곳을 보았다. 깨끗하면서도 더 싼 곳을 알아보기 위해 다음 날도 보러 다니기로 했다. 방을 보러 다니는 동안, 딸과 나는 돈 많은 사람들이 부럽기도 했다. 오마하는 다행히 노숙자들이 없었다. 거리가 깨끗했다. 거의 백인들만 보였다.

우리는 승용차 대여를 알아보기 위해 자동차 판매장으로 갔다. 딸은 기아자동차를 먼저 알아보았다. 소개해 주시는 분이 모두 백인이었다. 딸은 좀 더 싼 가격의 차를 꼼꼼하게 알아보았다. 영어를 알아듣지 못하는 나는, 딸 옆에 앉아 그저 멍하니 매니저와 딸의 표정만 살필 뿐이었다. 딸은 다른 곳도 알아보고 오겠다며 K 차 판매장을 나왔다. H 차 판매장에 갔다. H 차는 K 차보다 더 비쌌다. 마지막으로 일본 차 판매장에 갔다. 딸은 일본 차가 가장 비싸지만 그래도 한번 알아보고 싶다고 했다. 딸은 결정을 내리지 못했다. 가격이 가장 싼 K 차로 다음 날 더 알아보기로 했다. 그런데, 저녁에 H 차 판매장에서 딸에게 연락이 왔다. 좀 더 싸게 해 주겠다고. 딸은 전화를 끊고 고민했다. H 차 매니저와 상담할 때, 그 매니저는 딸에게 새 차가 아닌 한번 수리한 차를 권유했다고 했다. 겨울에 눈이 차를 덮쳐서 찌그러졌던 차였다. 수리했기 때문에 새 차와 다름없다고 소개했다. 좀 싸게 해 줄 수 있냐고 딸이 물었을 때, 안 된다고 했다. 딸은 신뢰가 가지 않는다고 했다. 낮에 안 된다고 강하게 말하더니, 저녁에 다시 싸게 해 준다고 연락해 오다니. 딸과 나는 다음 날 K 차를 다시 보러 가기로 했다. 방도 차도 결정을 못 한 상황이 되었다.

오마하를 떠나 텍사스로 가야 할 날이 다가오고 있었다. 방을 구하지 못한 상황에서, 짐을 어디에 두고 떠나야 할지 막막했다. 병원에 근무하는 다른 연구생에게 부탁할까? 짐 보관하는 곳을 알아볼까? 딸과 나는 이 방법 저 방법을 다 떠올려 보았다. 그러던 중에 나는 딸이 근무할 연구실 교수님을 떠올렸다. "딸, 연구실 교수님께 부탁해 보면 어떨까?" 딸은 아직 한 번도 뵙지도 않은 분에게 어떻게 그런 부탁을 하냐고 걱정했다. 나는 그래도 한번 연락해 보라고 했다. 그분이 딸에게 친절하다는걸, 딸이 전해 주는 이야기를 통해서 느꼈기 때문이었다. 딸은 그분께 이러한 사정을 이메일로 보냈다. 어찌 되었든 다음 날은 이 짐을 가지고 방을 나가야 했고, 그다음 날에는 오마하를 떠나 텍사스로 가야만 했다.

"엄마, 내가 교수님께 이메일 보내는 동안 여기에 남겨 놓을 짐과 엄마가 가지고 갈 짐으로 분리해서 정리해 줄 수 있어?"

나는 딸의 말이 끝나자마자 바로 짐 정리를 했다. 딸 이삿짐은 커다란 여행 가방 한 개와 작은 기내용 캐리어, 큰 쓰레기 비닐봉지 한 개에 담았다. 나머지 큰 캐리어 두 개와 기내용 한 개에는 다 내 짐을 넣었다. 미국에 올 때는 기내용 캐리어 하나였는데, 가지고 갈 짐은 많았다. 딸이 사 준 옷이었다. 딸은 내가 가지고 온 낡은 캐리어는 자신이 쓰다가 버리겠다며 그 안에도 짐을 넣어 달라고 했다.

"엄마, 새 캐리어 두 개는 엄마가 가지고 가, 여기까지 짐을 옮기느라 산 거거든. 엄마가 가지고 가서 써. 기내용 캐리어도 엄마가 새것으로 가지고 가면 돼. 내 나머지 짐은 여기 쓰레기 비닐봉지에 담으면 돼."

아파트 쓰레기봉투인 검은색 비닐봉지에 나머지 짐을 넣었다. 비닐봉지가 크고 튼튼해서 다행이었다. 저녁을 먹고 나서도 한참 동안 짐 정리를 했다. 짐을 넣을 가방 공간이 부족했다. 넣었다 뺐다를 여러 번 반복했다.

"엄마, 고마워!"

딸은 신경 쓸 일이 많은데도 내 마음을 살피며 고마움을 표현했다.

"엄마가 딸에게 고맙지."

성실하게 열심히 살아가는, 내 존재를 인정해 주고 챙겨주는, 이 세상에서 가장 고마운, 아들딸이다. 자야 할 시간이 되었는데, 교수님으로부터 이메일 답장이 오지 않았다. 저녁 시간이기도 하고, 가족과 함께 보내고 있을지도 모르기에, 내일 아침까지 기다려 보자고 서로 위로했다.

내일을 위해 잠을 자야 했다. 짐도, 방도, 차도 결정된 것이 하나도 없는 막막한 상황이었다. 잘 해결될 거라는 믿음을 붙잡았지만, 불안하고 두려운 마음은 여전했다. 딸은 침대에 눕자마자 내 품에 안겨 울었다. 얼마나 불안한 일들 연속인가! 외딴 시골에 혼자 버리고 가지 말라며 흐느껴 우는 딸을 꼭 안아 주었다. 내가 해줄 수 있는 건, 등을 토닥여 주며 다 잘될 거라고, 진심으로 믿으며 말해주는 것, 그것밖에 없었다. 나는 가슴으로 울고 또 울었다.

오마하에서 재즈 페스티벌

2024년 8월 15일 목요일

오마하 아파트 숙소에서 짐을 가지고 나가는 날이었다. 아침 햇살이 따사로웠다. 낮에 더워질 기미가 보였다. 간밤에도 천둥번개가 치더니 굵은 비가 쏟아졌다. 며칠 후부터는 천둥번개를 무서워하는 딸이 이곳에서 혼자 생활하게 된다. 어린아이를 두고 떠나는 것처럼 마음이 아팠다. 딸은 아침에 일어나자마자 이메일을 확인했다.

"엄마아~ 교수님께서 연구실에 짐을 갖다 놓아도 된대."

딸은 신나서 말했다. 오전에 짐을 갖다 놓기로 했다. 밤새 천둥번개로 긴장되었던 마음과 몸이 사르르 녹는 느낌이었다. 딸과 나는 전날 먹다 남은 먹거리로 아침 식사를 하기로 했다. 딸이 교수님께 이메일을 보내는 동안 나는 치킨과 밥을 프라이팬에 볶았다. "엄마, 정말 맛있는데! 어떻게 만든 거야?" 내가 특별하게 한 요리도 아니었는데, 딸은 맛있다며 생글생글 웃어 주었다. 양념이 되어 있던 것을 따뜻하게 볶기만 했을 뿐이었다. 딸이 기쁜 모습으로 먹어서 행복했다. 짐 보관할 곳이 결정되었다.

우리는 이틀 동안 묵었던 아파트에서 나왔다. 모든 짐을 다 차에 실었다. 다행히 승용차 뒷좌석과 트렁크에 간신히 다 들어갔다. 연구실 앞에 차를 세우고 딸은 연구실 건물로 들어갔다. 짐을 어디로 가지고 가야 할지 문의하러 갔다. 나는 차 안에 조용히 앉아 있었다. 몇 분 정도 지나자, 딸은 어느 젊은 여자분과 같이 나왔다. 승용차로 가까이 왔다. 생머리가 길게 내려진 청순한 모습의 백인 여성분이었다. 나는 얼른 차에서 내렸다. 쭈뼛쭈뼛 어색한 표정이지만, 반갑고 고마운 표정을 지었다. 그 여자분을 바라보며 고개를 살짝 숙였다. 그분이 먼저 환한 표정을 지으며 영어로 인사를 건넸다. 딸은 나를 소개해 주었다. 면접 인터뷰에서 딸이 연구실에 와 주기를 바라던 교수님이었다. 짐을 같이 들어주려고 나왔다고 했다. 그분은 딸과 함께 짐을 건물 안으로 가지고 가며 나도 들어오라고 했다. 연구실 건물 입구 문을 열고 들어갔다. 바로 앞 접수대에 나이 드신 여성분이 앉아 있었다. 나는 홀 소파에 앉았다. 책꽂이에 여러 가지 팸플릿이 꽂혀 있었다. 딸이 근무할 곳을 방문하리라고는 전혀 생각지도 못했다. 딸은 전날 미리 준비한 선물을 교수님께 드렸다. LA에서 만난 목사님 사모님께 드리려고 준비했던 꽃차였다. 그때 교회에 가면서 선물을 챙겨야 했는데 빠뜨리고 갔었다. 그 차를 오늘 가지고 왔다.

"이런 거 드려도 될까?"

딸이 고민하며 물었다. 소소한 것들에 대해 잔잔한 대화가 오고 간다는 것, 그 행복을 딸과 만끽하는 중이었다. 우리는 짐을 맡기고 나서 카페처럼 꾸며진 식당에 갔다. 그곳에서 점심 식사로 샐러드와 어묵 세트를 먹었다. 어묵 맛과 모양이 다양했다. 식사를 마치고 전날 보았던 방을 다시 보러 갔다. 방 주변 건물, 소음 정도, 주차 공간, 주변 상황이 안전한 곳인지 살펴보았다. 너무 한적한 곳이었다. 외로움을 더 느끼게 할 만큼의 적막함이 흘렀다. 신축 아파트로 단지가 넓고 내부 시설도 좋은 곳은 주변에 편의 시설이 없었다. 딸은 운동으로 요가하고 싶어 했다. 아파트도 깨끗하고, 생활에 필요한 내부 시설도 갖추어져 있는 곳, 후미진 곳보다 안전한 곳, 주변에 상가도 있고 공원도 있는 곳, 이러한 조건을 갖춘 아파트를 찾았다. 아파트 1층에 요가 학원도 있고, 로비는 마치 카페처럼 꾸며져 있었다. 야외정원도 있었다.

"이곳이 좋다."

나와 딸은 서로 마주 보며 동시에 말했다. 딸이 찾던 곳이었다. 방을 계약하고 필요한 서류를 준비하는 일은 딸이 바로 인터넷으로 준비했다. 방도 결정되었다. 막막하기만 했던 일들이 다 풀렸다. 대여할 차는 급하게 서두르지 않기로 했다. 텍사스에 다녀와서 딸이 결정하기로 했다. 우선은 K 차를 마음에 두었다.

다음 날 새벽 일찍 공항에 가기 위해 하룻밤 묵을 숙소에 짐을 갖다 놓고 밖으로 나왔다. 빌린 차를 반납하고 걸어서 저녁을 먹으러 갔다. 커다란 공원이 보였다. 딸이 살아갈 아파트 근처에 있는 공원이었다. 아주 크지도 않고 작지도 않았다. 행사 준비를 하고 있었다. 재즈 페스티벌을 한다고 했다. 우리를 반겨주는 공연인가! 신이 나서 마트로 갔다. 저녁 먹거리를 사서 공원에서 먹을 생각을 하니 행복했다. 무대와 멀리 떨어진 나무 아래에 자리를 준비했다. 나무가 그늘을 만들어 주어 뜨겁지 않았다. 돗자리가 없어서 쇼핑백을 찢어 깔고 앉았다. 30분 정도 지나니 사람들이 삼삼오오 무리 지어 공원 잔디밭으로 들어왔다. 각자 가지고 온 캠핑 의자와 테이블을 폈다. 테이블 위에 포도주, 치킨, 피자를 펼쳐 놓았다. 친구 모임, 가족, 연인, 화기애애하고 자유로운 분위기였다. 캠핑장에서의 축하 파티 같았다. 특이한 건 동양인이나 흑인은 없었다. 나와 딸은 다른 별에서 온 듯했다.

"엄마, 다 백인이야."

딸은 앞으로 백인들하고만 지내야 한다며 그 긴장감을 표현했다. 유창하지 않은 영어와 백인들만의 문화와 부딪혀야 할 일들이 딸을 불안하게 하는 이유였다. 나는 딸이 지낼 아파트 근처에 공원이 있어서 감사했다. 영화에서나 볼 수 있는 백인들의 여가생활 중 한 면을 보았다. 페스티벌이 무르익어 갈 때, 우리는 더 어두워지기 전에 걸어서 숙소로 갔다. 숙소는 단독주택 2층에 있는 작은 방이었다. 실내가 조금 어둡고 통로도 좁아서 살짝 무서웠다. 그래도 딸과 함께 있으니 괜찮았다. 싱글 침대 하나가 놓인 자리와 침대 옆 좁은 틈이 방 전체 넓이였다. 사람 한 명이 지나다닐 만큼의 좁은 복도 옆에 화장실이 있었다.

"엄마, 미안해. 이렇게 좁은 줄 몰랐어."

잠깐 몇 시간 잠만 잘 방을 찾았다고 했다. 나는 돈을 지혜롭게 사용하는 딸이 기특했다. 새벽 4시에 공항에 도착하기 위해서는 3시에 일어나야 했다. 일찍 숙소에 들어온 이유였다. 좁은 침대에서 나와 딸은 서로 끌어안았다. 딸이 내 품 안으로 쏙 들어왔다. 엉엉 우는 딸, 오마하에서 이제 엄마가 곁에 없고 혼자 외로움을 겪어야 한다며, 엄마 가지 말라고 울었다. 아무도 없는 시골에 혼자 버리고 가지 말라며 눈물을 비 오듯 쏟았다. 내 가슴이 저며왔다. 딸을 혼자 버리고 가는 건가? 두려웠다. 고등학생 때까지 거의 내 품에 잘 안기지 않던 딸이었다. 스스로 강한 모습만 보이던 딸이었다. 견디어 오던 고통을 대학생 때 내 곁에서 쏟아냈다. 나는 딸 곁에 있어 주었다. 그 이후로 딸은 지치고 힘들어 울고 싶을 때 내 품에 안겨 울었다. "엄마, 나는 엄마 냄새가 좋아. 엄마 옷에서 엄마 냄새가 나." 실컷 울고, 다음날엔 단단한 모습으로 다시 시작하는 딸이었다.

나도 친정엄마에게 안긴 적이 있는지 있었을 텐데, 기억이 잘 나지 않는다. 내 결혼 생활이 어떤지를 엄마에게 자세히 말하지 않았다. 엄마를 괴롭게 해드리고 싶지 않았다. 엄마는 어떻게 아셨을까? 어느 날, 전화를 받으니 엄마였다.

"엄마…."

"향수야, 남자들 거기서 거기야. 다 그래. 도박만 안 하면 참고 살아. 애들 생각해서 참고 살아."

엄마는 나에게 말했다. 아들딸 생각해서 참고 살라고, 사위가 젊어서 그렇다고 시간이 흐르면 달라질 거라고, 사위가 처자식 먹여 살리려고 노력하지 않냐고. 나는 울었다. 전화기 너머에서 엄마도 울었을 거다. 엄마 품에 안기지는 않았지만, 엄마가 들려주는 위로의 말은 엄마 품과도 같았다. 그저 그렇게 살고 싶지 않은 마음이 들 때, 엄마가 떠올려졌다. 시어머니와 아이를 같이 낳으며 살아온 엄마였다. 걷지 못하는 지적장애 삼촌을 볼보며 농사일을 해 온 엄마였다. 청년이 된 큰아들을 이웃집 일로 세상을 떠나보낸 엄마였다. 집안에 할머니와 갈등이 생겼을 때, 아버지가 술에 취해 들어 오신 날, 앞마당에 온

갖 그릇들이 나뒹굴었다. 엄마는 좁은 방에 들어가 쪼그리고 앉아 울고 있었다. 딸이 내 품에 안겨 있는 동안, 친정엄마 품이 그리워졌다. 남편은 어린 시절 자신을 두고 떠난 엄마를 미워했지만 얼마나 그리웠을까! 내가 엄마 품이 되어 주길 원했을까? 나에게 화내며 짜증 낼 때, 내가 엄마처럼 다 받아주기를 바랐을까?

텍사스 지인 가정에서 하루

2024년 8월 16일 금요일

텍사스로 떠나기 위해 새벽 3시에 일어나 부랴부랴 세수하고 옷을 입었다. 울다 지쳐 잠든 딸을 부둥켜안고, 잠을 자는 둥 마는 둥 하다가 정신 번쩍 차리고 준비했다. 짐은 내 짐이 전부였다. 간밤에 딸은 엉엉 울면서 말했다.

"아는 사람 아무도 없는 오마하도 싫지만, 한국은 더 가고 싶지 않아."

우리는 헛헛하게 웃었다. 딸이 오마하가 마음에 들지 않아도, 외로워도, 참아내야 하는 이유였다. 짐도 연구실에 맡겨 놓은 상태였고,

방도 계약했다. 새벽이 되니 딸은 다시 단단한 모습이었다. 딸은 조금씩 자신을 더 보듬어 가고 있었다. 멋진 보석이 드러나려면 깎아져야 하듯이, 딸도 나도 아들도 그랬다. 아픔을 겪고 나서야 성숙해진다는 걸 알지만, 절망에 가득 찬 딸의 모습을 바라보는 나는 마음이 아렸다. 아들딸과 나는 힘든 순간이 찾아왔을 때 주저앉지 않았다. 잠깐 주저앉았을지라도 바로 툴툴 털고 일어나야 했다. 아들은 초등학교 1학년 때부터 4학년 때까지 스케이트를 배웠다, 대회에도 출전하여 메달도 받으며 국가대표가 될 꿈을 키워 갔다. 빙상경기장 벽에 다리를 부딪치며 다리가 골절되었다. 스케이트 강사님은 다리 골절은 오히려 다리뼈를 더 강하게 해준다며 계속 스케이트 배우기를 권했다. 아들은 꼭 국가 대표 선수가 될 거라고. 아들도 스케이트에서 마음을 놓지 못했다. 아들은 중학생이 되어서도 스케이트 선수가 되고 싶은 마음을 버리지 못했다. 운동을 좋아하는 아들은 축구에 관심을 돌렸다. 아들은 축구를 하며 사춘기를 보냈고 성인이 되었다. 절망의 순간을 크게 겪은 아들이었다. 폐암 수술 후 아들과 함께 강릉에서 지내던 어느 날이었다. 아들은 강릉에서 양양까지 자전거를 타고 다녀올 거라며 떠났다. 오후에 비가 왔다. 걱정하고 있는데 아들에게서 전화가 왔다.

"엄마, 비가 와, 엄마가 데리러 올 수 있어?"

"그럼, 갈 수 있지. 바로 갈게."

수술 후 먼 거리를 승용차로 처음 운행한 날이었다. 먼 거리 운행이 두렵기도 하고 호흡하기도 조금은 불편했다. 아들에게는 이런 내 상황을 전혀 내색하지 않았다. 강릉에서 양양까지 1시간 정도 걸렸다. 비에 젖은 아들이 만나기로 한 음식점에 있었다. 아들은 내가 가지고 간 옷으로 갈아입었다. 아들을 도울 수 있어서 행복했다. 아들 덕분에 수술 후 처음 도전한 장거리 운전이었다. 양양까지 자전거를 타고 온 아들이 듬직했다. 우리는 따뜻한 음식을 먹고 강릉으로 돌아왔다.

우리 셋과 남편이 다른 점이 많았는데 그중 하나는 힘든 마음이나 상황을 이겨내는 방법이었다. 남편은 운동이나 건전하다고 하는 여가 활동에 시간이나 돈을 투자하지 않았다. 집에서 담배를 피웠고, 텔레비전을 보거나 친구들과 술을 마셨다. 나는 남편이 자신의 건강한 삶을 위해 좋다고 하는 일에 도전하길 바랐다.

숙소에서 3시 30분에 택시를 타고 4시에 공항에 도착했다. 아침 6시에 비행기에 탑승했다. 시카고를 거쳐 11시에 텍사스 공항에 도착하니 간사님 부부가 마중 나와 있었다. 나는 마중 나온 간사님 가정이 미국에 정착하여 이민자로 살게 되기까지의 이야기를 들은 적이 있다. 그 이야기는 놀라운 기적이었다. 두 분은 나와 딸을 반갑게 맞아 주었다. 딸은 간사님 두 분과의 만남이 처음이었다. 미국에서 딸은 내가 지인들과 자연스럽게 만났다. 고등학생 때까지는 모르는 사람과의 갑작스러운 만남을 피하던 딸이었다. 딸은 대학생 때부터 좋은 인생 선배를 찾아다니기도 했다.

두 분은 점심 식사를 대접해 주신다며 직접 운영하는 국수 음식점으로 갔다. 매장이 두 곳이라고 했다. 외부 간판부터 내부 실내장식까지 세련된 분위기였다. 한국의 전형적인 국숫집 분위기와는 완전히 달랐다. 메뉴도 다양했다. 영양 좋은 식재료에 국수가 첨가된 요리였다. 두 분은 모든 메뉴를 다 맛보라며 네 가지를 주문했다. 사장이지만 주문도 직접 하고 식사 비용도 지급해야 한다고 했다. 음식도 푸짐했고 처음 맛보는 국수 맛이었다. 미국에 온 지 오랜만에 국물 있는 음식을 먹어서 개운했다. 가족이랑 식사하는 것처럼 마음이 편했다. 간사님 부부가 사는 집은 미국 영화에서나 보던 단독주택이었다. 1층 한쪽 공간에는 창고와 주차장이 있었다. 현관문을 열고 들어갔다. 실내가 2층으로 되어 있었다. 거실과 주방도 넓었다. 1층 거실과 주방 공간이 우리 가족이 살던 서울 아파트 공간보다 2배 정도나 넓었다. 거실에서 문을 열고 나가면 잔디가 깔려 있고, 그곳에 농구 골대도 있었다. 2층에는 방이 세 개였다. 아이들 방 각각 한 개씩, 부부방 한 개, 아이들이 사용하는 화장실과 욕실 1개, 부부방에 화장실과 욕실 한 개, 1층에 화장실 1개가 있었다. 부엌 요리 공간도, 식탁도 넓었다. 식탁에 10명 정도가 빙 앉기에 충분했다. 거실에도 아이들이 공부하거나 앉아서 무언가 할 수 있는 긴 테이블이 놓여 있었다. 미국 영화 속 집안에 나와 딸이 등장한 기분이 들었다. 마을도 조용하고 평화로운 분위기였다. 깔끔하게 정리된 주택과 주택 사이 사이에 나무들이 있고, 집과 집 사이가 10미터 정도씩 떨어져 있었다. 다닥다닥 붙어있는 서울과 달랐다. 나는 집안을 둘러보면서 이런 집에서 살고 싶다고 생각했다. 나와 딸은 2층 아이들 방 중에 여자아이 방에 짐을 놓았다. 2박 3일 동안에 필요한 짐만 2층으로 가지고 갔다. 서울에 가지고 갈 큰 짐은 1층 거실 한구석에 놓았다. 짐을 정리하고 시간이 조금 지나니, 아이들이 학교에서 돌아왔다. 초등학교 저학년 여자아이, 유치원 남자아이, 두 꼬마는 우리를 열렬히 환영해 주었다. 반겨주는 두 아이가 정말 고마웠다. 우리를 어색한 표정과 불편한 몸짓으로 대한다면 어쩌나 했다. 딸은 두 아이와 금방 친해졌다.

여자 간사님은 찬양 연습하러 교회에 다녀온다고 했다. 찬양팀과 저녁 식사도 하고 밤 10시나 되어서 온다고 했다. 저녁은 남자 간사님이 맛있는 요리로 준비해 줄 거라고 했다. 저녁 식사 시간이 되려면 4시간 정도 더 있어야 했다. 딸과 나는 여자 간사님이 나갈 때 같이 나가서 쇼핑하기로 했다. 남편이 운동화를 사달라고 해서 사러 가기로 했다. 감사하게도 집 근처에 큰 매장들이 있다고 했다. 핸드폰이랑 딸 운동화도 보기로 했다. 여자 간사님이 우리를 매장 앞에 내려 주었다. 야외는 너무 뜨거웠다. 살갗이 탈 것만 같은 더위였다. 매장에서 딸 운동화와 남편 운동화, 내 스포츠 양말을 샀다. 우리가 원하는 크기와 디자인이 있어서 바로 샀다. 핸드폰 판매장은 큰 도로 건너편에 있었다. 건너편까지 어떻게 갈까? 매장에서 물건을 다 사고 나면 남자 간사님이 연락하라고 했다. 너무 뜨거워서 걷기 힘드니까 데리러 오겠다고. 건너편 매장까지 택시 타고 갈까? 고민하다가 걸어가도 되는 길이 있는지 찾아보았다. 큰 도로 건너편으로 가는 터널 길이 있었다.

"걸어가 보자."

나와 딸은 아무도 없는 길을 걸었다. 강렬한 태양 빛이 살갗을 태울 듯이, 이글 이글 했다. 10분 정도 걸었다. 조금만 더 걷는다면 쓰러질 지경이 되었을 거다. 핸드폰 판매장에 내가 사려는 핸드폰은 없었다. 새로 나온 기종은 너무 값이 비쌌다. 미국에서 핸드폰을 살 기회는 이제 없었다.

딸은 남자 간사님께 연락했다. 간사님은 미술 공부하러 간 딸아이를 데리러 가려고 했다며 같이 가고 싶은지 물어보았다. 우리는 간사님이 번거롭게 두 번 왔다가 갔다 하지 않게 하려고 같이 가겠다고 했다. 아이가 미술 공부하는 모습을 보고 싶기도 했다. 학원은 같은 마을에 있는 주택 안에 있었다. 2층으로 된 주택 안에는 모래놀이 공간도, 물감 놀이터도 있었다. 자녀를 둔 한국인 중에 재능 있는 분이

지도한다고 했다. 간사님 아들도 누나를 만나러 같이 갔다. 우리는 간사님이 운전하는 승용차에 다 같이 탔다. 가족 같은 느낌이었다. 딸에게 이런 분위기를 맛보게 해 주시는 간사님 가족이 고마웠다. 내가 미국을 떠나고 나면 딸이 혼자 외로워할 텐데, 그 전에 행복한 가족과 함께 있어서 감사했다. 집에 돌아와 딸이 두 아이와 놀아주었다. 활짝 웃는 행복한 모습이었다. 남자 간사님은 저녁 식사 준비를 했다. 저녁 요리는 연어샐러드와 김치찌개, 멸치볶음이었다. 푸짐했다. 간사님 부부는 나보다 나이가 15살 정도 적었다. 젊은 부부가 두 자녀와 알콩달콩 사는 모습을 보니 행복했다. 딸이 따뜻한 가정 안에서 잠깐이라도 긴장을 풀 수 있어서 감사했다. 저녁 8시쯤, 두 아이가 잠자리에 들어갔다. 남자 간사님도 여름성경학교 준비하러 다녀온다고 나갔다. 밤늦게야 돌아올 거라고 했다. 나와 딸도 일찍 샤워하고 9시 30분쯤 잠자리에 누웠다. 오마하에서 새벽 비행기를 타고 도착한 텍사스에서의 하루, 평안한 가정 분위기 안에서 긴장을 풀 수 있었던 첫날이었다. 쫓기듯 기다려야 했던 합격 소식, 방 구하기, 짐 보관, 낯선 땅, 낯선 사람들 속에서 외로움과 싸워야 할 딸, 모든 걸 위로해 주기라도 하듯이 2박이라는 시간을 이곳에서 보내게 되었다. 평안하고 따뜻한 가정에서 휴식할 기회를 주신 신께 감사했다. 딸은 내 품에 꼭 안겨 평안히 잠이 들었다. 울지 않았다. 나도 평안했다.

텍사스 로데오와 간사님 부부

2024년 8월 17일 토요일

아침에 잠에서 깨자마자 1층에 내려갔다. 여자 간사님이 아침 식사를 준비하고 있었다. 식탁 위 접시에 팬케이크와 과일이 담겨 있었다. 밤늦게까지 교회 일로 피곤했을 텐데도 나보다 일찍 일어나 하루를 시작하고 있었다. 나와 딸은 아침 인사를 하고 도울 것이 있는지 물었다. 간사님은 아침 식사는 간단하게 준비한 거라 별로 할 게 없다며 생긋 웃으셨다. 오랜만에 먹어보는 팬케이크였다. 달콤했다. 따뜻한 커피가 팬케이크 맛을 한결 더 맛나게 해 주었다. 남자 간사님은 새벽 6시쯤 식당 일을 둘러보러 나가셨단다. 새벽에 일어나 두 군데 식당을 돌아보는 것이 일상이라 했다. 간사님과 두 자녀와 나와 딸, 다섯 명이 식탁에 빙 둘러앉았다. 미국에 도착한 순간부터 나와 딸은 몸과 마음이 늘 긴장 상태였다. 간사님 두 분은 카톡으로 내 상황을 미리 다 알고 있었다.

"그동안 여러 곳 다니느라 힘들었을 텐데, 여기서 긴장도 풀고 푹 쉬었다 가면 좋겠어요."

여자 간사님이 부드럽고 다정한 표정을 지으며 말했다. 웃고 떠드는 아이들이 집 안에 있으니, 생동감이 더 넘쳤다. 내 아들딸이 결혼하면 이런 가정 모습이기를 바라며 상상했다. 내 자녀와 손주들처럼 친근하고 사랑스러웠다. 나와 딸은 따뜻한 가정 안에서 쉼을 누리기 시작했다.

"텍사스에는 관광할 만한 곳이 별로 없어요. 좀 먼 곳에 있긴 한데, 텍사스 로데오 행사를 보러 가요."

두 분은 나와 딸을 바라보며 신나는 표정을 지었다. 소몰이 행사를 보러 가기로 했다. 집에서 오전 10시쯤 출발했다. 두 간사님은 과일, 달걀 구운 것, 물을 챙겼다. 똑같은 음식을 세 개의 통에 각각 나누어 담았다. 따뜻한 두 간사님 가족 안에 나와 딸이 있었다. 나는 아들딸이 어렸을 때 가끔 집에서 김밥을 싸 주었다. 그때 추억이 떠올려졌다. 두 꼬마는 자동차 뒤 의자에서 쉬지 않고 이야기했다. 운전석과 조수석에 앉은 두 부부는 이야기할 때도 조곤조곤 말하고 듣고를 서로 반복했다. 딸에게 이것저것 물어보면서 딸을 응원하고 격려해 주었다. 딸이 이런 모습의 가정을 보게 되어 감사했다. 로데오 행사를 보러 가는 중간에 어느 호텔 로비에서 잠깐 쉬었다. 그 호텔 밖 야외 분수 시설이 유명하다고 구경하자고 했다. 징검다리처럼 연결된 계단을 따라 아래로 내려가는 길이 있었다. 그 길 사이사이로 물이 흘렀다. 간사님 가족이 징검다리를 건너 아래까지 내려갔다. 딸이 사진을 찍어 주었다. 미국에서 성실하게 살아가는 두 부부가 다정하게 서로 바라보며 웃는 모습이 해바라기 꽃처럼 환했다.

　로데오 경기장까지는 승용차로 1시간 이상이 걸렸다. 텍사스 로데오 경기 관람권 비용을 우리가 내게 되어 다행이었다. 2박 3일 동안 평안한 시간을 보내게 해 주는 간사님 부부에게 선물로 보답하고 싶었다. 다 갖추고 사시는 분들이라서 딱히 선물로 드릴만한 것이 떠오르지 않았다. 선물을 준비할 시간이 넉넉하지 않았던 것도 준비하지 못한 이유 중 하나였다. 간사님 가족도 8년 만에 보는 로데오 경기라고 했다. 우리가 와서 특별히 준비한 시간이라고 했다. 나와 딸 덕분에 두 자녀와 특별한 나들이를 하게 됐다며 고마워했다. 간사님 가족이 경기를 보며 일어서서 환호할 때, 나와 딸은 더 행복했다. 달리는 소 위에서 오래 버티는 경기, 말을 타고 달리며 달아나는 양 목에 목줄을 거는 경기, 말을 타고 장애물을 빨리 돌고 오는 경기였다. 영화에서 보던 장면들이었다. 나와 딸도 큰 소리 내어 웃기도 하고, 손을 높이 들어 펄쩍펄쩍 뛰며 환호도 했다. 경기장 안에서 달리는 소와 말, 양은 불쌍했지만, 우리는 모두 행복한 시간을 보냈다. 경기가 일찍 끝날 줄 알았는데, 2시간은 족히 흘렀다. 점심시간이 훨씬 지나 있었다. 집에서 오전 10시에 나왔는데 오후 3시를 훌쩍 넘기고 있었다. 배가 고팠다. 내가 배고프다는 생각을 하고 있을 때, 남자 간사님이 나에게 간식 먹을 거냐고 물었다. 나는 아니라고 괜찮다고 말했다. 남자 간사님이 도시락통 뚜껑을 열고 구운 달걀과 과일을 먹었다. 나도 먹고 싶었다. 괜찮다고 말한 것이 후회됐다. 나는 용기를 내어 구운 달걀을 먹고 싶다고 말했다. 남자 간사님은 바로 기다리고 있었다는 듯이 도시락을 나에게 건네주었다. 그 도시락은 나와 딸을 위해 따로 준비한 도시락이었다. 나는 내가 먹겠다고 하면 간식이 줄어들까 봐 참았던 거였다. 간사님 부부가 도시락 준비를 한 이유가 있었다. 점심 먹을 시간이 따로 없었다. 구운 달걀도 과일도 꿀맛이었다. 나와 딸은 우리에게 할당된 도시락을 다 먹었다. 로데오 경기장은 함성으로 가득 찼다. 정해진 방향 없이 날뛰는 소, 그 소 등에 올라타고 아슬아슬한 장면을 연출하는 선수가 떨어지지 않고 버텼을 때 관중은 환호하였다. 어린 소년 소녀 선수가 떨어지면 관중의 함성은 더 컸다. 위로와 칭찬하는 말이었다. 나도 덩달아 힘이 났다.

관람을 마치고 저녁 식사를 하러 갔다. 넓은 들판 한가운데에 호화로운 고급 호텔이 있었다. 그 근처 커다란 고기 음식점에 들어갔다. "이 음식점이 텍사스에서 유명한 훈제 고깃집이에요. 고기가 부드럽고 맛있어요. 우리가 대접해 드리고 싶어요." 두 분은 함박웃음을 지으며 우리에게 말했다. 아이들도 덩달아 신났다. 간사님 부부가 고기를 구워 오는 동안 나와 딸은 두 아이와 2층 식탁 의자에 앉아 기다렸다. 지쳐 있던 두 아이는 딸이 놀아주자 금방 밝아졌다. 두 분이 들고 오는 고기의 양이 어마어마했다. 닭고기, 소고기, 돼지고기 골고루 맛보았다. 포만감이 느껴졌지만 고기가 다 없어질 때까지 계속 먹었다. 여섯 명의 가족이 둘러앉아 식사하는 듯 행복했다. 딸도 친한 친척 아이들과 노는 것처럼 엄청 행복해 보였다. 오마하에 가서 혼자 있게 될 일을 잠깐 잊은 듯 보였다. 아들딸이 청소년기를 지나면서 우리 가족의 외식 장소는 거의 정해져 있었다. 겨울에는 고깃집, 여름에는 냉면집이었다. 고기를 굽는 일은 남편이 했다. 남편은 고기를 먹기 좋게 타지 않도록 구웠다. 가족이 맛있게 먹는 모습을 보며 행복해했다. 냉면을 적당한 길이로 잘라 주는 것도 남편이 했다. 남편이 종종 끓여 주었던 떡라면 맛은 일품이었다. 남편은 가족과 함께 있는 걸 좋아했던 거다.

집에 돌아와 간사님 부부는 아이들을 재우러 2층으로 올라갔다. 두 분은 딸 카톡에 문자를 남겼다. 이틀 동안 조용한 대화시간을 못 가져서 미안했다고, 저녁 8시쯤 함께 이야기하는 시간을 갖자고. 두 간사님은 약속한 8시보다 2시간이 더 지나 내려왔다. 10시가 조금 지나 있었다. 나와 딸은 그 사이 시간에 짐을 정리했다. 딸은 그동안 미국에서 찍었던 사진도 내 노트북에 옮겨 주었다. 사진 용량이 너무 컸다. 일부만 옮기고 나머지는 나중에 이메일로 건네받기로 했다. 딸과 헤어질 준비를 하는데 허전하거나 울적한 느낌이 없었다. 포근한 간사님 집에 있어서 그런 듯했다. 내 짐을 정리하는 중에 딸은 내 핸드폰 유심칩을 달라고 했다. 이제 다시 내 핸드폰에 끼워야 했다. 핸드폰 유심칩이 안보였다. 딸 이삿짐 큰 캐리어에 넣어 놓았는데, 그 캐리어는 오마하에 놓고 왔다. 나와 딸은 큰 실수에 서로 당황했다. 나는 딸을 안심시키려고 다 괜찮다고 말했다. 유심칩이 없으면 전화 통화나 카톡 연락을 주고받을 수 없다는 사실에 두 가지가 걱정되었다. 서울에 도착한 다음 날 바로 건강 프로그램 촬영을 하기로 했는데, 그 촬영팀과 연결해야 하는 일이 첫 번째고, 두 번째 걱정은 서울에 가서 아들과 통화를 해야 할 때였다. 서울에 도착하여 이틀 후에 제주도로 떠나기로 했다. 강아지를 데리고 가기로 했다. 강릉에서 서울로 강아지를 데리고 오는 아들과 연락해야 하기 때문이었다. 딸이 유심칩이 없는 상황을 아들에게 바로 말했다. 아들은 새 유심칩을 구매하여 서울집으로 배송시켜 놓겠다고 했다. 이런 상황을 정리하고 나니 간사님 부부가 거실로 내려왔다. 간사님 부부와 나와 딸, 네 사람의 이야기는 길고 길어져서 새벽 3시 30분까지 이어졌다. 여자 간사님의 성장 이야기, 간사님 부부의 자녀 양육 이야기, 부부가 다투었을 때 풀어가는 지혜, 미국에 정착하게 되기까지의 기적 같은 일들, 음식점 본점과 가맹점까지 운영하게 된 과정, 딸의 미국 유학 이야기, 딸이 오마하까지 가게 된 과정, 대화를 나누는 중에 남자 간사님은 딸의 이야기를 들으며 눈물을 흘렸다. 시간이 흐르는 줄 모르고 이야기하다가 새벽 3시 30분에 멈추었다. 아침 10시에 집에서 공항으로 떠나야 하기 때문이었다. 텍사스에서, 나는 딸과 2024년 미국에서의 마지막 밤을 보냈다. 딸을 꼭 껴안고 잤다. 딸은 울지 않았다. 단단한 모습으로 내 품에 안겼다. 나와 딸은 평안한 잠을 잤다. 간사님 가족이 준 사랑의 힘이었다. 젊은 두 부부가 대화 내내 딸을 칭찬하고 격려하고 힘이 되는 말을 해주었다. 두 간사님 모두 힘든 젊은 시절과 신혼 때를 보낸 경험을 말해주었다. 힘들면 연락하라고, 9시간 운전하여 오마하로 달려가겠다고, 딸에게 말해주는 두 간사님. 딸의 마음이 평안한 마음과 위로로 가득 채워진 듯했다. 두 분이 해 준 기도가 나와 딸에게 힘이 되어 주었다.

아들딸은 말했다.

"엄마, 우리가 어려서부터 좋은 분위기를 가진 가정을 경험해 보지 못했잖아. 부부가 서로 어떻게 대해야 하는지 엄마 아빠에게 볼 수가 없었잖아."

가슴이 아팠다. 아들딸은 부부가 서로 사랑으로 세워가는 가정을 만나 배워야 한다고 말했다. 딸은 텍사스에서 그런 가정을 만났다.

서울과 오마하로

2024년 8월 18일 일요일

길다면 길고 짧다면 짧은 미국 일정이 끝났다. 아침 7시쯤 일어나니 여자 간사님은 아침 식사 준비를 하고 있었다. 새벽 3시 30분에 잠자리에 들었으니 잠을 잔 시간은 3시간 정도밖에 안 되었다. 남자 간사님은 식당에 나갔다가 돌아오고 있다고 했다. 새벽 일찍 할 일이 있었는데도, 밤을 새우며 새벽까지 함께 대화해 준 거였다. 간사님 부부가 고마웠다. 여자 간사님은 아침으로 떡국을 끓여 주었다. 간사님 가족 4명과 나와 딸은 식탁에 빙 둘러앉았다. 마치 설날 가족이 모여 떡국을 먹듯이 따뜻한 떡국을 먹었다. 친정엄마가 끓여주는 구수한 떡국 그 맛과 분위기를 누렸다. 딸은 오마하로 나는 서울로 떠나는 날이었다. 내 비행기 출발 시각은 정오 딸은 나보다 1시간 뒤인 오후 1시 출발이었다. 간사님 집에서 9시에 출발했다. 두 분이 공항까지 태워다 주었다. 공항에서 헤어질 때 두 분은 딸을 꼭 안아 주었다. 나와 딸은 공항에서 1시간 동안 함께 보냈다. 딸과 간단한 점심도 먹고 커피도 마셨다. 둘이 셀카도 찍었다. 딸은 헤어지기 전에 나를 꼭 안아 주었다. 환하게 웃는 모습으로 나를 바라보며 오히려 나를 다독여 주었다. 잘 해낼 거니까 울지 말라고 단단해진 표정을 보이며 말했다.

딸은 오마하에 도착하여 하룻밤 보낼 숙소를 구했다. 월세로 들어갈 방 정리를 하는 동안 이틀 정도 묵을 숙소였다. 딸은 오마하에 도착하는 날, 월세방으로 얻은 방에서 얇은 이불을 깔고 잘까 하는 생각을 했다. 숙소 구하는 비용을 아끼고 싶은 생각으로 아무것도 준비되지 않은 썰렁한 방에서 자려고 했다. 딸은 텍사스에 있는 동안 인터넷으로 침대 매트리스를 샀다. 그 매트리스가 딸이 오마하로 가는 날까지 도착하지 않은 상태였다. 짐도 교수님 사무실에 있었다. 다행히 딸이 오마하에 도착하는 날, 연구실에 같이 근무하게 될 연구생이 짐을 갖다주기로 했다. 그 짐 안에는 바닥에 깔 매트리스나 이불이 없었다. 얇은 이불 한 장만 있었다. "딸, 돈보다 건강이 중요하니까, 딸이 이사할 방을 정리하는 동안 하루이틀은 다른 숙소에서 자면 엄마 마음이 편하겠어."라고 딸에게 말했다. 딸은 내 생각이 좋다며 며칠 묵을 숙소를 구했다. 딸은 오마하에 도착하여 그 숙소에서 자고 난 후, 나에게 말했다. "엄마, 엄마가 걱정할까 봐 작은 호텔로 숙소를 구했어. 엄청 깨끗하고 예뻐. 엄마랑 오마하에서 마지막 날 밤, 엄마도 이곳처럼 깨끗하고 예쁜 호텔에서 자도록 해야 했는데, 그러지 않은 거 후회돼. 엄마 미안해. 엄마, 나 이렇게 안전하게 잘 챙기고 잘 해낼 거니까 걱정하지 말고, 엄마도 촬영 잘하고, 강아지 미소랑 좋은 시간 보내고, 씩씩해야 해! 엄마, 엄마가 함께 해줘서 고맙고, 다 고마워. 엄마, 사랑해!"

한여름, 딸과의 미국 일정이 이렇게 끝났다. 1개월 정도의 시간 동안 두려움과 싸워야 했다. 그 시간이 물 흐르듯 빨리 지나갔다. 딸의 합격을 기다리며 중간중간 만난 지인분들, 그분들이 있는 곳 주변을 여행했다. 여행이 막바지에 이르렀을 때, 오마하 연구실에서 합격 소식을 받았다. 오마하에 짐을 옮기고 방을 구했다. 마지막 지인들을 만나러 텍사스에 갔다. 그곳에서 평안한 가정을 맛보았고 편안한 쉼을 얻었다. 그 가족과 함께 이야기하며 활짝 웃는 딸을 보았다. 2박 3일 동안 두 아이가 딸 옆에 붙어 지냈다. 딸은 행복해했다. 나와 딸의 미국 여정 내내 돕는 손길이 있었다.

힘든 고비마다 돕는 손길이 있었다. 남편의 삶에도 힘든 고비가 얼마나 많았을까? 나에게 거친 말과 행동을 했을 때, 그때가 남편에게 감당하지 못할 고비의 시간이었을까? 그 고비의 시간에 자신의 언행을 바르게 제어할 힘이 없었던 걸까? 아니면 좋은 방법을 몰라서 그랬을까? 좋은 방법을 성장하면서 못 보았기 때문에 그런 건 아닐까? 나는 남편이 화를 내며 흥분했을 때, 화를 달래 줄 방법을 왜 찾지 않았을까? 화를 스스로 달랠 때까지 왜 기다려 주지 않았을까? 나에게도 그런 힘이 없었다. 누군가의 힘듦을 공감해 주며 반응해 줄 힘이 없었다. 나와 남편의 성장 이야기를 서로 나눈 적이 한 번도 없다. 남편에 대한 이야기는 주변에서 들은 이야기가 전부였다. 우리는 대화가 없었다. 나와 남편은 대화할 줄 몰랐다. 대화할 내적인 힘이 없었다. 결혼 전에 서로 이야기하면서 아픔을 보듬어 주었으면 어땠을까?

딸이 초등학교 고학년 때부터 지금까지 나에게 말하곤 했다. 미혼모 쉼터나 미혼모를 도울 수 있는 곳을 알아보라고. 함께 하면서 내상처도 치유되어 갈 거라고. 내가 겪어 온 일들이 누군가에게 용기가 되어 줄 거라고.

미국에 다녀온 후

　세계의 땅을 다 차지한 듯한 넓고 넓은 미국에 다녀왔다. 나에게는 기적이었다. 미국에 살고 있는 지인들은 한결같이 친절하게 대해 주었다. 나와 딸의 외로움과 두려움을 달래 준 분들이었다. 딸이 지난 1년 동안 대학원에서 공부하며 지낼 때도, 오마하 연구실에서 일할 준비를 하려는 때도, 살아갈 힘을 보태주는 좋은 사람들이 있었다. 그 사람들을 만나고 왔다.

　나와 헤어진 후에도 딸은 많은 어려움을 겪었다. 승용차 대여를 하기 위해서는 보증이 필요했다. 나와 딸은 전혀 모르고 있던 사실이었다. 딸에게 보증을 서 줄 사람이 없었다. 막힌 상황에서도 빛이 보였다. 일본 차는 H 자동차와 K 자동차보다 가격이 비쌌지만, 보증 없이도 대여할 수 있었다. 딸은 일본 차가 튼튼하다며 일본 차를 대여하고 싶어 했었다. 이 모든 것이 신기했다. 딸은 연구실에서 9월 첫 주부터 일하기로 했지만, 10월 첫째 주에 시작했다. 취업하기 위한 카드를 6월에 미리 신청했는데, 그때 주소가 필라델피아 주소였다. 오마하 연구실 합격 후, 주소를 오마하로 옮기면서 카드 발급이 늦어지는 상황에 부닥쳤다. 몇 개월이 더 지나야 나올지 모르는 상황이었다. 카드를 빨리 발급받으려면 한국 돈으로 200만 원 정도 더 내면 된다고 했다. 딸은 카드가 아직 발급되지 않아서 근무 시작일이 늦게 되어 죄송하다고 병원에 말했다. 연구실이 있는 병원은 이런 상황을 듣고 200만 원을 병원에서 지원해 주겠다고 했다. 딸은 옥환음 장학회에서 받은 300만 원을 사용하려고 했는데 병원에서 지원해 주자, 그 장학금으로는 노트북을 사고 싶어 했다. 오래된 노트북이 안 되는 부분이 있어서라고 했다. 딸은 갑자기 200만 원을 써야 하는 상황에 맞닥뜨렸을 때, 고민하다가 병원에 상황을 알린 것뿐인데 지원해 준다고 했다며 기뻐했다. 이사비용도 한국 돈으로 700만 원이나 지원해 준다고 했다. 딸에게 보낼 돈이 없어서 난감한 상황이었는데 해결되었다. 딸은 카드가 도착할 때까지 1개월 정도의 시간 동안 외로워했다. 외딴곳에 갇힌 기분이라고 했다. 계속 기다려 준 병원과 연구실 교수님 덕분에 이겨낼 수 있었다고 했다. 그동안 한국인 교회에 출석했다. 성도님들은 생활에 필요한 그릇과 도구들을 갖다주었다. 아파트 1층 상가에 음식점이 있어 밤에 소음이 들릴까 봐 걱정했는데, 책을 읽거나 잠을 자는데 전혀 방해되지 않는다고 했다. 방 창문 너머 아래로 보이는 건너편 호텔 야외 수영장, 그곳에서 휴식을 취하는 사람들을 보면 마음이 훈훈하다고 했다. 건너편 방 베란다에는 가끔 강아지 한 마리도 나온다고 했다. 그 강아지 모습이 정겹다고 했다. 딸은 1층 요가센터에서 운동도 하고, 아침 일찍 건강달리기도 하고, 마트에서 건강한 식재료를 사서 맛있게 요리도 만들어 먹는다고 했다. 오마하에서 딸은 단단해져 갈 거다. 가끔은 외로울 거고, 또 가끔은 마음이 아프기도 할 거다. 깨어진 가정환경에서 불안정한 모습으로 성장하는 아이들을 향한 연구, 지금 그 시작점에 들어선 딸을 응원한다. 어려운 상황을 딛고 힘차게 도전하며 나아가는 세상의 모든 젊은이를 응원한다.

딸이 불안정한 가정환경에서 성장하는 아동을 대상으로 한 뇌과학 연구를 하게 된 동기는 남편이었다. 남편이 하는 말과 행동, 정서적인 반응이 어린 시절 부모가 이혼하는 과정과 그 이후 성장 과정에서 생긴 불안정한 환경 때문일지도 모른다고 생각했다. 딸이 불안정한 정서를 지닌 가정에서 성장했기 때문에 그런 환경에 있는 아동을 도울 방법을 찾고 싶어 했다.

뉴욕 아침

어렵게 밟은 미국 땅

도착한 첫날 뉴욕 밤거리

취한 듯 휘청대는 젊은이들

온 세상 젊은이가 다 모인 듯

모습도

말도

피부색도

다르다

사이 사이로 걸어가다

부딪칠까? 조심조심

여기가 뉴욕이야?

뉴욕의 밤거리

두려움 가득

아침 햇살

뉴욕 도시 비추고

간밤 어두움

온데간데없다.

이 거리가 그 거린가!

밤과 낮

어두움과 빛

빛은

몰아냈다.

어두움 속 무질서를

무질서 속 두려움을

나에게도

아침이 온다.

빛이 온다.

어두움이 물러간다.

두려움이 사라진다.

아픈 모습, 젊은이를 응원합니다

미국 땅 중에서 내 발길이 닿은 곳은 그리 많지 않았다. 내가 가 본 곳은 미국의 극히 일부분이었다. 뉴욕, 샌프란시스코, 텍사스, 로스 앤젤레스, 필라델피아, 캐니언(협곡), 라스베이거스, 오마하, 워싱턴, 센트럴파크. 프린스턴 대학, 펜실베이니아 대학. 거리를 지나다니는 사람들 모습은 자유로웠다. 다른 사람의 행동에 전혀 관심을 두지 않고 자신의 길을 가는 사람들. 미국은 호화로운 곳도 많았지만, 어두운 곳도 많았다. 노숙자가 있는 지역은 주변 분위기가 어두웠다. 가장 많이 본 곳은 필라델피아였다. 거리마다 노숙자들이 있었다. 뉴욕, 샌프란시스코 거리도 그랬다. 몸을 제대로 가누지 못하고 엎드려 있거나, 길바닥에 누워 있었다. 마약이나 술에 취해 있는 듯 보였다. 부부처럼 보이는 남녀가 인도 한구석에 자리를 펴고 누운 모습, 먹을 것을 달라고 쓴 종이 피켓을 들고 다니는 사람. 노숙자 중에 다행히 아이들은 보이지 않았다. 노숙자가 있는 밤거리는 안전하지 않았다. 노숙자들은 낮에도 밤에도 거리에서 잤다. 더운 여름이라 춥지 않아 다행이라는 생각이 들었다. 뜨거운 햇살 아래에서도 길바닥에 누워 있었다. 먹을 음식을 어디서 구할까? 대소변은 어디서 볼까? 가족은 어디에 있을까? 언제부터 노숙 생활을 했을까? 젊은 청년, 나이든 할아버지, 아주머니, 연령대도 다양했다. 그들을 쳐다보는 사람은 없었다. 쳐다보면 안 된다고 했다. 나도 걸을 때 내 시선에 들어오는 모습만 보았다. 도로변 건물 옆에 줄지어 서서 기다리는 사람들, 모두 노숙자들이었다. 점심을 기다리는 모습이었다. 한 끼 식사를 나누어 주는 사람들, 한 끼 도시락을 타려고 줄을 선 노숙자들. 나누어 주는 사람, 받는 사람, 다 미국 사람이었다. 노숙자 대열에는 흑인이 많았다. 고통, 슬픔, 아픔, 외로움, 두려움, 기쁨, 행복, 분노, 절망, 미움, 희망. 그들 마음에 담긴 감정은 어떤 걸까? 하는 생각을 했다. 마약에 취해 누워있는 사람, 그는 고통을 잊으려 했을까? 아니면 슬픔을 잊고 기쁨을 만끽하고 싶었던 걸까? 어떤 계기가 그들을 마약에 취하게 하고, 비틀거리며 거리에서 살게 했을까? 선택을 한 거다. 어느 길로 갈지 정한 거다. 그들이 어떤 상황이었는지 나는 모른다. 보이는 노숙자 모습이 안타까울 뿐이었다. 누구나 이 세상에서 살아갈 시간이 그리 길지 않다. 노숙자들은 그 모습으로 생을 마감하게 될지도 모른다는 생각에 마음이 아팠다. 미국이라는 나라에도 곳곳에 아픈 사람들 모습이 보였다. 그중에는 가정폭력을 피해 도망쳐 나온 사람들도 있을 것이다. 폭력을 당하는 사람도 아프지만 폭력을 하는 사람도 아픈 상처를 안고 있다. 누가 이 얽히고 얽힌 고리를 끊어 아픔을 치유해 줄 수 있을까?

나는 2008년도에 뇌종양 수술, 2018년도 폐암 수술을 받았다. 이 땅에 살아있음이 놀라울 뿐이다. 하늘을 올려다보고, 바람을 느끼고, 새소리를 듣고, 일을 하고. 마음이 허전할 때도, 속상할 때도, 답답할 때도, 두려울 때도, 살기 위해 이겨낸다. 감사와 기쁨, 소망과 기대로 나를 채운다. 새벽잠에서 깨어나자마자 하나님 말씀을 들으며 새벽을 맞이함에 감사한다. 다른 사람들 속에서 내 마음을 깨어 부수어 간다. 부수어질 때 아프지만 점점 성숙해지는 나를 본다. 그런 나를 응원한다. 자연을 누리며 감탄할 수 있음에 감사한다. 주저앉지 말자. 다시 일어서자. 이 세상 젊은이들이 그저 살아있다는 것만으로도 행복함을 누리면 좋겠다. 그 생명을 소중히 여기고 지켜가면 좋겠다. 망가뜨리지 말았으면 좋겠다. 이 순간에도 삶의 고통을 이겨내며 한 걸음 씩 앞으로 나아가고 있을 젊은이를 응원한다.

에필로그

동생들이 서울로 떠나고 혼자 부모님과 살았던 몇 년 동안, 나는 외로웠지만 그때의 기억이 가장 포근합니다. 추운 겨울 아침, 등교 준비하는 나를 위해 따뜻한 물로 세수하라며 아궁이에 불을 지피시던 아버지 모습, 도시락을 준비해 챙겨주시던 어머니의 따스한 손. 하지만, 성장하는 동안 내 안에는 수치심이 가득했습니다. 어린 시절 당했던 어떤 사건은 내가 성장하는 동안 웅크리며 살게 했습니다. 결혼 생활을 불안정하게 했습니다. 나 자신에게 자신이 없었기에 남편과 대화하는 것이 두려웠습니다. 가정을 평안하게 세워가지 못했습니다. 남편이 힘들 때 격려해 주고 지지해 줄 힘이 없었습니다. 남편이 힘들어 화를 내면 그 화에, 더 불을 붙이듯 했습니다. 남편은 나에게 친절하지도 자상하지도 않았습니다. 내 표정도 남편 앞에서 굳어 갔습니다. 나는 자녀들이 이러한 굴레를 벗어나 당당하게 살아가도록 도와야 했습니다. 남편은 가족을 사랑합니다. 사랑하는 표현과 방법이 나와 다릅니다. 가족에게 힘든 일이 생기면 바로 나타나 해결하는 가장입니다. 그런 남편과 나는 가장 좋은 신혼 때부터 평안하지 못한 분위기를 자주 만들었습니다. 남편이 가족에게 해 준 따뜻한 일, 크게 웃었던 일도 많았을 텐데 아팠던 일들이 떠오릅니다. 나는 남편의 아픔보다 내 아픔만 보며 살았습니다. 이제, 남편의 아픔도 보려고 합니다. 아파하는 사람과 같이 아파하는 힘을 기르고 있습니다. 내 힘으로 해결하지 않으려고 합니다. 나와 아들딸은, 평화롭지 않았던 가정환경에 방해받지 않으려고 발버둥 쳤습니다, 남편도 남편의 방법으로 홀로 외로이 발버둥 쳤습니다. 나와 아들딸은 셋이었지만 남편은 혼자였기에 더 외로웠을 것입니다. 우리 가족은 서로를 사랑합니다. 사랑하는 방법이 달랐습니다. 이제 가족이 서로의 아픔을 어루만져 주는 힘을 길러 갑니다. 따뜻한 사랑의 힘을 키워 갑니다. 하나가 되어 이 세상을 떠나기 전에 평안한 가정을 이룰 거라 믿을 뿐입니다. 두 자녀도 긍정의 힘을 지닌 화평한 가정을 이루어 갈 거라는 믿음이 마음에 가득합니다.

아는 사람 아무도 없는 미국에서 유학 생활하는 딸을 만나야 했습니다. 딸에게 힘이 되어 주기 위해 웅크린 아이를 일으켜야 했습니다. 강하게 밀려오는 파도에 맞서 나아갔습니다. 파도타기보다도 파도에 대항하는 담대함을 키우기 위함이었습니다. 어떠한 상황에서도 흔들리지 않고 딸을 위로해 줄 수 있는 엄마가 되고 싶었습니다. 파도타기는 그 힘을 길러 주었습니다. 나는 미국에서 딸을 만났습니다. 딸의 연구실 합격 소식을 기다리며 지인들을 만나러 간 곳이 여행지가 되었습니다. 연이어 전해오는 딸의 불합격 소식은 불안과 두려움의 연속이었습니다. 지인과의 만남은 긴장과 불안한 감정을 잠시 잊게 해주었습니다. 가는 곳마다 반겨주는 지인들이 있었기에 행복했던 미국 여행이었습니다. 나는 미국에 대한 환상을 갖고 있었다는 것을 알게 되었습니다. 내가 가졌던 환상을 버리는 기회가 되었습니다. 누군가와 좋은 만남을 가질 수 있다는 것이 소중하다는 것을 경험하는 여행이었습니다. 미국 유학 생활의 힘겨움을 딸을 통해 공감하는 시간이었습니다.

나는 아들딸이 살아가는 이야기를 들으며 젊은이들을 생각합니다. 새로운 일에 도전하며 나아갈 때 밀려오는 두려움과 외로움, 좌절감에 억눌리기도 할 젊은이들이 떠올려집니다. 제 아들딸이 그렇듯이, 젊은이들이 아프고 외로운 시간이 많다는 것을 생각합니다. 이 책을 쓰면서 더욱 그랬습니다. 이 땅에서 오늘도 몸부림치며 좌절감과 외로움과 맞서 싸우고 있을 젊은이들을 응원합니다. 늘 나에게 살아갈 힘과 용기를 주는 두 자녀를 응원합니다. 미국 여행 중에 나와 딸을 반갑게 맞아 주신 지인분들께 감사드립니다. 이 책을 읽어주신 모든 분께 감사드립니다. 내 인생의 최고 우선순위인 나와, 나에게 가장 고마운 우리가족에게 이 책을 선물합니다.

2025년

제주도에서.

파도가 나를 덮칠 때 파도를 타고 나를 일으키다

초판 1쇄 발행 | 2025년 6월 27일

지은이 | 차상수
펴낸이 | 김지연
펴낸곳 | 마음세상

외주편집 | 김주섭

출판등록 | 제406-2011-000024호 (2011년 3월 7일)

ISBN | 979-11-5636-625-6 (03810)

원고투고 | maumsesang2@nate.com
블로그 | blog.naver.com/maumsesang

* 값 19,200원